KB237471

파멸왕

우각 신무협 장편소설
ORIENTAL FANTASY STORY & ADVENTURE

십지신마록(十地神魔錄) 3부

6

dream books
드림북스

파멸왕 6
마인출세(魔人出世)

초판 1쇄 인쇄 / 2010년 8월 9일
초판 1쇄 발행 / 2010년 8월 19일

지은이 / 우각

발행인 / 오영배
편집장 / 김경인
편집 / 윤대호, 신동철
펴낸 곳 / (주)삼양출판사 · 드림북스

주소 / 서울특별시 강북구 송천동 322-10호
대표 전화 / 02-980-2112 팩스 / 02-983-0660
편집부 전화 / 02-980-2116 팩스 / 02-983-8201
블로그 / blog.naver.com/dreambookss

등록번호 / 제9-00046호
등록일자 / 1999년 3월 11일

ⓒ 우각, 2010

값 8,000원

ISBN 978-89-542-3824-3   04810
ISBN 978-89-542-3767-3   (세트)

* 지은이와 협의하에 인지는 생략합니다.
* 잘못된 책은 구입한 곳에서 바꾸어 드립니다.

십지신마록(十地神魔錄) 3부
파멸왕
6
마인출세(魔人出世)
우각 신무협 장편소설
ORIENTAL FANTASY STORY & ADVENTURE
dream
books
드림북스

목차

제 1장

멸제현신(滅帝現身)

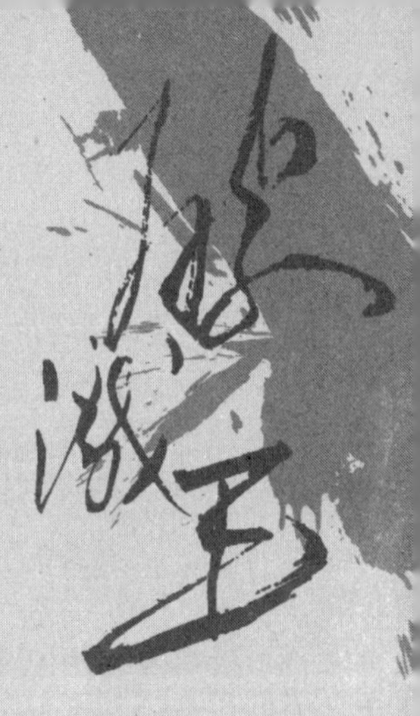

　수많은 사람들의 시선이 그에게 집중되어 있었다. 당혹과 혼란이 가득한 그들의 눈빛을 한 몸에 받으면서도 철군패에게는 일말의 흔들림조차 없었다.

　팔짱을 끼고 있는 그의 모습이 사뭇 거만하게 보였다. 그 모습이 눈에 거슬렸는지 자영문(紫英門)의 총교두 사진충이 버럭 소리를 지르며 달려들었다.

　"애송이, 거만 떨지 말거라."

　쇄액!

　사진충의 거치도가 철군패의 목을 두 동강이 낼 듯 무서운 기세로 날아왔다. 그 모습을 보면서도 철군패는 팔짱을 풀지 않았다. 그 무모한 모습에 몇몇 무인들이 경호성을 터트렸다.

"무모하다."

"저런?"

모두들 철군패의 목이 사진충의 거치도에 잘릴 거라고 생각했다.

까앙!

그러나 뒤이어 들려온 쇳소리는 사람들의 상상을 완전히 뒤집어 놓았다. 두 치 두께의 철판도 산산이 찢어버리는 사진충의 거치도가 철군패의 목에 생채기 하나 남기지 못하고 튕겨나갔다. 그 반진력(反進力)에 오히려 사진충의 호구가 찢겨져 나가 선혈이 흘러나오고 있을 정도였다.

사진충의 눈이 찢어질 듯 크게 떠졌다. 설마 자신이 전력을 다한 일격이 무방비 상태인 철군패의 목에 상처 하나 남기지 못할 줄은 꿈에도 생각하지 못했기 때문이다.

"무, 무슨 사술을…… 컥!"

사진충은 말을 끝까지 잇지 못했다. 그의 턱을 철군패가 솥뚜껑처럼 큰 손으로 잡았기 때문이다. 그 상태로 철군패가 사진충을 들어올렸다. 적지 않은 키에 당당한 체구를 가진 사진충이 마치 어린아이처럼 허공으로 들려 발을 버둥거렸다.

"우읍!"

사진충이 혼신의 힘을 다해 철군패의 손을 벗어나려 했다. 하지만 철군패의 손은 마치 강철족쇄처럼 움직일 줄 몰랐다.

그 순간 사진충과 철군패의 눈이 마주쳤다.

부르르!

철군패의 눈을 들여다본 순간, 사진충은 머릿속이 새하얘지는 듯한 충격을 받았다. 철군패의 눈동자 속에 일렁이는 폭풍과도 같이 광포한 기운을 조금이나마 엿보았기 때문이다.

'다, 다르다. 이자는…….'

퍼석!

그러나 사진충은 생각을 끝까지 이을 수 없었다. 마치 갓 익힌 두부처럼 그의 머리가 부서졌기 때문이다.

털썩!

사진충의 몸이 모래성처럼 제자리에서 무너져 내렸다. 그 끔찍한 모습에 사람들은 할 말을 잃었다. 손가락 사이로 사진충의 잔재를 흘리는 철군패의 모습은 차마 꿈에 볼까 두려운 광경이었다.

화진천의 눈빛이 스산하게 가라앉았다. 그의 눈이 피를 토하고 나무둥걸에 기대앉아 있는 궁일현과 머리를 잃은 사진충의 시체를 교대로 바라봤다.

비록 가끔 도가 지나치긴 해도 혈포사신대의 부대주로 손색이 없는 무력을 갖춘 궁일현이었다. 그런 궁일현을 단숨에 항거불능의 상태로 만들었다. 굳이 확인하지 않아도 상대의 정체를 알 것 같았다.

"멸제의 전설, 사실이었군."

"나를 아나?"

"새외에 멸제란 자가 나타났단 이야기를 구주천가에서 들은 적이 있다. 문상께서 그러시더군. 경계해야 할 자라고."

"문상?"

철군패의 눈에 의혹의 빛이 떠올랐다. 그는 현재 천하의 정세에 대해 거의 알지 못했다. 그가 알고 있는 중원의 정보는 대부분이 이십 년 전의 것이었다. 때문에 온유하가 구주천가의 문상이 되었다는 사실도 알지 못했다.

문상이라는 자의 정체를 알지는 못하지만, 아직 중원에 진출하지 않은 자신을 주목했다는 사실만으로도 그가 얼마나 대단한 통찰력을 지닌 존재인지 짐작할 수 있었다.

철군패는 대답을 해주지 않는 화진천을 바라보며 의문을 접었다.

화진천의 몸에서 느껴지는 기세가 실로 범상치 않았다. 이제까지 철군패가 싸워온 그 어떤 적들에게서도 느끼지 못한 육중한 박력이 화진천에게서 느껴지고 있었다.

전의가 이글거리는 눈빛은 이전까지 철군패가 한 번도 보지 못한 종류의 것이었다.

화진천의 시선을 뒤로 하고 철군패의 시선이 향한 곳은 바로 은구사자가 있는 곳이었다. 화진천과 달리 은구사자는 수하들 속에 자신의 존재감을 숨기고 있었다. 하지만 철군패의 시선은 정확히 은구사자를 향하고 있었다.

화진천이 우직하면서도 육중한 기운을 발산한다면, 은구사자
는 음습하면서도 어두운 기운을 흩뿌리고 있었다. 비록 은빛 가
면 뒤에 자신을 숨기고 있었지만, 독사 같은 눈빛마저 완벽히
숨기지는 못했다.

철군패가 직설적으로 물었다.

"당신은?"

"반천련의 은구사자가 이 몸이다."

은구사자가 자신의 정체를 순순히 시인했다. 이토록 정확하
게 짚어내니, 더 숨겨봐야 소용이 없을 거란 사실을 직감했기
때문이다.

"당신도 명희를 노리는가?"

"정확히 말하자면 그녀가 탈취한 우리의 연판장을 회수하기
위함이지."

"그런가?"

"멸제라고 했나? 당신도 대단하군. 그녀를 구하기 위해 사지
로 들어오다니. 이 많은 적을 상대로 그녀를 지킬 자신이 있나?
제안을 하나 하지."

"말해봐."

"연판장을 돌려다오. 그리 하면 그녀와 당신을 지켜준다고
약속하지. 반천련의 이름을 걸고 말하건대, 구주천가는 당신과
그녀에게 어떤 해도 끼칠 수 없을 것이다."

은구사자의 목소리를 듣는 동안, 군웅들은 왠지 모르게 스산

한 느낌을 받았다. 마치 뱀이 자신의 피부 위를 기어 다니는 듯
한 느낌에 흠칫거리는 이들도 있을 정도였다.

은구사자의 눈은 마치 유리알처럼 빛나고 있었다. 뱀의 눈처
럼 그 어떤 감정의 편린도 담기지 않은 모습이었다. 많은 이들
이 그런 은구사자의 눈을 피했지만, 철군패는 달랐다.

"훗!"

철군패의 입꼬리가 말려 올라갔다. 그러자 은구사자의 눈매
가 가늘어졌다.

"왜 웃지?"

"그냥 웃겨서."

"뭐가 웃기지?"

"후후! 우습지 않은가? 본모습이 들통 나는 것이 두려워 대낮
에 가면이나 뒤집어쓴 주제에 누군가의 안위를 걱정해준다는
것 자체가."

"……."

은구사자가 입을 다물었다. 대신 그의 눈빛이 더욱 차갑게 빛
났다. 유리알과도 같은 눈동자에 진득한 살기가 어리기 시작했
다.

그 모습을 보며 철군패가 말했다.

"생긴 것처럼 음흉한 녀석이군. 어차피 연판장을 얻으면 명
희를 살려두지 않을 거면서 말이야."

"왜 그렇게 생각하지?"

"너 같은 자는 절대 원한을 잊지 않지. 지금 당장은 명희를 받아주는 척하지만, 틈나는 즉시 암살할 것이 뻔해. 거짓말을 하려면 그 독사 같은 눈빛이나 숨기고 하시지."

"그런가?"

은구사자의 눈이 빛났다.

단지 덩치만 큰 게 아니다. 사람을 보는 눈이 뛰어날 뿐만 아니라 사태를 파악하는 능력도 발군이다.

'겉으로 보이는 모습 때문에 미련하다고 판단한다면 오산. 이자, 결코 쉽지 않다.'

은구사자의 눈을 따라 살기가 흘렀다.

그는 본능적으로 철군패를 회유할 수 없음을 깨달았다.

그가 주위를 둘러보았다. 화진천과 혈포사신대, 그리고 구주천가의 정예들과 그들이 동원한 문파의 무인들이 득실거리고 있었다. 그러나 그들이 두렵다는 생각이 들지는 않았다. 자신이 이끌고 온 귀혈병단(鬼血兵團)은 그들을 능히 감당할 만한 전력이기 때문이다.

'문제는 역시 멸제인가?'

아직까지 그가 어느 정도의 무력을 소유하고 있는지는 알아내지 못했다. 그에 대한 소문은 매우 단편적인 것들이 대부분이어서 무엇 하나 확실한 것이 없었다. 하지만 십이사조를 새외에서 밀어냈다는 사실 하나만으로도 결코 그를 우습게 볼 수 없었다.

'그러고 보니 그녀가 보이지 않는구나.'

은구사자가 주위를 둘러보았다. 하지만 어디서도 자신과 함께 단월을 추적했던 임관설의 모습은 보이지 않았다.

은구사자의 미간이 찌푸려질 때 화진천이 서서히 걸어 나왔다. 모두의 시선이 그에게 집중됐다.

화진천의 몸에서는 막대한 기세가 흘러나오고 있었다. 그 강렬한 기세가 그의 의지를 대변해주고 있었다.

"연판장은 그 누구에게도 넘겨줄 수 없다. 연판장은 구주천가에서 가지게 될 것이다."

"애송이가 하늘 높은 줄 모르고 설치는군."

은구사자의 눈이 살기로 번들거렸다.

화진천과 은구사자, 그리고 철군패까지 세 명이 삼각대형을 이뤄 대치했다. 아니, 정확히는 철군패와 단월을 사이에 두고 화진천과 은구사자가 대치하는 격이었다.

양쪽 모두 연판장을 원하고 있었다. 그들은 설령 최악의 경우라도 연판장이 상대의 손에 들어가는 것만은 막으려 했다. 연판장이 상대의 손에 들어가는 순간, 그들이 상상할 수 있는 최악의 결과가 발생할 수 있기 때문이다.

단월은 자신이 상황에 어울리지 않게 호흡이 안정되어 있다는 사실을 깨달았다. 막대한 기세를 뿜어내는 양측 사이에 끼어 있으면서도 이렇게 가슴이 편안할 줄은 생각지도 못했다. 물론 그 이유가 철군패 때문이란 것을 모를 단월이 아니었다.

철군패의 막강한 존재감이 양측의 압박 속에서도 단월의 마음을 편하게 만들고 있었다.

'이십 년의 세월이 그를 절대의 무인으로 만들었구나.'

단월은 새삼 오랜 세월이 흘렀음을 느꼈다. 그런데도 철군패와 전혀 거리감이 느껴지지 않았다. 마치 어제 보고, 오늘 또 보는 것처럼 철군패가 친근하게 느껴졌다.

두렵다는 마음은 들지 않았다. 철군패가 곁에 있는 이상 절대적으로 안전할 것 같다는 생각이 들었다. 단월은 생애 처음으로 절대적인 안온함을 느꼈다. 그 이유가 철군패 때문이란 사실은 두말할 나위가 없었다.

단월을 두고 양쪽에서 대치하는 두 사람을 보는 철군패의 눈빛이 묵직해졌다. 문득 그가 단월에게 손을 내밀었다.

단월이 영문을 몰라 물었다.

"왜?"

"연판장을 내게 줘."

단월의 얼굴에 의혹의 빛이 떠올랐다. 하지만 두말하지 않고 귀중하게 품고 있던 연판장을 철군패에게 건네주었다.

연판장을 보자 화진천과 은구사자의 눈이 동시에 빛났다. 지금 이 순간, 그들이 그 어떤 보물보다 탐내는 물건이 철군패의 손에 있었다. 손만 뻗으면 닿을 거리에 말이다.

사람들의 탐욕스런 시선이 느껴졌다. 그들의 시선을 기분 좋게 느끼면서 철군패가 연판장을 들어보였다. 사람들의 시선이 연판장을 따라 움직였다.

"갖고 싶나?"

철군패가 연판장을 품안에 넣었다.

그 이상 어떤 말도 하지 않았지만, 사람들은 깨달았다. 연판장을 얻기 위해서는 반드시 철군패를 쓰러트려야 한다는 사실을 말이다.

은구사자의 미간에 골이 패였고, 화진천의 턱 근육이 씰룩거렸다. 대답은 하지 않아도 철군패의 도발에 비위가 상한 것은 분명했다.

철군패의 목소리가 다시 크게 울려 퍼졌다.

"연판장을 갖고 싶나?"

우웅!

그의 사자후가 천지를 울렸다. 거침없는 그의 포효에 포위를 하고 있던 군웅들의 가슴이 크게 고동치기 시작했다. 철군패의 음성에는 사내들의 피를 끓게 만드는 힘이 담겨 있는 것이다.

철군패의 사자후가 다시 한 번 터져 나왔다.

"연판장을 원하는가? 그렇다면 계집애처럼 입으로만 떠들지 말고 내게서 쟁취해 보도록. 나보다 강한 자라면 연판장의 주인이 될 것이다."

철군패의 외침에 무인들이 동요하기 시작했다.

본래 그들은 구주천가와 반천련에 의해 완벽히 통제되고 있었지만, 철군패의 외침이 그들의 이성을 잠재우고 본성을 일깨웠다.

동요하는 전장의 분위기를 느낀 은구사자의 눈빛이 더 할 수 없이 침중해졌다. 본래 그는 먼저 전장에 뛰어들 생각이 없었다. 화진천과 철군패가 치열하게 싸우면 그 틈을 봐서 연판장을 훔쳐낼 생각이었다. 어부지리를 노리고 있었던 셈이었다. 그러나 철군패가 군웅들을 도발하면서부터 그의 계획이 조금씩 차질을 빚고 있었다.

그의 완벽한 통제 하에 있던 귀혈병단의 무인들마저 철군패의 도발에 들썩이고 있었다. 그것은 구주천가의 무인들도 마찬가지였다.

철군패는 사내들의 원초적인 투쟁본능을 자극하는 힘을 갖고 있었다. 투박하면서도 거친 그의 분위기가 사내들의 피를 들끓게 만들고 있었다.

쿵!

그 순간 철군패가 거세게 발을 굴렀다. 강력한 파장이 동심원을 그리며 멀리멀리 퍼져나갔다.

철군패의 입가에 한 줄기 미소가 어렸다. 그것은 명백한 비웃음이었다.

"겨우 이 정도인가? 중원의 무인들은 원하는 것을 눈앞에 두고도 남의 눈치나 보면서 기회를 가늠하는 비겁자인가?"

중원의 무인을 모조리 싸잡아 욕하는 철군패의 조롱에 몇몇 무인들이 더 참지 못하고 발끈하여 소리쳤다.

"놈! 헛소리 하지 마라."

"변방에서 겨우 쥐꼬리만 한 명성을 얻었다고 큰소리치기는."

"멸제는 배때지에 칼이 안 들어 간다더냐? 웃기지 마라."

구주천가고 반천련이고 가릴 것 없이 무인들이 뛰어나와 철군패를 향해 달려들었다. 그들이 시작이었다. 일단 몇 명이 움직이자 주위에 있던 이들이 분위기에 휩쓸렸다.

"와아아!"

"멸제면 다냐?"

강렬한 열기가 순식간에 피어올랐다. 마치 열병처럼 퍼지기 시작한 광기(狂氣)는 군웅들을 한순간에 감염시켰다. 군웅들이 주위 동료들의 움직임에 동조해 철군패를 향해 달려들었다.

"으음!"

그 모습에 화진천이 나직한 신음성을 흘렸다.

그의 직속부대인 혈포사신대를 제외한 구주천가의 무인들이 통제가 되지 않는단 사실은 그에게도 큰 충격이었다. 마치 해가 뜨면 반딧불이 자취를 감추듯, 자신의 존재감이 철군패의 존재감에 휩쓸렸다는 사실에 자존심이 크게 상했다.

콰앙!

일격포가 터지면서 선두에서 달려들던 십여 명의 무인들이 피떡이 되어 날아갔다. 그래도 군웅들은 광기에 휩쓸려 철군패를 향해 달려들었다. 광기를 발산하며 해일처럼 밀려오는 군웅들을 바라보는 철군패의 입가에 섬뜩한 미소가 어렸다.

"그래! 이 정도는 되어야지."

이곳에 모인 모든 무인들에게 오늘은 악몽으로 기억될 것이다.

철군패가 파멸력을 운용했다.

콰앙!

사람 몸에서도 뇌성이 울릴 수 있단 사실을, 백련귀는 또 한 번 자신의 눈으로 확인했다.

단 일격에 수십여 명의 무인들이 튕겨나가는 모습은 백련귀로 하여금 그날의 기억을 떠올리게 만들기 충분했다. 그가 모시던 이사조 경율진을 비롯한 다섯 명의 사조들이 철군패에게 덤볐다가 피바다에 나뒹굴던 그날을 말이다.

으득!

백련귀가 이를 뿌득 갈았다.

비록 금제를 당해 철군패를 따라다니고 있었지만, 그는 한시도 경율진을 잊은 적이 없었다. 바보같이 웃고 있는 것도, 철군패에게 갖은 모욕을 당해도 견딜 수 있는 것도, 반드시 복수를 하겠다는 일념 때문이었다.

구주천가와 반천련의 무인들이 해일처럼 철군패에게 밀려들었다. 철군패는 단신으로 그들에 맞섰다. 그런데도 전혀 위태로워 보이지 않았다. 아니, 오히려 그는 저 수많은 상대를 압도하고 있었다.

쾅 쾅!

포성이 울릴 때마다 달려들던 무인들이 잘 다져진 고기처럼 짓이겨져 나뒹굴었다. 실로 가공하다고 볼 수밖에 없는 위력이 었다.

십이사조의 다섯이 합공을 하고서도 어찌하지 못한 철군패다. 백련귀는 이곳에 모인들 모두를 합한다고 하더라도 십이사조 다섯 명보다 강할 거라고 생각하지 않았다.

백련귀는 철군패가 굳이 사람들을 모은 이유를 정확히 읽고 있었다.

'이것은 무력시위다. 이곳에 있는 모든 자들을 상대로 무력시위를 함으로써 그는 단숨에 자신의 존재감을 중원에 알릴 것이다. 멸제의 첫 등장으로 이보다 더 화려할 수는 없지.'

부나방처럼 구주천가와 반천련의 무인들이 달려들고 있었다. 그들은 거대한 운명의 해일에 휩쓸려 미친 듯이 철군패를 공격해갔다. 그러나 백련귀의 눈에는 모든 것이 부질없어 보였다.

'소용없어. 저자를 상대로는 소용없어. 정확히 약점을 찾아내어 일격에 즉사시켜야 해. 그래야 조금이라도 승산이 있지. 게다가 본인에게는 어떠한 약점도 없다. 굳이 있다면……'

백련귀의 시선이 문득 화왕 위에 타고 있는 단월을 향했다. 단월을 보는 그의 시선이 빛났다.

'그녀를 구하기 위해 멸제는 이곳으로 왔다. 그 말은 그만큼 그녀의 비중이 크다는 뜻. 그녀를 구하기 위해 이곳에 왔지만, 정작 그녀가 죽어 없어지면 과연 어떻게 될까?'

백련귀가 바닥에 나뒹구는 주인 모를 검을 주워들었다. 철군패에게 당한 자가 떨어트린 검이었다.

비록 무공을 금제당했지만, 검 한 번 휘두를 힘은 있었다.

한 번이면 된다.

눈을 딱 감고 한 번만 검을 휘두르면 멸제의 소중한 사람을 죽일 수 있다. 멸제의 가장 소중한 것을 박탈할 수 있는 절호의 기회였다.

검을 잡은 백련귀의 손에 힘이 들어갔다.

단월은 아무것도 모르고 근심스런 눈으로 철군패를 바라보고 있었다. 그러나 백련귀는 검을 휘두를 수 없었다. 단월의 뒤쪽에 있는 수많은 군웅들 중 누군가와 눈이 딱 마주쳤기 때문이다.

'설마?'

그녀의 얼굴은 그가 아는 얼굴들 중 하나였다.

쨍그렁.

바닥에 떨어진 검을 뒤로 하고 백련귀가 걸음을 옮겼다.

*　　*　　*

"우웩!"

바닥에 나뒹군 사내가 왈칵 선혈을 토해냈다. 그 모습을 바라보는 화진천의 미간이 꿈틀거렸다.

선혈을 토해내는 남자는 황룡대의 부대주 채양호였다. 그가 호승심을 이기지 못하고 나섰다가 꼴사나운 모습만 보인 것이다. 그는 심각한 내상을 입었는지 연신 죽은피를 토해냈다.

화진천이 이끄는 혈포사신대를 제외한 구주천가 측 모든 무인들이 철군패의 강렬한 분위기에 이끌려 폭주하고 있었다. 직접 눈으로 보지 않았다면 그는 한 사람이 이렇듯 사람들의 마음을 격동시킬 수 있단 사실을 믿지 않았을 것이다.

철군패의 기파가 모두의 피를 끓게 만들고 있었다. 부정하고 싶었지만, 화진천 역시 그런 사람 중 한 명이었다. 단지 현실을 직시하고 이성으로 본능을 억누르고 있을 뿐이다.

그의 시선이 마찬가지로 한쪽에 서있는 은구사자를 향했다. 그와 마찬가지로 은구사자 역시 움직이지 않고 있었다. 수많은 사람들이 미쳐 날뛰는 와중에도 그는 냉철한 이성을 유지하고 있었다.

연판장을 회수하는 것이 급선무였지만, 괜히 먼저 나서 화진천을 유리하게 하지는 않겠다는 의지를 내비치고 있었다. 마찬가지로 그가 데리고 온 귀혈병단도 움직이지 않았다.

그렇게 묘한 대치가 한동안 이어졌다. 그동안 군웅들은 철군패 단 한 명에게 거의 궤멸 직전까지 몰렸다. 그토록 호기롭게 달려들던 군웅들의 기세는 눈에 띄게 약해졌다. 주춤거리는 자들이 나오고, 어떤 이들은 뒷걸음질 치기까지 했다.

사람들의 얼굴에 공포의 빛이 떠오르기 시작한 것도 그 무렵이었다. 그제야 군웅들은 자신들이 상대하고 있는 자가 괴물이란 사실을 깨달았다.

그에겐 수적 우세 따윈 아무런 소용이 없었다. 마치 영원히 넘어지지 않을 거대한 벽처럼 우뚝 서서 달려드는 군웅들을 상대했다.

"으으!"

곳곳에서 비명소리와 신음성이 뒤섞여 흘러나오고 있었다.

"겨우 이 정도인가?"

철군패의 나직한 목소리가 전장에 울려 퍼졌다. 그래도 군웅들은 아까처럼 발작하지 못했다. 철군패에게 달려든 대가가 얼마나 무서운 것인지 몸으로 깨달았기 때문이다.

그제야 군웅들은 깨달았다.

멸제(滅帝)라는 칭호가 주는 무게와 공포를. 철군패는 결코 자신들이 어쩔 수 있는 인물이 아니라는 것을. 아울러 그가 단월을 보호하는 이상 천하의 그 누구도 그녀를 핍박할 수 없다는 사실까지도 말이다.

군웅들이 완전히 멈춰 섰다.

이제 그들은 서로의 눈치만 살폈다. 그래도 누구 하나 움직일 기색이 없었다. 상황이 이렇게 되자 은구사자가 곤란한 표정을 지었다. 아직 철군패에겐 제대로 된 상처 하나 입히지 못했는데 군웅들이 주저하고 있었다. 이곳은 결코 그가 원하는 바가 아니었다.

은구사자가 화진천을 슬쩍 흘겨봤다. 그는 마치 망부석이라도 된 것처럼 꼼짝도 하지 않고 있었다. 자신의 생각처럼 그 역시 섣불리 먼저 나설 생각은 없는 것 같았다.

"……."

잠시 소강상태가 지속됐다.

군웅들은 더 이상 철군패에게 감히 다가갈 생각을 하지 못했고, 혈포사신대와 귀혈병단은 화진천과 은구사자의 명령이 떨어지기만을 기다렸다.

아무리 기다려도 적들이 달려들지 않자 철군패가 품속에 있던 연판장을 꺼냈다.

"이것 때문인가? 이것 때문에 그렇게 서로의 눈치를 보는 것인가?"

화진천과 은구사자의 시선이 철군패의 손에 들린 연판장에 고정됐다. 그들은 연판장을 향한 욕구를 굳이 숨기려하지 않았다.

철군패가 연판장을 든 손을 흔들자 그들의 시선도 덩달아 흔들렸다. 그러자 철군패가 피식 웃으며 말했다.

"겨우 이것 때문인가? 너희들이 목숨을 거는 이유는."

"연판장을 내놓아라."

은구사자와 화진천의 눈빛이 더욱 사나워졌다.

그 순간 누구도 예상하지 못한 일이 벌어졌다.

퍼석!

철군패의 손에 들려 있던 연판장이 가루가 되어 바람에 흩날리는 것이 아닌가.

"저, 저?"

"무슨 짓이냐?"

"군패야?"

세 곳에서 각기 다른 외침이 터져 나왔다.

은구사자와 화진천은 물론이고, 단월마저도 예상치 못한 철군패의 태도에 경악을 금치 못했다. 하지만 그들을 바라보는 철군패의 표정은 태연했다.

그가 손에 남은 연판장의 가루를 마저 탈탈 털어내며 말했다.

"승부에 이런 것 따위는 아무래도 상관없잖아. 너희들도 피 끓는 남자라면 더 이상 머리 굴리지 말고, 덤벼."

철군패의 어이없는 태도에 은구사자가 말까지 더듬으며 외쳤다.

"네, 네놈! 지금 무슨 짓을 했는지 알고 있느냐?"

"후후! 똑똑히 알고 있지."

"노옴!"

은구사자의 화가 폭발했다. 자신의 눈앞에서 연판장이 사라져버리자 그토록 냉철하게 유지되던 이성의 끈이 툭 끊어졌다.

철군패의 도발에 화가 난 것은 화진천 역시 마찬가지였다.

지금 철군패는 그를 도발하고 있었다. 수많은 군웅들 속에 홀로 당당히 서서 화진천을 부르고 있었다.

연판장을 부숴버린 이유는 간단했다. 이런 기물 따위 신경 쓰지 말고 싸우자는 것이었다.

남자 대 남자로 말이다.

부르르!

화진천의 어깨가 떨렸다. 피가 끓어올라 견딜 수가 없었다.

그가 외쳤다.

"이제부터는 내가 싸운다. 혈포사신대는 이곳에서 대기하라.
무슨 일이 있더라도 나의 명령이 있기 전까지는 싸움에 관여하
지 마라."

"하지만, 대주님?"

"이것은 명령이다."

"알……겠습니다."

화진천의 불타오르는 눈을 본 혈포사신대가 힘없이 대답했
다. 이런 눈을 한 화진천은 결코 남의 말을 듣지 않는단 사실을
그들은 잘 알고 있었다.

지금 이 순간, 화진천은 혈포사신대의 대주가 아니라 한 사람
의 무인으로서 철군패를 상대하기 위해 나선 것이다. 그런 화진
천을 감히 막을 수는 없었다.

화진천과 은구사자가 다가오자 철군패가 흡족한 미소를 지
었다.

"진작 이랬어야지."

철군패가 건달처럼 어깨를 크게 한 바퀴 돌리며 앞으로 나섰
다. 수많은 군웅들을 상대했지만, 그의 전신 어디서도 지친 기
색은 보이지 않았다. 그는 마치 이제 막 싸우려는 사람처럼 생

생하기 그지없었다.

화진천과 은구사자 둘 사이에 철군패가 섰다. 귀혈병단이 호시탐탐 전장에 뛰어들 기회를 노리고 있었지만, 철군패는 상관하지 않았다.

"그럼 시작해볼까? 둘이 한꺼번에 덤벼도 상관없어."

"건방진!"

"그 말을 후회하게 될 것이다."

철군패의 도발에 은구사자와 화진천이 동시에 움직였다.

쾅쾅쾅!

굉음이 터져 나왔다.

단월이 바닥에 수북이 쌓인 연판장의 가루를 보며 허탈한 표정을 지었다.

연판장을 얻기 위해 그녀가 겪은 고초를 생각하면 절대로 있어서는 안 되는 일이었다. 단월이 목숨을 걸면서까지 겨우 탈취한 물건을, 철군패는 너무 쉽게 부숴버렸다.

"대체 왜?"

"그가 남자이기 때문입니다."

희미한 목소리로 대답한 이는 이제까지 화왕 위에 죽은 듯 누워있던 남정옥이었다.

"남 호위님?"

"연판장 따위는 필요 없다는 그의 태도가 군웅들의 피를 들끓게 만들었습니다. 실제로 이미 피가 끓어오른 군웅들은 연판장이 없어졌는데도 열기가 식지 않고 있습니다. 그가 그렇게 했습니다. 그가 연판장이 필요 없는 상황으로 군웅들을 몰아붙였습니다.”

“하지만 연판장이 있으면…….”

“힘과 힘의 대결로 상황이 치닫고 있습니다. 물론 몇몇 사람들은 아가씨가 연판장의 인명을 외우고 있을 가능성을 생각하겠지만, 지금 당장은 거기까지 신경 쓰지 못할 겁니다. 뜨겁게 달아오른 열기가 그들의 피까지 끓게 하고, 이성의 끈을 놓치게 만들었으니까요. 이 시간이 지난 후에야 뭔가 잘못되었다고 생각하겠지요. 그가 그렇게 만들었다는 것을 그때서야 눈치챌 겁니다. 그는 실로 대단한 사람입니다. 아가씨가 그토록 오랜 세월을 기다려온 가치가 있을 만큼…….”

남정옥이 말을 더 이상 잇기 힘든지 말문을 닫았다. 하지만 단월은 이미 그의 말뜻을 충분히 알아들었다.

단월의 시선이 철군패를 향했다.

“군패야.”

*　　*　　*

“으음!”

은구사자의 입에서 나직한 신음성이 흘러나왔다. 그가 피투성이가 된 자신의 주먹을 바라봤다. 철군패의 일권과 정면으로 격돌한 주먹이었다. 분명 살과 살이 부딪쳤는데 마치 철벽을 후려친 것처럼 자신의 주먹만 피투성이가 되어 있었다. 그나마도 수강(手罡)으로 손을 보호하지 않았다면 피투성이가 되는 것만으로 그치지 않았을 것이다.

'몸이 쇠보다 단단한 녀석이로구나.'

그러나 생각도 잠시, 이내 그가 다시 철군패를 향해 달려들었다. 그때 철군패는 화진천과 한창 어울리고 있었다.

쾌쾅!

강검(强劍)과 강권(强拳)이 격돌하며 천지를 울리는 굉음이 터져 나왔다. 검과 주먹이 부딪치는데 쇳소리가 들렸다. 그 황당한 광경에 사람들은 그만 입을 벌리고 말았다.

천둔검(天鈍劍)이라는 별호를 얻은 화진천이었다. 하늘 아래 가장 느리다는 평가를 들을 만큼 그의 검공은 느렸다. 대신 폭발적인 위력을 내포하고 있었다. 그 때문에 오기의 일원이 될 수 있었다.

화진천은 여전히 검을 느리게 휘두르고 있었다. 그런데도 철군패의 주먹을 모조리 막아내고 있었다.

너무 빨라서 잔상만이 남아 오히려 느리게 보이는 것이 바로 그의 검공이었다. 보통 사람의 육안으로 볼 수 있는 것은 그가 검을 휘두른 뒤의 잔상뿐이니, 빠르다는 사실을 인식할 수조차 없었다.

쾅 쾅!

마치 벽력이 치는 것 같은 충격음이 연신 터져 나왔다. 그때마다 주위에 있던 사람들의 몸이 들썩였다.

잠시 밀려났던 은구사자가 다시 뛰어들면서 전황은 한 치 앞도 내다볼 수 없을 정도로 치열해졌다. 사람들의 안력으로는 도저히 그들의 움직임을 쫓아갈 수조차 없었다.

"이미 그들은 인간의 수준을 벗어났구나."

"화진천, 이미 그는 오기를 뛰어넘었다. 능히 신주십대고수에 도전할 수 있을 만한 실력이다."

사람들은 넋이 나간 채 그들의 격돌을 지켜봤다. 그들에겐 세 사람의 모습이 도저히 같은 인간으로 보이지 않았다. 그만큼 그들의 격돌은 인간의 상식에서 벗어나 있었다.

화진천의 검이 철군패의 목을 금방이라도 날릴 듯이 짓쳐왔다. 그 순간 철군패의 두꺼운 손바닥이 검면을 쳐올렸다. 순식간에 드러나는 옆구리의 허점. 그러나 철군패가 옆구리를 치기도 전에 은구사자의 수강이 철군패의 등판을 노렸다. 결국 철군패는 화진천을 놓아줄 수밖에 없었다.

실로 절묘한 협공이었다.

은구사자와 화진천, 두 사람은 철군패를 상대로 협력을 하고 있었다. 그들은 마치 평생 동안 합격진을 연마해온 사람들처럼 서로의 빈자리를 보완하며 철군패를 공격했다. 화진천이 위험에 노출되면 은구사자가 돕고, 은구사자가 밀리면 화진천이 옆에서 보조를 맞춰주었다. 그 덕분에 전세는 팽팽하게 유지될 수 있었다.

구주천가와 반천련, 결코 양립할 수 없는 두 세력의 무인들이 멸제라는 절대의 존재에 대항해 손을 맞잡은 것이나 다름없는 광경이었다.

은구사자가 가면 속에서 입술을 질경 깨물었다.

'치잇! 이런 치욕이라니.'

반면 화진천은 다른 이유로 눈을 빛냈다.

'이자는……'

처음엔 이질적인 무공 때문에 정체를 종잡을 수 없었다. 하지만 철군패를 상대로 손을 맞추다보니 은구사자의 무공이 어딘가 낯익게 느껴졌다. 분명 어디선가 한 번쯤은 경험했던 것 같다는 생각이 들었다. 조금만 더 생각하면 떠오를 것 같았지만, 돌아가는 급박한 상황은 화진천을 그렇게 한가로이 생각만 할 수 없게 만들었다.

콰쾅!

철군패의 주먹이 작렬할 때마다 마치 포탄을 맞은 것처럼 온몸이 들썩였다. 만일 은구사자와 협력하지 않았다면 진즉 형편없이 밀렸을지도 모르는 일이었다.

화진천이 입술을 질근 깨물었다.

자존심이 상했다. 구주천가의 검이라는 자부심이 지금 이 순간 산산이 부서지고 깨져나가고 있었다. 적이라 할 수 있는 은구사자와 합공을 하고서도 승기를 잡지 못하는 남자가 눈앞에 있었다.

그의 나이는 자신과 비슷하거나, 오히려 조금 아래로 보였다. 그런데도 구주천가에서 특별한 혜택을 받은 자신을 능가하는 무력을 갖추고 있었다.

'더구나 그는……'

화진천의 시선이 철군패의 뒤쪽에 있는 단월을 향했다. 단월의 시선에는 철군패를 향한 염려가 가득 담겨 있었다. 자신에게는 절대로 보여주지 않던 눈빛이었다.

질겅!

화진천이 피가 날 정도로 입술을 깨물었다.

그의 검에 공력이 집중됐다.

우웅!

과도한 공력이 주입된 검이 부르르 검명(劍鳴)을 터트렸다. 합공을 하던 은구사자도 화진천의 기척을 느끼곤 공력을 극성으로 끌어올렸다.

서로 적대적인 두 단체의 무인들마저 손을 잡게 만드는 가공할 존재감을 가진 남자를 상대하고 있었다. 그의 존재감이 물과 기름처럼 영원히 합쳐질 수 없는 두 세력의 남자들을 일시적으로 손잡게 만들고 있었다.

두 사람의 합공은 실로 절묘하면서도 위력적이었다.

"차핫! 천둔팔형(天鈍八形)."

"은마신조(銀魔神爪)."

두 사람 각자의 최후의 초식이 동시에 터져 나왔다.

화진천의 몸은 순식간에 여덟 개로 분열됐다. 실은 너무 빨리 움직여서 여덟 곳에 동시에 잔상이 남은 것이었지만, 그 위력만큼은 여덟 명의 화진천이 합공을 하는 것처럼 위력적이었다. 거기에 은구사자의 은빛 수강이 합쳐지자 그야말로 개세적인 위력이 발휘됐다.

쿠콰콰!

가공할 힘의 소용돌이가 철군패를 향해 짓쳐왔다. 그 여파로 땅 거죽이 일어나고, 대기가 미친 듯이 흔들렸다.

이제까지 수동적으로 두 사람을 상대하던 철군패의 눈에 처음으로 생기가 떠올랐다. 피부가 수천 개의 바늘로 동시에 찔리는 것처럼 아파오고, 본능이 위험하다고 경고하고 있었다. 실로 오랜만에 느끼는 위기감이었다.

십이사조와의 격돌 이후, 이 정도로 위기감이 들게 만든 이는 없었다. 철군패는 파멸력을 극도로 운용했다. 기가 미세한 단위로 쪼개져 몸 안을 휘돌며 이 세상에 존재하지 않는 기운을 생성했다. 그렇게 생성된 파멸력은 그의 주먹으로 몰려들었다.

공기의 벽을 갈기갈기 찢어 부수며 철군패의 주먹이 뻗어나갔다.

파형권(破形拳) 혈산화(血散花).

쿠콰콰가가!

　순간 화진천과 은구사자는 한 번도 느껴본 적이 없는 이질적
인 기운이 자신들의 기운을 집어삼키며 밀려오는 것을 느꼈다.
　"뭐, 이런?"
　"흐읍!"
　그들의 눈이 찢어질 듯이 부릅떠졌다.
　자신들이 쏟아낸 경력이 눈에 보이지 않는 야수에게 갈가리
찢기고 발기발기 뜯겨나가는 느낌에 온몸의 신경이 곤두서서
아우성쳤다.
　쩌릿쩌릿 피부가 지독한 통증을 호소하고, 온몸의 신경이란
신경을 칼로 후비는 것처럼 아파왔다.
　쿠와아앙!
　거대한 충격이 그들의 전신을 강타했다.
　"크아악!"
　"허윽!"
　억눌린 비명과 함께 두 사람의 몸이 뒤로 훌훌 날아갔다. 전
신에서 피를 뿌리며 날아가는 이는 바로 은구사자와 화진천이
었다. 은구사자는 은으로 만든 가면이 반쯤 부서져 있었고, 한
쪽 팔이 기형적으로 꺾여 있었다.
　화진천의 상황 역시 그보다 나을 것이 없었다. 천둔검이란 별
호를 얻게 해준 그의 검은 산산조각 나 있었고, 지독한 내상을
입은 듯 얼굴은 시커멓게 죽어 있었다. 그나마 그가 워낙 강력
한 내공과 육체를 갖고 있었기에 망정이지, 그렇지 않았다면 벌

써 피모래로 산화했을지도 몰랐다. 혈산화는 그 정도의 위력을 가진 초식이었다.

그러나 몸에 입은 내상보다 더 괴로운 것은, 원수라고 할 수 있는 반천련의 은구사자와 합공을 하고서도 오히려 철군패의 가공할 권공에 내상을 입었다는 것이다.

쾅!

화진천의 몸이 커다란 나무에 부딪치고 나서야 겨우 멈췄다. 그제야 화진천이 한쪽 무릎을 꿇으며 선혈을 왈칵 토해냈다. 은구사자는 귀혈병단의 도움을 받아서야 겨우 바닥에 내려설 수 있었다.

"감히!"

"놈!"

수장이 타격을 입자 귀혈병단과 혈포사신대가 나섰다. 오늘 그들의 수장들이 합공을 하고도 철군패 한 명을 당해내지 못한 사실이 강호에 알려지면 명성에 큰 타격을 입을 것이 분명했다.

이미 자존심이 상할 대로 상한 그들이었다. 그들은 앞뒤 가리지 않고 철군패를 향해 달려왔다. 수백 명의 무인들이 성난 해일처럼 달려드는 모습은 처절하기까지 했다. 허나 그들을 보면서도 철군패는 움직이지 않았다. 일견 그는 모든 것을 포기한 사람과도 같아 보였다.

스릉!

수백 개의 무기가 섬뜩하게 빛을 뿜어내며 모습을 드러냈다.

그리고 금방이라도 철군패의 몸을 난도질할 듯 짓쳐왔다. 그 엄청난 박력에 살이 떨리고, 온몸의 털이란 털이 다 일어설 지경이었다. 그래도 철군패는 몸을 움직이지 않았다.

"군패야."

등 뒤에서 단월의 목소리가 들렸다. 철군패가 고개를 돌려 그녀를 바라보았다. 단월의 망막 가득 철군패가 미소를 짓고 있는 모습이 보였다.

쉬이익!

그 순간, 날카로운 파공성이 단월의 고막을 자극했다.

퍽!

"커헉!"

철군패를 향해 달려들던 귀혈병단의 무인이 갑자기 뒤로 나가떨어졌다.

피피핑!

그 이후로도 파공성이 몇 번이고 울려 퍼졌다. 그때마다 귀혈병단과 혈포사신대원들이 뒤로 나가떨어졌다. 바닥을 나뒹구는 그들의 몸에는 커다란 화살이 박혀 있었다.

화살의 위력이 얼마나 강력한지 아직도 화살대가 부르르 떨리고 있었다. 화살에 맞은 귀혈병단과 혈포사신대원들은 이미 정신을 잃은 듯 꿈틀거리는 게 고작이었다.

"누, 누구냐?"

"모습을 드러내라."

뜻하지 않은 공격에 귀혈병단과 혈포사신대원들이 멈춰섰다. 그들은 대부분 날아오는 화살을 아무렇지 않게 쳐낼 수 있는 고수들이었지만, 방금 전 날아온 화살은 그들의 안력으로도 포착할 수 없을 만큼 은밀하면서도 또한 빠르고 위력적이기까지 했다.

"스스로를 비겁하다 여기지 않는다면 모습을 드러내라."

귀혈병단주 문엽의 외침이 울려 퍼졌다.

그제야 군웅들은 자신들 말고도 또 다른 무리가 이곳에 나타났음을 깨달았다. 그들은 철군패의 등 뒤로 거대한 그림자가 드리워지는 모습을 보았다. 마치 어둠이 번지듯 서서히 형체를 드러내는 수백 명의 남자들.

푸르르!

험난하기 이를 데 없는 산길을 말을 타고 오른 수백 명의 사내. 그들의 손에는 강궁이 들려 있었다.

"네놈들이 감히."

사내들의 모습을 확인한 혈포사신대원이 눈을 번뜩이며 달려들었다. 그러나 거리를 채 반으로 좁히기도 전에, 그는 어깨에 화살을 한 발 맞고 바닥을 나뒹굴었다.

화살을 겨눈 사내들의 눈이 무시무시하게 빛나고 있었다. 그들의 살기어린 시선에 군웅들은 그만 찔끔해 고개를 돌리고 말았다.

'어디서 이런 자들이 나타난 것인가?'

'도대체 이들의 정체는 무엇이란 말인가?'

그들의 시선이 혈포사신대와 귀혈병단을 향했다. 그 순간 두 조직은 잡아먹을 듯한 시선으로 새로 나타난 남자들을 노려보고 있었다. 서로의 태도로 미루어보아 그들 모두 새로이 나타난 무리의 정체를 모르고 있는 듯했다.

문엽이 외쳤다.

"너희들은 웬 놈들이냐? 감히 이곳의 일에 끼어들다니 후환이 두렵지 않느냐?"

"우리는 북풍대. 빌어먹을 대주를 찾아왔지."

스스로를 북풍대라고 밝힌 사내들이 커다란 깃발을 들었다. 깃발에는 선명하게 '북풍(北風)'이라는 두 글자가 새겨져 있었다.

"북풍대?"

"그래! 우리는 북풍대다."

대답과 함께 앞으로 나선 북풍대의 부대주인 양천의였다. 양천의의 시선이 철군패를 향했다.

"망할 놈."

"훗!"

철군패의 입가에 미소가 번져갔다.

북풍대가 철군패의 주위로 몰려들었다. 누구 하나 튀지 않고 유기적으로 움직였다. 그 모습이 마치 하나의 의지만을 가졌을 뿐인 거대한 생명체 같았다. 단단하면서도 감히 외부에서 침범

할 수 없을 것 같은 대단한 결속력을 보여주는 그들의 모습은
엄청난 위압감을 뿜어내고 있었다.
　단월이 자신을 둘러싼 사내들을 보며 물었다.
　"이들은?"
　"북풍대, 나의 군대다."
　북풍대의 엄청난 위용에 혈포사신대와 귀혈병단의 무인들이
주춤했다. 집단전을 수없이 경험해본 그들은 알 수 있었다. 상
대가 결코 범상치 않은 무력 집단임을. 커다란 환도와 강궁으로
무장한 북풍대의 위압감은 오히려 두 집단을 압도하고 있었다.
　"멸제…… 북풍대. 소문이 사실이었던가?"
　"으음!"
　군웅들이 말을 잃었다.
　멸제, 그리고 북풍대.
　장성 밖 새외에서 전설처럼 들려오던 이름이었다. 자신들과
상관없다고 생각했기에 그다지 크게 신경 쓰지 않았던 이름이
었다. 하지만 지금은 그 이름이 천근만근의 바위가 되어 그들의
가슴을 짓누르고 있었다.
　"감히 북방의 도적들이 허락도 없이 중원으로 들어오다니."
　혈포사신대가 노성을 터트리며 북풍대를 향해 달려들려고 할
때였다.
　"멈……춰라."
　화진천이 힘겹게 일어서며 외쳤다.

“대주님.”

“나를 얼마나 더 부끄럽게 할 생각이냐? 혈포사신대는 지금 이 순간부터 오태산에서 물러난다.”

“하지만 대주님?”

“이미 연판장이 사라졌다. 우리가 그들을 추적할 표면적인 이유가 없어진 것이다. 그리고 오늘의 복수는 너희들이 아닌 나의 힘으로 할 것이다.”

화진천의 이글거리는 시선이 철군패를 향했다. 그토록 엄중한 내상을 입었지만, 그의 투지는 전혀 꺾이지 않았다.

그가 철군패를 향해 말했다.

“다시 한 번 당신에게 도전하겠소. 그때는 지금처럼 허무하게 당하지는 않을 것이오.”

“얼마든지.”

화진천은 누구의 부축도 없이 혼자의 힘으로 발걸음을 옮겼다. 문득 그의 시선이 단월을 향했다. 하지만 단월은 그를 보고 있지 않았다. 그녀의 시선은 철군패를 향해 있었다.

“가자.”

화진천이 입술을 깨물며 혈포사신대를 이끌고 자리에서 물러났다. 혈포사신대가 물러나자 은구사자 역시 이곳에 있을 필요성을 느끼지 못했다.

“어차피 연판장이 사라졌으니, 우리가 이곳에 있을 이유 또한 없다. 가자.”

은구사자도 단월이 연판장의 명단을 외웠을 가능성이 있다는 사실을 헤아리고 있었다. 하지만 지금 당장은 그 사실을 확인할 방법이 없었다. 그녀의 앞을 철군패가 지키고 있었기 때문이다.

'분하지만 다음 기회를 노리는 수밖에. 지금 당장은 멸제가 너무 버겁구나.'

그가 귀혈병단의 부축을 받으며 걸음을 옮겼다. 사라지기 직전, 그는 철군패에게 한마디 하는 것을 잊지 않았다.

"이 빚은 잊지 않겠다. 이제부터 너와 반천련은 적이다."

"머리가 나쁜 친구군. 만나기 전부터 우린 이미 적이었어."

"그렇군. 멸제, 당신을 기억하겠다."

"후후! 그 기억, 꽤 오래 갈 거야. 이제부터 나는 너희들의 악몽으로 남을 테니까."

뿌득!

은구사자가 소리 나게 이빨을 갈고는 돌아섰다.

그들이 사라지는 모습을 보며 양천의가 철군패에게 말했다.

"그냥 보내줘도 괜찮겠나? 차라리 지금 이대로 죽이는 것이 후환이 없지 않을까?"

"모조리 죽이면 누가 이곳에서 있었던 일을 소문낼까? 지금 당장은 저들을 죽여서 이득 될 것이 하나 없어. 저들은 지금부터 나의 전설을 증명해줄 존재들이니까."

"망할 새끼. 하여간 머리 굴리는 것 하고는."

양천의가 혀를 찼다.

언제나 느끼는 거지만, 그는 철군패가 정말 얄미웠다.

"음!"

철군패의 시선이 반천련의 무인들이 사라져가는 방향을 바라보았다.

"왜 그래?"

"아니, 왠지 익숙한 시선이 느껴진 것 같아서."

양천의의 물음에 철군패가 간단하게 대답했다. 그의 시선은 반천련의 무인들이 사라진 방향에서 쉽게 떨어지지 않았다.

제 2 장
은원만리(恩怨萬里)

북방의 전설인 멸제의 등장 소식은 전 중원을 떠들썩하게 만들기 충분했다. 더구나 그가 구주천가와 반천련이라는 양대 세력의 협공 속에서 무영문의 소문주 단월을 구해냈다는 소문은 이제까지 숨을 죽이고 있던 중소문파와 그곳에 소속되어 있던 무인들의 답답한 가슴을 시원하게 뻥 뚫어주었다.

그의 주먹 한 방에 수십 명의 무인들이 피떡이 되어 날아갔다.

그가 주먹을 휘두를 때면 마치 대포를 쏘는 것 같은 포성이 터져 나온다.

멸제가 중원을 정복하기 위해 그의 군대와 함께 장성을 넘어왔다.

일일이 확인하지도 못할 수많은 소문들이 난무했다. 근래에 들어 짧은 시간 안에 이토록 많은 소문을 양산한 자는 십전제를 제외하면 철군패가 유일했다.

소문은 일파만파 퍼져나가며 급격히 몸집을 불려나갔다. 소문은 또다시 소문을 부르고, 멸제의 전설은 급속도로 세를 불려나가 단숨에 신주십대고수를 위협할 정도가 되었다.

특히 구주천가의 검이라고 할 수 있는 천둔검 화진천과 반천련의 은구사자가 합공을 하고서도 패퇴했다는 사실은 사람들을 경악에 빠져들게 했다. 더구나 당시의 그는 구주천가와 반천련이 부리는 수많은 군웅을 물리치며 힘을 소모한 뒤였지 않은가.

게다가 그에겐 군대가 있었다. 삼백 명으로 이뤄진 무적의 군대가. 그의 군대는 구주천가와 반천련의 무인들을 동시에 물리침으로써 그 위력을 만천하에 증명했다.

사람들은 새로운 강자가 출현했음을 깨달았다. 그리고 그의 움직임을 예의주시하기 시작했다.

그렇게 수많은 사람들이 주목하고 있던 중에, 철군패와 북풍대는 홀연히 모습을 감췄다. 삼백 명이나 되는 사람들이 그야말로 흔적도 없이 사람들의 시야에서 사라진 것이다.

많은 사람들이 행방을 찾을 때, 철군패와 북풍대는 오태산에서 오백여 리 떨어진 조그만 야산에 위치해 있는 한 장원에 머무르고 있었다.

운월장(雲月莊)이라는 이름의 장원이었다.

본래 운월장의 주인은 금오상단의 주인인 문일원이었다. 문
일원은 혈뢰사원의 천산분원에서 철군패에게 도움을 받은 후
그를 은인으로 생각하고 있었다. 더구나 철군패의 후광으로 천
산은침차를 독점하면서 금오상단은 급속히 세를 불리고 있는
상황이었다.

북풍대는 금오상단의 보표로 위장해 장성을 넘었다. 그 때문
에 구주천가는 물론이고, 중원의 그 어떤 문파도 그들의 움직임
을 감지하지 못했던 것이다.

문일원은 철군패와 북풍대를 위해 매우 오래전에 구입했던
운월장을 내주었다. 그 때문에 아직까지 중원의 어떤 문파들도
그들의 거처를 발견하지 못한 것이다. 적어도 금오상단은 강호
무림과는 어떤 연관도 없는 순수한 상인집단이었기 때문이다.

북풍대는 운월장 안에서 자유롭게 행동했다. 어떤 이들은 무
공을 익히기도 했고, 어떤 이들은 무기를 점검하기도 했고, 어
떤 이들은 자유롭게 담소를 나누었다. 어떻게 보면 기강이라곤
전혀 존재하지 않는 무뢰배들의 집단 같았지만, 단월은 그들의
모습을 보면서 강한 충격을 받았다.

'겉으로 보기엔 아무런 격식이나 형식도 없어 보이지만, 만
일 외부에서 적이 감지된다면 그 즉시 역공을 취할 수 있는 군
진을 형성하고 있다. 누가 시키거나 훈련시켜서가 아니라 구성
원 스스로가 알아서 최적의 군진을 형성하고 있는 것이다. 도대
체 얼마나 강한 유대감이 있어야 숨 쉬는 것, 행동하는 것 하나

까지 일치해 사람자체가 군진이 될 수 있을까?'

단월은 온몸에 소름이 올라오는 것을 느꼈다.

무영문의 소문주로 이제까지 수많은 문파들의 정보를 접하고 사람들을 만나본 그녀였지만, 단언컨대 북풍대와 같은 무력 조직은 단 한 번도 본 적이 없었다.

'이들이라면 구주천가 최후의 조직이라는 십전제 천우경의 친위대, 흑영대와도 자웅을 겨룰 수 있을지 모른다.'

어쩌면 지나친 비약인지도 몰랐다. 하지만 단월은 자신의 생각이 크게 틀릴 거라고는 생각하지 않았다.

그렇게 단월이 상념에 잠겨 있을 때 밖에서 문을 두드리는 소리와 함께 철군패의 목소리가 들렸다.

"들어가도 될까?"

"들어와."

단월의 대답이 있자, 철군패가 문을 열고 그녀의 거처로 들어왔다. 단월은 웃음으로 철군패를 맞이했다.

"어서와."

"잠은 좀 잤어?"

"몇 달 만에 처음으로 아무 걱정 없이 푹 잤어. 고마워."

"다행이네."

철군패가 의자에 앉았다. 그런데도 서있는 단월과 눈높이가 대등할 정도였다. 그런 철군패를 보며 단월이 미소를 지었다.

"정말 많이 컸네. 그때는 네가 이렇게 클 줄 몰랐는데."

이십 년 전, 철군패를 만났을 때가 생각났다.

자신보다 두 살이나 어렸던 철군패지만, 그때도 그는 특별했다. 외모의 특별함이 아니라, 사람의 시선을 잡아끄는 강렬한 느낌과 힘이 있었다. 그래서 단월 역시 그에게 끌렸는지도 몰랐다. 하지만 단월은 바로 얼마 전까지만 해도 철군패가 이렇게 크게 될 줄 미처 예상하지 못했다.

지금 철군패의 모습은 거대한 산악을 연상시킬 정도였다. 보통의 성인보다 최소 머리 두 개는 더 큰 거대한 덩치에, 옷 사이로 드러난 근육은 바위를 통째로 뽑아버릴 것 같은 육중한 박력을 자아냈다. 그래도 둔하다거나 징그럽다는 느낌은 들지 않았다. 그냥 있는 그대로의 모습이 무척이나 잘 어울렸다.

"고마워. 도와주러 와줘서."

"당연한 일이야. 고마워할 필요 없어."

"아냐. 네가 아니었으면 나는 지금쯤 이렇게 편히 앉아서 차를 마시지도 못했을 거야."

단월이 조용히 고개를 저었다.

그녀는 자신의 얼굴을 가리고 있던 면사를 벗은 상태였다. 그 때문에 눈이 부시게 아름다운 외모가 그대로 철군패의 망막에 맺히고 있었다.

"당연한 일이잖아. 내가 가장 힘이 들 때 손을 내밀어준 사람이 너였어. 이번엔 내가 너에게 손을 내밀 차례였을 뿐이야."

"고마워."

"그런데 어쩌다가 구주천가에게 쫓기게 된 거야? 반천련은 또 뭐고?"

"얘기하자면 길어."

"이제 누구한테 쫓길 걱정 없잖아. 그리고 보다시피 나도 별로 할 일이 없고."

철군패가 큰 팔을 벌려 보였다. 그 모습에 단월의 입가에 미소가 떠올랐다. 이십 년이란 시간이 흘렀지만, 철군패는 전혀 달라지지 않았다.

단월은 잠시 숨을 고르다가 말을 잇기 시작했다.

"네가 구주천가를 떠난 후 많은 일들이 있었어. 구주천가는 무영문을 놓치지 않기 위해서 물 샐 틈도 없이 감시했지. 아버지는 더 이상 구주천가에 기대는 게 얼마나 위험한 일인지 깨달았고, 무영문의 이주를 결정했어. 그렇게 무영문은 홀로서기를 시작했지. 처음엔 순조로웠어. 십전제 천우경 대협도 구주천가를 재건하느라 무영문에 신경을 쓸 여유가 없었기에 모든 것이 순탄했어. 소주에 터를 잡고, 무영문을 위장했지. 그렇게 새로운 무영문의 역사가 시작되었어."

무영문이 어느 정도 자리를 잡자 단월은 강호로 눈을 돌렸다. 그녀는 자신의 능력이 어느 정도인지 시험해보고 싶었다. 그렇게 시작된 강호행에서 두각을 나타낸 단월은 오기(五奇)의 일원이 되었다. 현 강호에서 가장 두각을 나타내는 다섯 명의 무인 중 한 명이 된 것이다.

"소주에서 새로이 무영문을 시작하면서 이름도 바꿨어. 고명희라는 이름으로는 도저히 강호에 나갈 수가 없었거든. 그랬다가는 구주천가에서 곧바로 감시를 붙일 테니까. 그래서 그때부터 단월이라는 새로운 신분을 만들어 자유롭게 활동했지."

이 대목에서 단월이 약간은 쑥스러운 듯 얼굴을 붉혔다. 사실 그녀는 고명희라는 본명보다 단월이란 가명을 더욱 마음에 들어 했다. 어딘가 신비롭기도 하면서 흔하지 않았기 때문이다. 그러나 자신을 명희라고 부르는 철군패에게는 이름을 바꿨다는 말을 하는 것조차도 왠지 쑥스러웠다.

단월은 담담히 자신의 삶을 이야기했다. 어떻게 무영문이 소주에 뿌리를 내렸고, 자신이 어떻게 강호에서 명성을 얻었으며, 강호행을 마친 뒤에 고가주루의 루주가 된 것에 이어 마침내 구주천가와 반천련이 무영문을 노리는 대목에 이르렀다.

"결국 구주천가나 반천련이 원하는 것은 무영문의 정보력이었어. 그들은 무영문의 안위 따위는 하나도 생각하지 않았어. 자신들이 원하는 것만 얻을 수 있다면 무영문 따위는 어떻게 되어도 좋다고 생각했지. 그래서 나는 모험을 걸 수밖에 없었어. 양대 세력의 사이에서 무영문을 지키기 위해서는 어쩔 수 없었어. 그 후부턴 네가 아는 대로야. 나는 구주천가로 들어갔고, 탈출을 위장해서 반천련과 접촉했지. 그리고 연판장을 훔쳐냈지. 그때는 그게 최선이었다고 생각했어."

"그래도 너무 위험한 모험을 했어."

"알고 있어. 하지만 그때는 어쩔 수 없었어. 만일 네가 멸제라는 사실을 알았다면 나는 그런 모험을 하지 않았을 거야. 이제 네가 말해봐. 어떻게 살아온 거니? 멸제라는 이야기를 들었지만, 나는 아직도 실감이 안 나."

이십 년 만에 만난 철군패는 멸제라는 어마어마한 신분을 가지고 있었다. 그의 위력은 자신의 눈으로 직접 확인을 했다.

구주천가와 반천련 무인들의 협공에도 불구하고 오히려 신위를 발휘하던 그의 모습은 멸제라는 별호가 전혀 아깝지 않을 정도였다. 단월은 이제까지 철군패처럼 강력한 무인은 단 한 번도 보지 못했다. 아니, 그 정도로 강력하게 각인된 인물들을 본 적이 있기는 했다. 이십 년 전에 말이다.

하지만 그것은 어디까지나 이십 년 전의 일이었다. 당시의 기억은 상당 부분 퇴색되어 있었다. 그 때문에 철군패의 강력한 위용 앞에 묻혀버리고 말았다.

철군패는 담담히 자신이 걸어온 삶을 이야기하기 시작했다. 구주천가를 떠나 대막으로 떠난 일과 그곳에서의 삶. 그리고 만난 사람들에 대해 이야기했다.

철군패의 이야기를 듣는 도중 단월의 고개가 잠시 갸웃거리기도 했었다. 하지만 철군패의 이야기가 워낙 흥미진진했기에 이내 그녀는 깊이 빠져들었다.

홀로 대막을 넘어 천산으로 간 일. 그곳에서 혈뢰사원과 충돌하고, 기어이 파형권을 익히고, 세상에 나온 일까지 철군패는 하나도 빼놓지 않고 이야기했다.

단월은 조그만 주먹을 꽉 쥔 채로 철군패의 이야기를 들었다. 그녀는 마치 자신이 그 모든 사건을 겪기라도 한 것처럼 빠져들었다.

마침내 철군패가 십이사조를 물리치고 중원으로 향한 대목에 이르러서는 탄성을 내뱉지 않을 수 없었다.

"아! 정말 너는 엄청난 혈로를 걸어왔구나. 그런데도 나를 구하기 위해서 중원으로 와주다니."

"당연한 일이야. 아마 너에게 또다시 그런 일이 생긴다면, 나는 너를 구하기 위해 기꺼이 중원으로 다시 올 거야. 그러니까 미안해하지도, 고마워하지도 마."

철군패가 빙그레 미소를 지었다. 그 미소가 듬직했다.

단월의 얼굴이 은은하게 붉어졌다.

이제까지 중원의 그 어떤 기남을 만나도 별다른 감정을 느끼지 못했던 단월이었다. 그중에서는 단월에게 구애를 해온 이들도 상당수였다. 하지만 그때마다 단월은 그들을 단호히 거절했다. 그랬던 단월이 철군패의 듬직한 미소에 마음이 흔들리고 있었다.

"아직 몸이 낫지 않았나 보네. 얼굴이 빨가네."

"그냥 갑자기 열이 올라서 그래."

"그래?"

"걱정하지 마. 그보다 이제 어떻게 할 거야?"

"뭘?"

"삼백 명이나 되는 무인들을 이끌고 중원으로 들어왔잖아."

"후후! 일단은 너를 구하게는 게 급했어. 이제부터 어떻게 할지는 찬찬히 생각해봐야지. 일단 생각해놓은 게 있지만, 그래도 시간을 두고 좀 더 다듬어봐야지."

구주천가와 반천련 양측에서 노리던 연판장은 이미 세상에서 사라졌다. 하지만 그렇다고 해도 단월의 위험이 사라진 게 아니었다. 어쨌거나 모든 문제가 단월이 연판장을 탈취하면서 생긴 것이니만큼, 구주천가나 반천련에서도 쉽게 단월을 용서하지는 않을 것이다.

"그리고 무엇보다 내 머릿속에 연판장 안의 내용이 담겨있다는 것이 문제야."

"설마 그 많은 내용을 외운 거야?"

"응! 연판장은 사라졌지만, 그 안의 내용은 내가 모두 외우고 있어."

단월이 단호한 표정을 지었다.

두 문파에 의해 쫓기는 동안 그녀는 결코 놀고만 있었던 것이 아니었다. 그녀는 연판장의 내용을 달달 외울 정도로 보고 또 봤다. 그녀의 머릿속에는 또 다른 연판장이 있다고 해도 과언이 아니었다.

단월의 대답에 철군패가 놀라는 표정을 지었다. 그러자 단월이 미소를 지으며 자신이 왜 그랬는지 이유를 설명했다.

"현재 중원은 불붙기 직전의 화약고와 같은 상황이야. 구주천가는 여전히 건재하지만, 곳곳에서 그들에 대항하는 움직임이 포착되고 있어. 어쩌면 이십 년 전에 겪었던 대란보다 더 큰 환란이 닥칠 수도 있다는 것이 무영문의 정보를 모두 종합한 뒤 내린 결론이야."

"그거하고 연판장이 무슨 상관이지?"

"연판장에 적힌 문파들과 수장들의 면면을 보면 천하의 흐름을 읽을 수 있어. 그리고 이제부턴 역으로 그들의 숨통을 조일 수도 있지."

오죽했으면 조가장의 무인들과 묵원상이 연판장을 회수하기 위해 뛰어들었을까? 비록 반천련에 가입을 했지만, 구주천가에 그 사실이 알려지면 하루아침에 멸문당할 수도 있기 때문이다.

앞으로 그들의 숨통은 모두 단월이 쥐고 있다. 단월은 연판장의 내용을 가지고 반천련이나 구주천가의 어느 쪽과도 협상할 수 있게 되었다.

철군패와 북풍대라는 강력한 보호자가 생긴 이상, 이제 칼자루는 오히려 그녀가 쥐게 됐다. 이제 그녀는 더 이상 도망 다니지 않을 것이다.

철군패가 미소를 지었다.

"큰일을 겪었으니, 이제 좀 쉬어. 연판장을 활용할 방도는 천천히 찾아도 늦지 않을 테니까. 이곳에 있는 이상 그 누구도 너를 건들 수는 없을 테니까."

“고마워.”

“뭐가?”

“구하러 와줘서. 그리고 보호해줘서.”

“후후! 쉬고 있어.”

철군패가 자리에서 일어나 밖으로 나갔다. 단월은 철군패의 뒷모습을 물끄러미 바라보았다. 그가 사라지자 왠지 모를 허전함이 느껴졌다.

“휴우!”

단월이 나직이 한숨을 내쉬었다.

그녀는 자리에서 일어나 창가로 다가갔다. 북풍대의 모습이 보였다. 그리고 그들에게 다가가는 철군패의 모습이 보였다.

문득 철군패가 언급했던 단어 하나가 떠올랐다.

“모일려…… 분명 어디선가 한 번쯤 들어본 적이 있는 이름인데.”

철군패는 대막에서 그녀를 만났다고 했다. 그녀 덕분에 자신의 어머니가 편히 쉴 수 있었다고 이야기했다. 그랬기에 더욱 기억에 남았는지도 몰랐다.

“한번 알아봐야겠구나.”

*　　*　　*

온유하는 자신의 거처에서 화진천을 만나고 있었다.

"실패했다고?"

"죄송합니다."

화진천은 솔직하게 자신의 실패를 인정했다.

"말해 보거라. 어찌된 일이냐?"

"방해자가 있었습니다. 그 때문에 연판장이 재로 변해 사라졌습니다."

"방해자?"

"멸제라는 자였습니다. 그가 난입을 하는 바람에 실패를 했습니다."

"멸제? 새외에 새로이 나타났다는 신흥 강자를 말하는 것이냐?"

"그렇습니다."

"그가 왜 오태산에 나타났단 말이냐?"

"대화로 미루어볼 때 그녀와 아는 사이 같았습니다."

"멸제가 무영문의 소문주와?"

온유하의 미간이 찌푸려졌다.

멸제라는 자가 신경 쓰이긴 했지만, 새외에서만 활동하던 자라 크게 주의하지 않았다. 그런데 그가 무영문의 소문주와 연결이 돼 있다니. 그녀는 무언가 꼬이는 느낌을 받았다.

"멸제와 손을 겨뤘더냐?"

"겨뤘습니다."

"어떻게 되었더냐?"

"반천련의 은구사자라는 자와 협공을 하고서도 졌습니다."

"져? 네가 말이냐?"

온유하의 눈에 경악의 빛이 떠올랐다.

구주천가의 검이라고까지 불리는 화진천이다. 혈포사신대의 대주면서 젊은 무인들의 우상이기까지 한 그가 스스로의 입으로 졌다고 말하고 있었다.

화진천의 자존심이 얼마나 강한지 잘 아는 온유하였다. 그가 이런 말을 꺼내는 것이 얼마나 힘든지 능히 짐작이 갔다.

"몸은 괜찮느냐?"

"괜찮습니다. 그보다 한 가지 허락을 맡고자 합니다."

"무엇을 말이냐?"

"당분간 폐관수련을 할까 합니다. 허락해주십시오."

"폐관수련을 말이냐?"

"예! 당분간 폐관수련을 하면서 저 자신을 돌아보고 싶습니다. 그리고 반드시 넘어야 할 벽이 생겼습니다."

"음!"

온유하는 쉽게 대답을 하지 못했다.

반천련이 활동을 하고, 멸제라는 자가 중원으로 들어왔다. 그 어느 쪽도 소홀히 할 수 없는 상황이었다. 구주천가에 아무리 많은 전력이 있다하지만 화진천과 혈포사신대처럼 효율적인 조직은 존재하지 않았다. 굳이 있다면 흑영대 뿐인데, 그들은 오직 천우경의 명령만을 들으니 전력에 포함시킬 수 없었다.

잠시 생각을 해본 온유하가 결단을 내렸다.

"좋다. 단, 오래는 안 된다."

"알고 있습니다. 최대한 빨리 폐관을 끝내겠습니다."

"부디 원하는 성취를 얻길 바라겠다."

"감사합니다. 배려를 해주셔서."

"아니다. 내가 그동안 너에게 너무 시간을 주지 않은 것 같다. 다음에 너를 볼 때면 한 단계 더 도약해있겠구나."

온유하는 미소로 화진천을 응원했다.

화진천은 주먹을 꽉 쥐었다. 어찌나 꽉 쥐었는지 손등에 굵은 힘줄이 도드라져 나왔다.

'멸제…… 다음에 만날 땐 결코 맥없이 물러나지 않겠다. 나는 그날의 수모를 결코 잊지 않을 것이다.'

생애 처음으로 누군가를 뛰어넘기 위한 도전의식이 생겼다. 화진천은 도전의 의지를 활활 불태웠다.

며칠이 지났건만 그날의 기억은 아직도 잊히지 않고 있었다. 그의 뒤에서 말 위에 앉아 있던 단월의 모습이 유독 선명하게 떠올랐다.

*　　*　　*

화진천이 물러난 직후 온유하는 혼자 곰곰이 생각에 잠겼다.

생각하면 할수록 보통 일이 아니었다.

"멸제, 새외의 전설이라는 십이사조의 아성을 무너트린 자. 더구나 그를 따르는 삼백 명의 무인들이 있다고 했다. 지금 당장은 삼백에 불과하지만, 삼백이 천이 되고, 천이 다시 수천이 되는 것은 시간문제."

온유하가 입술을 질근 깨물었다.

그녀의 본능이 멸제가 위험하다고 전하고 있었다. 잠시 생각을 정리한 온유하가 곧 누군가를 불렀다.

"한월."

"예!"

대답과 함께 한월이 소리도 없이 나타났다.

"현재 가용중인 암혼살화 중에서 빼낼 수 있는 인원이 얼마나 되나요?"

"많지는 않습니다. 겨우 다섯 명 정도를 빼낼 수 있습니다."

"정예로만 빼서 멸제의 행보를 감시케 하세요."

"멸제를 말입니까?"

"그래요. 그는 주의해야 할 자에요. 그가 화진천을 패퇴시킨 것은 결코 우연이 아닐 거예요. 이제부터 그를 우선감시자 대상에 올려놓으세요. 아울러 그의 연원을 추적하세요. 그의 고향, 행적, 진실한 정체, 가족, 목적까지 하나도 빼놓지 말고 조사하도록 해요. 그도 인간인 이상 분명 약점이 있을 거예요. 그리고 그와 무영문의 소문주와의 관계도 알아봐요."

"알겠습니다."

"지금은 난세에요. 수단과 방법을 가리지 마세요."

"알겠습니다. 암혼살화들에게 각별히 주의를 기울이게 하겠습니다. 무언가 심상치 않은 조짐이 있다면 금방 감지될 겁니다."

"고마워요."

"아닙니다. 암혼살화의 수장으로서 당연히 해야 할 일입니다."

"한월이 있어서 항상 든든해요."

온유하가 미소를 지었다. 하지만 그녀는 여전히 불안한 표정을 감추지 못했다. 무언가 불길한 느낌이 자꾸만 그녀를 자극하고 있었다.

*　　*　　*

소양(邵陽)은 수로가 잘 발달된 도시였다. 덕분에 물류의 운송이 매우 편리해 천하에서 각종 문물이 모여들었다 퍼져나갔다. 그중에서도 특히 유명한 것은 약초를 취급하는 시장이었다.

전국 각지에서 수많은 약초들이 모여들다보니 자연 의원들도 모이게 되었고, 그 결과 의원에게 진맥을 받고자 하는 사람들도 모여 문전성시를 이뤘다.

상황이 이렇다보니 소양의 포구에는 수많은 사람들이 북적거렸다. 자연 포구는 발달하고, 수많은 숙박시설들이 들어섰다.

숙박시설 근처에는 시장이 열리면서 소양으로 들어오는 사람들을 유혹했다.

그러나 무엇보다 소양을 유명하게 한 것은 이곳에 있는 한 사람의 무인이었다.

검혈패(劍血覇) 우경호.

십오 년 전, 새로이 신주십대고수의 반열에 오른 절대의 무인. 그가 태어난 곳이 바로 소양이었고, 명성을 날린 후 돌아와 안착한 곳도 바로 소양이었다.

일제(一帝), 이마(二魔), 삼천(三天), 사패(四覇)로 이뤄진 신주십대고수. 검혈패 우경호는 그중 사패의 일좌를 차지하고 있었다. 비록 삼천 밑에 서열인 사패에 속해있지만, 그 누구도 감히 그를 무시할 수는 없었다.

혼자만으로도 능히 대문파와 대적할 수 있는 전력을 가진 남자가 바로 검혈패 우경호였다. 그로 인해 소양은 더욱 세상에 널리 알려졌고, 그가 머무는 초검문(超劍門)은 연일 사람들로 문전성시를 이뤘다.

오늘도 소양은 수많은 사람들로 북적이고 있었다. 그중에서도 배가 들어오는 포구는 배를 기다리는 사람들이 수없이 모여 활기가 넘쳐흐르고 있었다.

포구에 한 척의 미곡 운반선이 들어오고 있었다. 하루에도 수 척씩 들어오는 것이 미곡 운반선이었기에 사람들은 별다른 눈길을 주지 않았다.

　미곡 운반선은 소양의 포구에 정박을 했다. 밧줄이 묶이고 선체가 고정되자 발판이 내려지고 배에 탔던 승객들이 하선하기 시작했다. 배에서 내린 승객들은 마치 쫓기기라도 하듯이 서둘러 포구를 떠났다. 몇몇 사람들이 그런 승객들의 모습을 의문 가득한 눈으로 바라보았지만, 깊게 생각하지는 않았다.

　일반 승객들이 모두 내린 후 눈이 부실 정도로 잘생긴 남자가 서서히 배에서 내려왔다.

　길게 늘어트린 흑발은 신비로운 분위기를 풍기고 있었고, 짙은 눈썹 아래 자리한 검은 눈동자는 마치 흑요석처럼 요요하기 그지없었다. 남자가 모습을 보이자 마치 시간이 멈춘 것처럼 포구에 있던 사람들이 하던 일을 일제히 멈추고 그를 바라보았다. 누가 명령한 것도 아닌데, 사람들은 남자의 얼굴에서 시선을 떼지 못했다.

　일순 포구에 적막감이 감돌았다. 사람들은 무엇인가에 홀린 것처럼 남자를 바라봤다. 그러나 정작 남자는 사람들의 시선 따윈 상관없이 걸음을 옮기고 있었다. 그의 뒤를 노인과 열 명의 젊은 남자, 그리고 눈이 번쩍 뜨일 만큼 아름다운 여인이 따라 내리고 있었다.

　남자는 바로 소운천이었다. 금청사와 천마십위가 그를 따르고 있었다. 마지막으로 내리는 여인은 해여령이었다.

　해여령은 불안한 눈으로 소운천의 등을 바라보았다. 그녀의 눈에는 말로 형용할 수 없는 복잡한 빛이 얽혀 있었다.

인간은 절대 변하지 않는구나.

마치 절망처럼 토해내던 그의 목소리가 아직도 귓가에 생생
했다.

왜였을까? 그의 목소리를 듣는 순간 왈칵 울음이 터져 나올
뻔한 것은. 어쩌면 그의 목소리에 담긴 깊고 깊은 절망을 느꼈
기 때문이었는지도 몰랐다.

배를 타고 오는 내내 소운천은 한마디도 하지 않았다. 소운천
이 입을 다물자 금청사와 천마십위 또한 입을 다물고 말았다.
그들의 분위기에 압도된 뱃사람들 또한 입을 다물었기에 이곳
으로 오는 동안 배는 적막에 휩싸여 있었다.

이곳으로 오는 내내 해여령은 소운천에게서 시선을 떼지 못
했다. 아니 눈을 뗄 수가 없었다. 마치 고정이라도 되어버린 것
처럼 그녀는 소운천을 바라보았다.

'그는 과연 누굴까?

아직도 당시의 광경을 생각하면 소름이 다 돋았다. 그녀는 이
제까지 그토록 가공할 능력을 가진 사람이 존재하리라는 생각
을 하지 못했다.

허공섭물로 배 두 척을 허공에 띄워서 그대로 가루로 만들어
버린 그의 능력은 이제까지 한 번도 상상해본 적조차 없는 미지
의 것이었다.

'십전제 천우경 대협 정도라면 그렇게 할 수 있을까? 그 외의

그 어떤 사람도 그처럼 허공섭물로 배를 허공에 띄울 수 없을 것이다.'

분명 그의 외모는 이십 대 중반의 것이었다. 이십 대 중반의 나이에 그 정도의 무위를 가진 무인이 또 누가 있을까?

해여령은 새로운 무림의 전설을 보고 있는 듯한 느낌이었다.

본래 그녀는 소운천에게서 떨어지려 했다. 본능적으로 그가 위험하단 사실을 느꼈기 때문이다. 이 남자와 더 이상 얽혔다가는 평범한 생활을 할 수 없을 거란 예감에, 그녀는 배가 소양에 닿는 즉시 내리려했다. 그러나 공교롭게도 소운천과 수하들 역시 소양에서 내렸다.

해여령은 무언가 알 수 없는 운명의 끈이 그와 자신을 옭아매고 있다는 것을 예감했다. 하지만 애써 그런 기분을 부정하며 서둘러 걸음을 옮겼다.

이곳 소양은 그녀의 본가가 있는 곳이었다. 소양의 해가장(海家莊)이라고 하면 인근에서 누구나 알아주는 명문이었다. 해가장주 해무진은 인품이 훌륭하고, 광명정대한 데다 주위의 사람들의 어려움을 결코 못본척 지나가지 않아 인근의 사람들이라면 누구나 존경해 마지않았다. 오죽했으면 그의 별호가 인협(人俠)이라 불릴까.

해여령이 잠시 생각에 잠겨있는 사이, 소운천은 수하들과 함께 자취를 감췄다. 그제야 사람들이 소운천의 잔향에서 벗어나 정신을 차렸다. 멈춰 있던 시간이 흐르기 시작한 것이다.

"휴우!"

돌변한 분위기를 느낀 해여령이 나직이 한숨을 내쉬었다.

그때 해여령을 부르는 앳된 목소리가 있었다.

"누나."

해여령이 고개를 돌려보니 스무 살 남짓한 앳된 청년이 그녀를 향해 손을 흔들고 있었다. 호리호리한 몸매에 새하얀 치아를 드러낸 시원한 미소가 일품인 청년이었다.

청년을 보는 해여령의 입가에 미소가 어렸다.

"신호야."

청년은 해여령의 동생인 해신호였다.

해여령은 단숨에 해신호를 알아봤다. 헤어진 지 오래되었지만, 그녀가 봉황문에서 수련을 하고 있을 동안 아비인 해무진이 몇 번 해신호를 대동하고 찾아왔었기 때문이다.

해신호가 웃으며 다가왔다.

"생각보다 늦게 왔네. 무슨 일 있었어?"

"별일 없었어. 이젠 훤칠한 장부가 되었구나."

"누나야말로 더 예뻐졌네. 북쪽의 꽃이라는 단월 소저도 누나만큼 아름답지는 않을 거야."

"그동안 입발림만 늘었나 보구나."

말은 그렇게 했지만, 해여령은 미소를 지었다.

"집엔 별일 없지?"

"아무 일 없다고 말하고 싶지만, 불행히도 그렇지는 못하네."

"왜 그래?"

"일단 마차에 타. 집에 가면서 말해줄게."

"그래."

해여령은 해신호가 안내하는 마차에 올라탔다. 그들 남매의 모습에 많은 사람들이 시선을 떼지 못했다.

두 사람이 타자 마차가 해가장을 향해 출발했다. 마차가 출발하자마자 해여령이 물었다.

"무슨 일이니? 이젠 듣는 사람들도 없으니 말해봐."

"누나도 알고 있지? 칠 년 전에 소양을 떠났던 진엽이 형. 왜, 전에 서신으로 알려줬잖아."

"그래 알아. 남진엽, 그 이름을 내가 어찌 잊겠니? 어린 시절 그토록 많은 세월을 함께했는데."

해여령의 얼굴이 어두워졌다.

해신호가 언급한 남진엽은 그녀도 매우 잘 아는 사람이었다. 해여령이 봉황문에 들어가기 전에 친하게 지낸 사람이기도 했다. 정확히 말하자면 남진엽 형제 모두와 매우 친하게 지냈다.

해여령이 봉황문에 들어가기 위해 해가장을 떠날 때 가장 슬퍼했던 사람이 바로 남진엽이었다. 봉황문에 들어간 뒤에도 한동안 남진엽이 자신에게 보낸 슬픈 눈빛을 잊지 못했다.

어렴풋이 당시의 감정이 첫사랑일지도 모른다고 생각했다. 하지만 그녀의 첫사랑은 너무 짧게 끝이 났다. 봉황문의 혹독한 수련 속에서 남진엽과의 기억은 점차 희미하게 잊혀 갔고, 어느 순간부터는 남진엽의 슬픈 눈빛을 떠올릴 새도 없이 수련에만 몰두했다.

칠 년 전에 해가장에서 보낸 한 장의 서신이 도착하기 전까지, 해여령은 남진엽을 완전히 잊고 있었다. 서신을 받은 후 남진엽에 대한 추억이 새록새록 떠올랐다. 그러나 서신에 적힌 내용은 결코 좋은 것이 아니었다. 남진엽이 소양을 떠났다는 것이었으니까.

"어떻게 된 거니? 자세히 말해봐."

"진엽이 형이 칠 년 전의 진상을 파헤쳐 달라고 아버지를 찾아왔어. 그 때문에 아버지가 고심을 하고 있어."

"그는 아직도 그때의 일을 잊지 못하고 있는 모양이구나."

"그가 어찌 잊겠어? 그날 그는 친형을 잃었는데. 누나도 알고 있잖아? 그가 얼마나 자신의 형을 따랐는지."

"그래! 그는 정말 형을 좋아했지. 자신의 목숨처럼."

해여령의 얼굴에 그늘이 드리워졌다. 해신호의 얼굴 역시 덩달아 어두워졌다.

*　　*　　*

해가장에 도착한 것은 해가 지는 저녁 무렵이었다. 해여령이 도착하자 온 가족이 나와 그녀를 맞이했다. 특히 그녀의 어머니는 두 눈에 눈물을 글썽이며 맞이했다. 지난 십오 년 동안 못 해준 한을 풀기라도 하듯 그녀의 어미는 갖은 음식을 해서 해여령에게 먹였다. 해무진이 그런 부인을 타박했지만, 그녀는 아랑곳하지 않았다.

결국 해여령은 밤늦게까지 어머니에게 붙잡혀 있다가 자정이 넘은 후에야 겨우 자신의 거처로 돌아올 수 있었다.

"휴!"

해여령이 한숨을 내쉬었다.

이상하게도 고향에 내려온 직후 한숨을 쉬는 일이 더욱 많아지는 것 같았다. 부모님을 만나자 마음이 많이 안정이 되었지만, 이상하게도 가슴의 두근거림은 사라지지 않았다.

"기분 탓이겠지."

해여령은 그렇게 중얼거리며 잠자리에 들었다.

제 **3** 장

천마일성(天魔一聲)

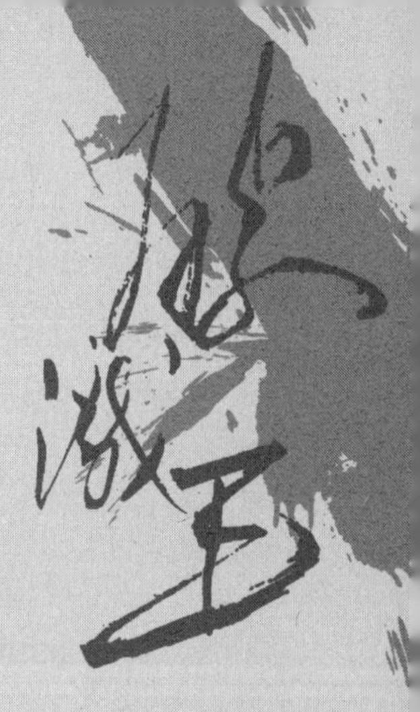

　다음날, 해여령은 시끌벅적한 소리에 잠이 깼다. 아침부터 시끄러운 소리가 들려 더 이상 잠을 청할 수 없었던 것이다.

　"도대체 무슨 일이지?"

　해여령은 자리에서 일어나 간단하게 세안을 하고 밖으로 나섰다. 거처를 나서 연무장으로 향하자 많은 사람들이 모여 있는 모습이 보였다.

　해여령이 나타나자 사람들이 그녀를 알아보고 길을 비켜줬다.

　"아가씨."

　"무슨 일인가요?"

　"저, 그게……."

해여령의 물음에 사람들이 곤란한 표정을 지었다. 그에 해여령이 대답을 듣기를 포기하고 전면을 바라보았다. 순간 그녀의 눈동자가 흔들렸다.

"저 사람은?"

수많은 사람들에 둘러싸여서 홀로 연무장 한가운데 서있는 사람은 분명 그녀도 아는 사람이었다. 비록 오랜 세월이 흘러 희미하긴 했지만, 그녀가 알고 있는 얼굴이 남아 있었다.

"진엽 오라버니."

해가장의 수많은 사람들에게 둘러싸여 있는 남자는 분명 그녀가 알고 있는 남진엽이었다. 비록 나이가 들고 이성을 알 나이가 되면서 흐지부지 멀어졌지만, 그래도 한때는 가장 친하게 지냈던 남자였다.

남진엽은 해여령이 나왔는지도 모르고 전면을 바라보고 있었다. 그가 바라보는 곳에는 해가장주 해무진이 있었다.

해무진은 복잡한 시선으로 남진엽을 바라보고 있었다.

"결국 네가 돌아왔구나."

"예! 제가 돌아왔습니다."

"너는 아직도 나를 많이 원망하겠구나."

"부정하지는 않겠습니다. 칠 년 전 그날, 당신께서 한마디만 해주셨어도 제 형은 그렇게 허무하게 목숨을 잃지 않았을 겁니다."

"그때는 나도 어쩔 수 없었단 사실을 너도 잘 알고 있지 않느냐?"

"당신은 또다시 변명을 하시는군요. 그때도 그렇고, 지금도 어쩔 수 없다는 말로 자신을 변호하시는군요. 도대체 언제까지 그렇게 비겁하게 숨어계실 겁니까?"

남진엽이 노성을 터트렸다. 그의 목소리에 해무진이 괴로운 표정을 지었다. 두 사람의 사정을 알고 있는 사람들은 섣불리 나서지 못했다.

한때 해가장에서 지냈던 남진엽이었다. 해무진은 그를 자신의 친아들처럼 대했고, 남진엽 역시 해무진을 친아비처럼 따랐었다. 그런 두 사람의 사이에 파국이 일어난 것은 칠 년 전, 남진엽의 형인 남일상이 죽고 나서였다.

당시 남일상은 소양 제일의 기재로 이름을 날렸었다. 모두가 그를 소양을 빛낼 기재라고 칭송했었다. 칠 년 전 그날, 파국이 닥쳐오기 전까지는 말이다.

남일상이 목숨을 잃은 그날 남진엽은 소양을 떠났고, 칠 년이 흐른 지금 다시 나타났다.

해무진이 떨리는 목소리로 물었다.

"네가 소양에 돌아온 이유는 역시 형의 죽음 때문이냐?"

"그렇습니다. 저는 형의 죽음에 대한 진실을 알아야겠습니다. 소양을 대표하는 기재였던 형이 왜 갑자기 자결을 해야 했는지, 그의 죽음 이면에 숨겨져 있는 사실을 알아내기 위해 이곳에 왔습니다."

"진엽아."

"그 더러운 입으로 제 이름을 부르지 마십시오. 칠 년 전 그날부터 저는 당신을 버렸습니다. 형의 죽음을 방관한 당신을, 저는 용서할 수 없습니다."

"나도 어쩔 수 없었다, 진엽아. 이제라도 늦지 않았다. 나는 부디 네가 이곳을 나가길 바란다. 나는 또다시 악업의 역사가 반복되는 것을 원치 않는다."

"죽을 각오로 다시 돌아왔습니다. 제가 그렇게 쉽게 이곳을 나갈 것 같습니까? 저는 이제라도 장주님이 저를 도와 형의 무죄를 증명해주길 원합니다."

남진엽은 단호한 표정이었다.

그의 몸에서 흘러나오는 기운은 결코 범상한 것이 아니었다. 그의 기세로 보아 적잖은 무공을 익혔다는 사실을 알 수 있었다.

'하긴, 그 역시 형보다 결코 못하지 않다는 소리를 듣던 기재였으니.'

해무진의 눈빛이 깊게 침전됐다.

결코 남진엽이 두렵거나 무서워서 이렇게 변명하듯 말하는 것이 아니었다. 그는 정말로 남진엽을 보호하려고 하는 것이다. 그러나 남진엽은 그런 해무진의 마음을 전혀 모르고 있었다.

문득 남진엽의 시선이 해여령과 마주쳤다. 무려 십오 년만의 만남이었지만, 남진엽은 해여령의 얼굴을 알아보는 듯했다. 그러나 해여령이 뭐라 입을 열려 할 때 남진엽이 고개를 돌렸다.

‘도대체 무슨 일이 일어난 거지?’

해여령의 얼굴에 의혹의 빛이 떠올랐다.

그녀가 받았던 서신에는 당시에 있었던 일을 뭉뚱그려서 설명해놨기에 많은 부분이 빠져 있었다. 그 때문에 해여령은 정확히 어떤 일이 있었는지 알지 못했다. 그저 남진엽의 형인 남일상이 자결을 했다는 사실만 알고 있을 뿐이었다. 그러나 돌아가는 상황으로 미루어보아 그녀가 알고 있는 것보다 훨씬 큰 어떤 일이 있었던 것이 틀림없었다.

그 순간에도 해무진은 남진엽을 설득하고 있었다.

“얘야! 자세한 사정은 내가 나중에 설명해주마. 그러니 지금은 그냥 돌아가거라. 아니, 소양을 떠나거라.”

“나는 진실을 밝히기 위해 왔는데, 당신은 자꾸만 회피하려는군요.”

남진엽은 결코 물러서려는 기세가 아니었다. 며칠 전에 소양으로 돌아와서 꾸준히 해무진에게 면담을 요청했었다. 그래도 해무진이 면담을 받아주지 않자 막무가내로 쳐들어온 남진엽이었다. 그는 오늘의 일에 자신의 목숨을 걸었다.

그는 결코 물러서지 않을 것이다. 설령 그로 인해 자신의 목숨을 잃을지라도.

그렇게 해무진과 남진엽이 대치를 하고 있을 때 해가장 밖에서 소란스런 소리가 울려 퍼졌다.

잠시 후 해가장의 문이 열리고 일단의 무리들이 우르르 안으로 쏟아져 들어왔다.

"저들은?"

해여령의 얼굴에 당황한 빛이 떠올랐다. 해가장 안으로 우르르 들어오는 사람들이 그녀도 익히 알고 있는 복장을 하고 있기 때문이다.

비검문(飛劍門), 연화장(蓮花莊), 철권방(鐵拳房) 등 소양 인근의 유력문파 무인들이 수장들과 함께 해가장으로 들어오고 있었다. 어림잡아 십여 개 문파에서 삼백 명이 넘는 엄청난 인원이었다.

그렇지 않아도 많은 사람이 북적거리고 있던 연무장에 외부의 인원까지 더해지자 발 디딜 틈조차 없어보였다.

외인의 등장에 해무진이 눈살을 찌푸리며 목소리를 높였다.

"여러분들께서 해가장에는 어쩐 일이시오? 이 해모는 여러분들을 초대한 기억이 없는데 말이오."

"소양의 공적(公敵)이 나타났다는 소리를 듣고, 잠시 결례를 범했소."

앞으로 나선 이는 비검문주 장진학이었다.

왜소한 체구에 푸른 장포를 입은 장진학의 말에 해무진이 언성을 높였다.

"공적이라니? 그게 무슨 말이오?"

"그의 형이 소양의 공적이었으니, 그도 공적이 아니오?"

"장 문주의 말이 심한 것 같소."

“하나도 심할 것 없소. 그 핏줄이 어디로 가겠소? 형이 이름 높은 음적이었으니, 그의 동생도 마찬가지겠지. 해 장주께서는 이쯤에서 물러서시오. 명망이 높은 해 장주께서 이런 음적과 엮여 좋을 것이 하나 없소.”

“장 문주!”

해무진이 언성을 높였다. 그러자 장진학이 히죽 웃으며 말했다.

“그분의 뜻이오. 설마 해 장주가 그분의 뜻을 거역할 거라고는 생각하지 않는데.”

“정말 그의 뜻이란 말이오?”

“그렇소! 그렇지 않다면 우리가 움직일 이유가 없잖소.”

“음!”

해무진이 앓는 듯한 신음성을 흘렸다.

그는 그만 눈을 감아버렸다.

‘올 것이 오고 말았구나.’

그토록 바랐건만 하늘은 그의 바람을 들어주지 않은 모양이었다. 해무진이 급히 남진엽에게 전음을 날렸다.

『진엽아, 설명은 나중에 할 터이니 우선 자리를 뜨거라. 이곳에서 서쪽으로 오십여 리만 가면 해원암(解寃庵)이라는 조그만 암자가 나온다. 거기에서 기다리면 내가 찾아가겠다.』

분명 해무진의 전음을 들었을 텐데도 남진엽은 물러서지 않고 오히려 큰 소리로 외쳤다.

“어떤 협박과 외압에도 나 남진엽은 결코 물러서지 않을 것이오.”

“흥! 그의 동생답게 말은 번지르르하게 잘하는구나.”

장진학이 코웃음을 쳤다.

그와 함께 온 다른 문파들의 주인들 역시 그와 비슷한 표정을 짓고 있었다.

그 모습에 해무진은 그만 눈을 질끈 감고 말았다.

그의 눈앞에서 칠 년 전 그날의 악몽이 재현되고 있었다.

‘역사는 반복되는가? 인간은 어찌 이다지도 어리석단 말인가? 형도 모자라 이제는 동생마저도 제물로 삼으려는 것인가?’

사태가 심상치 않게 돌아가는 것을 느낀 해여령이 동생 해신호를 찾아 물었다.

“도대체 어떻게 돌아가는 일이야? 저 사람들이 왜 우르르 몰려온 거지? 말해봐. 무슨 일이 있었던 거야?”

“누나, 그게…….”

해신호가 낭패한 표정을 지었다. 하지만 해여령의 표정이 워낙 단호해 어쩔 수 없이 말문을 열었다. 칠 년 전 그날, 이곳에서 있었던 일을.

*　　*　　*

삼백 명의 눈이 남진엽을 노려보고 있었다. 그러나 남진엽 역시지지 않고 그들을 노려보았다. 그 모습에 장진학이 눈살을 찌푸리며 말했다.

"역시 그의 동생이라 그런지 눈빛 또한 사납구나."

"당신 역시 변하지 않았구려. 칠 년 전 그날에도 당신은 그런 눈을 하고 있었지."

"호! 나를 기억하고 있느냐?"

"내가 어찌 당신을 기억하지 못할까? 당신들이 군웅을 선동해 내 형을 죽음의 길로 내몰았는데."

"그는 스스로 저지른 일에 죄책감을 느껴 자결한 것이다. 너도 두 눈으로 똑똑히 보았을 텐데."

"그래! 당신들이 형을 핍박해 스스로 자결하게 만드는 모습을 내 두 눈으로 똑똑히 보았지."

"어린놈이 사실을 왜곡하는구나. 그 형도 악질적이더니만, 네 녀석도 마찬가지구나."

장진학의 언성이 높아졌다. 그에 동조해 해가장에 들어온 외부의 무인들이 같이 웅성거렸다. 하지만 남진엽은 결코 기죽지 않았다. 어차피 그 역시 목숨을 걸 각오를 하고 이곳으로 돌아왔기 때문이다.

그가 큰 소리로 외쳤다.

"칠 년 전 소양에서 어린 여자아이들이 간살당하는 사건이 일어났다. 영문도 모르고 열다섯 명의 여자아이들이 간살을 당했지. 당시 사건의 범인으로 주목되었던 사람은 나의 형 남일상이었다. 형은 자신의 결백을 증명했지만, 그 누구도 믿어주지 않았다. 당신을 비롯해 소양의 모든 무인들이 증거도 없이 형을 핍박했지. 그 때문에 형은 자신의 결백을 증명하기 위해 스스로 목숨을 끊었다. 그런 형을 모욕하지 마라."

"그가 목숨을 끊은 것 자체가 그의 죄를 증명해주는 것이다. 그가 죄책감이 들지 않았다면 왜 목숨을 끊었겠느냐?"

"당신들이 그렇게 만들지 않았는가? 그리고……."

말을 하다말고 남진엽이 입술을 질근 깨물었다. 그의 입안에서 '나를 보호하기 위해서였다' 라는 말이 맴돌았다.

그의 형 남일상이 모든 죄를 뒤집어쓰고 자결한 이유 중 하나가 바로 남진엽을 보호하기 위해서였다. 당시 그를 핍박하던 군웅들은 남일상에게 죄를 인정하면 남진엽을 건들지 않겠다고 약속했다. 그 결과 남일상은 모든 죄를 떠안고 자결했고, 남진엽은 목숨을 보전하여 소양을 떠났다.

소양을 떠난 그는 천하를 떠돌면서 무공을 익혔다. 형의 무고를 증명하기 위해 그야말로 피나는 노력을 했다. 그런 그의 정성이 통했는지, 그는 강호에서 은퇴한 노무인을 만났고, 그에게서 무공을 사사했다.

형의 무죄를 밝히겠다는 일념으로 지난 칠 년 동안 그야말로 죽어라 무공을 익혔고, 어느 정도 성취를 얻은 후에 소양으로 돌아왔다. 형의 죽음이 잊혀지기 전에 그의 무죄를 증명하겠다는 일념에서였다.

소양에 들어와서 가장 먼저 한 일도 바로 남일상의 무죄를 증명하기 위해 증거를 수집하는 일이었다. 지난 며칠 동안 그는 오직 그 일에만 몰두했고, 그 결과 몇 가지 수확을 얻을 수 있었다. 그리고 당시 일을 벌였던 진정한 흉수의 윤곽도 어느 정도 밝혀낼 수 있었다.

그러나 그가 알아낸 흉수의 존재감이 너무 커서 도저히 혼자만으로는 형의 무죄를 증명할 수 없었다. 그렇기에 그는 자신과 한 가닥 인연이 남아있는 해가장에 와서 도움을 청했던 것이다.

그러나 돌아가는 상황으로 볼 때, 해무진이 자신을 돕기를 기대하는 것은 무리인 것 같았다.

장진학이 외쳤다.

"솔직히 말하거라. 무슨 목적으로 온 것이냐? 설마 형처럼 여자아이들을 간살하러 온 것은 아니겠지?"

"내가 왜 여아를 간살하러 온단 말이오? 간살은 당신들이 하늘처럼 모시는 그 사람이 했지."

"놈! 뚫린 입이라고 못하는 소리가 없구나. 네놈이 무슨 말을 하고 있는지 알고 있느냐?"

"흥! 아무리 진실을 덮으려 해도 결국 형의 무죄는 드러날 것이다. 나는 형처럼 더러운 수작에 무릎 꿇지는 않으리라."

"허허! 역시 악의 종자는 어쩔 수 없구나. 될 수 있으면 형을 생각해 좋게 해결하려 했건만. 무엇들 하느냐? 놈을 제압하라. 놈을 제압해 초검문으로 데려가 우 대협의 처분을 받게 한다."

결국 장진학이 남진엽을 제압하라는 명령을 내렸다. 그의 명령에 같이 온 무인들이 대답을 하며 일제히 남진엽을 에워쌌다.

그때 해무진이 나서서 남진엽의 앞을 가로막으며 소리쳤다.

"이게 무슨 짓이오? 감히 해가장의 영역에서 함부로 피를 보려하다니."

"강호의 음적을 제압하는 일이오. 해 장주께서는 이해하실 거라고 믿소만."

"그의 형이 음적이었지는 몰라도 그는 아니오. 도대체 장 문주는 어떤 근거로 그가 음적이라고 몰아붙이는 것이오?"

"그의 피가 그렇소. 지금 당장은 본성을 숨기고 있지만, 시일이 흐르면 분명 본능을 이기지 못하고 일을 저지를 것이오. 그가 소양으로 돌아온 것도 그와 같은 맥락이라 보면 될 것이오."

"어허! 어찌 장 문주 같은 분이 그런 소리를 함부로 하는 것이오. 어쨌거나 본인은 본장에서 피를 보는 것을 원치 않소이다."

"해 장주, 그분께서 원하시는 일이오. 그분의 눈 밖에 나고도 해가장이 소양에서 터전을 이어갈 수 있을 것 같소? 그러니 순순히 협조하시오. 괜히 엉뚱한 자 하나 때문에 해가장의 명성이 타격을 입는 것은 본인 역시 원치 않으니까."

"본인을 협박하는 것이오?"

"진실을 말하는 것이오."

두 사람이 서로를 노려봤다.

해무진이 주먹을 꽉 쥐었다. 할 수만 있다면 장진학의 면상에

주먹을 날리고 싶었다. 하지만 그에겐 남진엽보다 해가장의 식
솔이 더 중요했다. 칠 년 전에도 그랬듯이 말이다.

단지 장진학 한 명뿐이면 상관없었다. 하지만 그와 함께 하고
있는 십여 개 문파의 주인들은 모두 이곳 소양의 실세들이라 할
수 있었다. 그들과 척을 지고서 소양에서 살아간다는 것은 거의
불가능에 가까웠다. 그리고 그들의 뒤에는 감히 해무진이 어찌
할 수 없는 거물이 존재하고 있었다.

그가 이들의 뒤를 봐주고 있는 이상 해가장이 선택할 수 있는
방법은 없었다.

해무진이 이러지도 못하고 저러지도 못하고 있을 때 남진엽
이 나섰다.

"흥! 나 남진엽은 누구의 뒤에도 숨지 않는다. 나를 공적으로
몰고 싶다면 나를 쓰러트려라."

남진엽의 광오한 외침에 장진학이 눈살을 찌푸렸다.

그가 외쳤다.

"무엇 하느냐? 저 방자한 주둥이를 다물게 하지 않고."

"예!"

그의 말이 끝나자마자 대기하고 있던 무인들이 남진엽을 압
박해왔다.

칠 년 전에도 이랬다.

모두의 운명이 뒤틀리는 그 날에도 이들은 이런 식으로 형을
압박했다. 당시 형에게는 반드시 지켜야 할 존재가 있었다. 바

로 동생인 자신이었다. 자신을 지키기 위해 형은 모든 오욕을
뒤집어썼다. 그러나 자신은 달랐다. 칠 년 전 형에겐 동생이라
는 짐이 있었지만, 지금 자신에게는 아무것도 없었다.

해여령의 시선을 외면한 것도 그 때문이었다. 눈물이 나도록
반가웠지만, 지금 그녀에게 미련을 두게 되면 단호해질 수 없다
는 사실을 그는 잘 알고 있었다.

'오늘 나는 반드시 형의 무죄를 증명하고 말겠다.'

남진엽의 표정이 단호해졌다.

그 순간 압박해오던 무인들이 일제히 달려들었다. 남진엽도
물러서지 않았다.

그가 허리에 차고 있던 검을 벼락같이 빼 휘둘렀다.

쉬아악!

위맹한 검기가 일어나더니 달려들던 무인들에게 날아갔다.

따다다당!

쇳소리와 함께 달려들던 무인들이 일제히 물렀다. 남진엽은
그들을 향해 거침없이 몸을 날렸다.

"이야아아!"

*　　*　　*

"이건 미친 짓이에요. 말려야 해요, 아버지."

해신호에게서 모든 사정을 들은 해여령이 해무진에게 매달

렸다.

"말리기엔 이미 늦었다.

해여령의 말에 해무진이 고개를 저었다. 그는 차마 눈앞의 광경을 볼 수 없다는 듯이 눈을 감고 있었다.

해여령은 자신의 아비가 왜 이러는지 도저히 이해할 수가 없었다. 양아들로 삼고 싶다 할 만큼 정을 주었던 남진엽이었다. 그런 남진엽이 위기에 처했는데도 아비가 나서지 않는단 사실을 그녀는 용납할 수 없었다.

그녀가 알고 있는 해무진은 어떤 협박에도 흔들릴 사람이 아니었다. 설령 수많은 사람들이 협박을 해온다고 해도 끝까지 자신의 의지를 관철시키고, 정의를 실현하는 자가 바로 해무진이었다. 그런 해무진이 종내 침묵을 지키고 외면하려하는 현실이 믿어지지 않았다.

결국 참다못한 해여령이 앞으로 나서려 했다. 그런 그녀를 해무진이 붙잡았다.

"안 된다, 얘야."

"불의를 보고도 참으란 말인가요? 저에게 그렇게 가르치시지 않았잖아요."

"네가 나선다고 해결될 수 있는 일이 아니다."

"전 그럴 수 없어요."

해여령이 고집을 부리니 결국 해무진이 어렵게 입을 열었다.

"이 모든 사태 뒤에는 그가 있다."

"그라뇨?"

"검혈패 우경호. 그의 뜻이 그런 이상, 진엽이의 목숨은 더 이상 보전할 수 없다."

"그가 왜?"

해여령의 눈에 의문의 빛이 떠올랐다. 하지만 해무진은 더 이상 대답하지 않았다.

순간 해여령의 뇌리에 어떤 가정 하나가 떠올랐다.

"설마?"

*　　*　　*

스걱!

검이 지나간 자리에 깊은 자상이 생겨났다. 남진엽의 검에 당한 남자가 비명을 지르며 나뒹굴었다. 그와 같은 남자가 수십 명이 넘었다. 남자들이 흘린 피로 연무장 바닥은 붉게 물들었다.

"이놈!"

장진학의 수염이 푸들푸들 떨렸다.

남진엽의 검은 가히 마검(魔劍)이라 할 만했다. 그의 검은 독사처럼 날카로우면서도 치명적이었다. 검을 한 번 휘두를 때마다 반드시 한 명이 쓰러졌다.

남진엽의 눈이 번뜩였다.

칠 년 전 그의 형은 자신을 구하기 위해 스스로 자결했다. 그 결과 자신의 무죄를 증명할 수 없었다. 남진엽은 형의 전철을 밟지 않을 거라 생각했다. 자결을 하는 것은 비겁한 회피일 뿐, 진정한 해결책은 될 수 없었다. 끝까지 살아남아서 자신과 형의 무죄를 증명하는 것, 그리고 진정한 흉수를 찾아 응징하는 것이 바로 남진엽의 최종목표였다.

그는 살아남기 위해 최선을 다해 검을 휘둘렀다.

혈천마검(血天魔劍).

스승이 그에게 가르쳐준 검공의 이름이었다.

그것은 이름 그대로 마검이었다. 초식이 모두 살초로 이뤄져 있고, 살기가 짙어 반드시 피를 보고야 마는 살검(殺劍)이었다.

수백 년 전에 실전된 마검을 그의 스승이 우연히 발견하여 익혔고, 그의 심득은 다시 남진엽에게 이어졌다. 남진엽은 그렇게 전수받은 혈천마검의 살초를 마음껏 펼쳤다.

"크윽!"

"마검이다."

"소양의 공적이 마검까지 익혔구나."

여기저기서 당혹스러운 소리가 흘러나왔다. 남진엽을 압박하던 군웅들은 설마 그가 이토록 강한 무공을 익혔을 줄 몰랐다. 남진엽의 손에 쓰러진 무인들의 수가 벌써 오십 명이 넘었다.

남진엽의 몸은 무인들의 피로 붉게 물들어 있었다. 그 역시 지친기색이 엿보였지만, 그렇다고 멈출 기색 또한 보이지 않았다. 그는 결과가 어떻게 나오든 끝까지 갈 생각이었다.

그 모습을 보며 해여령이 해무진에게 말했다.

“아버지, 말려야 해요. 해가장 안마당에서 저들이 진엽 오라버니를 핍박할 수는 없어요. 아버지도 진엽 오라버니를 친아들처럼 여겼잖아요.”

“안…… 된다.”

“아버지?”

“안 된다. 나도 가슴이 아프지만 어쩔 수 없다. 지금 그를 도우면 우리 해가장은 소양 무림의 공적이 되고 만다. 해가장을 지키기 위해서는 어쩔 수 없다.”

해무진은 그만 눈을 질끈 감고 말았다.

인협(人俠)이라고까지 불리는 그였지만, 해가장을 보존해야 하는 사명 앞에서는 어쩔 수 없었다. 어떤 오욕을 감수하더라도 해가장에 피해만은 입히고 싶지 않은 해무진이었다.

해무진이 외면하자 해여령이 주먹을 꽉 쥐었다. 매우 오래전이긴 하지만, 기억속의 남진엽은 마치 친오라비처럼 대해줬다.

‘나마저 그를 외면할 수는 없어.’

이내 결심을 굳힌 해여령이 곧 남진엽이 있는 곳으로 몸을 날렸다. 해여령의 돌발행동에 놀란 해무진이 그녀를 불렀지만 소용없었다.

“여령아, 안 된다.”

해여령은 해무진의 부름을 외면한 채 남진엽 앞에 내려서며 모두 외쳤다.

“모두 멈춰요.”

그녀의 목소리가 전장에 울려 퍼졌다.

그러나 해여령의 외침에도 무인들은 남진엽을 향한 공격을 멈추지 않았다. 그에 그녀는 할 수 없이 봉황검을 뽑아들었다.

“봉황비상(鳳凰飛上).”

그녀의 외침과 함께 허공 가득 검기가 흩뿌려지며 날갯짓을 하는 봉황의 형상을 만들어냈다.

따다다다당!

그녀의 검기에 부딪친 무인들 십여 명이 일순 뒤로 물러나며 주춤했다. 살상을 하려는 의도는 없었기에 상처를 입은 자는 없었다. 하지만 군웅들의 공격을 멈추게 하기엔 충분했다.

“당신은 누구시오?”

“저 음적과는 무슨 사이요?”

군웅들이 불편한 심기를 감추지 않았다.

“저는 해여령이라고 합니다.”

“남봉황 해여령?”

“맞습니다. 제가 남봉황 해여령입니다.”

“그런데 해 소저께서 왜 이 일에 나서는 게요? 설마 저 음적과 무슨 연관이라도 있는 것이오?”

군웅들이 노골적으로 해여령을 남진엽과 한편으로 몰아붙였다. 하지만 해여령은 차분한 목소리로 말을 이었다.

“그런 게 아닙니다. 단지 저는 일의 선후를 따지고자 함입니다. 그의 형이 소양의 공적이었다고 해서 그마저 음적으로 몰아붙이는 것은 그야말로 몰상식한 일입니다.”

“해 소저도 보았지 않소. 그가 우리들에게 살검을 휘두르는 것을. 그는 마검을 익히고 있소. 소양 무림의 안위를 위해서라도 그의 무공을 금제해야 하오.”

“여러분이 먼저 그를 핍박했기 때문에 일어난 일이 아닌가요? 그에게도 해명할 기회를 줘야 합니다.”

“음적에게 무슨 해명할 기회를 준단 말이오? 해 소저께서는 더 이상 그를 두둔하지 말고 비키시오. 만일 비키지 않는다면 해 소저도 그와 일행이라고 생각하겠소. 해가장의 안위를 생각한다면 해 소저는 마땅히 비켜야 옳을 것이오.”

군웅들의 살기가 해여령을 향했다.

이미 군중심리에 휩싸인 이들이었다. 그들은 전혀 해여령의 말을 들으려 하지 않았다. 오히려 해여령을 남진엽과 같은 편으로 몰아붙였다.

그 모습을 보며 장진학이 느긋한 미소를 지었다.

이미 대세는 기울었다. 그 자신이 아무리 깨끗하다 할지라도 일단 대세가 기운 이상 아무 소용없었다. 이렇듯 수많은 군웅들이 한목소리를 내면 개인의 외침은 아무 소용이 없는 것이다.

뜻밖에도 해여령이 난입했지만, 그녀의 목소리는 금방 군웅들의 목소리에 묻히고 말 것이다. 그녀 혼자 힘으로는 절대 대세를 역행할 수 없다.

장진학의 예상처럼 군웅들의 거센 반응에 해여령이 당황한 표정을 지었다. 그에 남진엽이 나섰다.

"고맙다. 하지만 됐어. 이 이상 나섰다가는 너까지 다치게 돼. 네 마음만 고맙게 받을게, 여령아."

"하지만 오라버니."

"만나서 반갑다. 그리고 고맙다."

남진엽이 피투성이가 된 몸으로 또다시 앞에 나섰다. 그도 적 잖은 상처를 입었지만, 형의 무죄를 증명하기 위해서 또다시 군 웅들과 싸우려는 것이다.

남진엽의 뒷모습을 바라보던 해여령이 입술을 질근 깨물었 다. 이대로 그를 사지에 보낼 수는 없었다.

해여령이 외쳤다.

"모두 그만둬요."

"후후! 소용없다오, 해 소저."

이번에는 장진학이 앞으로 나섰다. 해여령이 그를 노려보며 말했다.

"왜들 이러는 거죠? 일의 선후를 파악해야 할 것 아니에요. 시간을 두고 따져보면 분명 진실을 가릴 수 있을 거예요. 그러 니까 무의미한 다툼은 그만둬요."

"해 소저는 무척이나 똑똑한 여인이라고 들었는데, 소문과 많이 다른 것 같구려. 그가 소양에 다시 돌아온 이상, 되돌아올 수 없는 강을 건넌 것이나 다름없다오. 우리는 음적이 소양에서 활개 치는 모습을 두고 볼 수 없소.”

“당신은 무슨 근거로 남 오라버니를 음적으로 몰아붙이는 거죠? 그의 형이 음적이었다는 단순한 이유로 그까지 음적으로 몰아붙이는 것은 불공평한 일이에요.”

“후후! 원래 세상은 불공평하다오, 해 소저.”

장진학이 능글스런 미소를 지었다.

그는 결코 물러설 생각이 없었다. 오늘 이 자리에서 후환을 없애지 않는 이상 앞으로 편히 잠을 잘 수 없다는 사실 또한 잘 알고 있었다.

그가 다시 외쳤다.

“뭣들 하느냐? 어서 그를 제압하지 않고.”

“옛!”

군웅들이 대답과 함께 다시 남진엽을 향해 달려들려 했다. 그에 남진엽이 살기를 피워 올리며 맞서 싸울 준비를 갖췄다. 그러나 그 순간, 다시 해여령이 개입했다.

“모두 멈춰요.”

“정말 말귀를 못 알아듣는 소저군. 소저가 아무리 오기의 일원이라지만 소양 무림의 일에 관여할 자격은 없소. 해 소저가 이 이상 개입하면 해가장도 이 일에 연관되었다 여길 것이오.”

“당신은 정말 비겁하군요. 교묘하게도 군웅을 자신의 뜻대로 조종을 하고 있어요. 당신의 진정한 목적은 남 오라버니를 음적으로 몰아 척살하겠다는 거군요. 왜인가요? 왜 그렇게도 남 오라버니를 사지로 몰아가는 건가요? 혹시 칠 년 전 그 일에 또 다른 흑막이 있어 덮으려는 것 아닌가요?”

“정말 보자보자 하니까 못하는 소리가 없군. 정 물러나지 않겠다면 해가장 역시 음적과 뜻을 같이하는 것으로 알겠소.”

“해가장은 상관없어요.”

“해 소저가 고집을 부리는 이상 해가장 역시 인과율에서 자유로울 수는 없소. 이대로 물러서지 않겠다면 해 소저 역시 한편으로 보고 처단할 수밖에.”

장진학의 목소리와 살기가 동시에 고양됐다.

군웅들이 그의 살기에 동조를 했다.

해여령의 눈동자가 흔들렸다.

‘어찌 이럴 수가 있는가? 이 많은 사람들이 누구 하나 진실을 알아보려 하지 않다니. 이것은 분명 잘못된 일이다.’

꼭 남진엽의 일이 아니더라도 지금 일어나는 일이 정상적이지 않다는 사실은 알 수 있었다.

해여령이 내공을 끌어올리며 외쳤다.

“모두 멈춰요.”

“소용없다. 해가장의 힘으로는 우리를 멈추게 할 수 없다.”

“그렇다면 봉황문은 어떤가요?”

“봉황문?”

“그래요. 나는 봉황문의 차기 후계자에요. 봉황문의 이름으로 이 사태에게 개입하겠어요. 봉황문이 이 사건의 진실을 조사하겠다는 말이에요.”

“정말 하늘 높은 줄 모르고 날뛰는 소저군. 지금 소저가 얼마나 위험한 발언을 하고 있는지 알고 있나? 감히 소양 무림의 일에 봉황문을 끌어들이겠다는 것인가?”

“그래요. 봉황문은 수백 년의 역사를 가진 대문파. 충분히 이 일의 중재가 될 수 있다고 생각해요.”

“으음!”

이렇듯 해여령이 완고히 나오자 장진학이 할 말을 잃었다. 그의 얼굴에 난감한 빛이 떠올랐다. 비록 수천 리 먼 곳에 떨어져 있었지만, 봉황문의 명성과 힘은 결코 무시할 수 없었다. 만일 봉황문이 작금의 사태에 개입하게 되면 일이 상상도 할 수 없이 커질 수밖에 없었다. 그렇게 되면 소양에서 일어나고 있는 일이 외부로 퍼져나갈지도 몰랐다.

해여령이 봉황문의 이름을 내세우자 군웅들도 술렁이기 시작했다. 그들도 봉황문의 명성을 능히 알고 있는 까닭이었다. 비록 세속의 일과 담을 쌓고 제자를 외부로 거의 내보내지 않는 봉황문이었지만, 일단 한번 개입하면 전력을 기울이는 특성을 가지고 있었다. 그리고 봉황문의 전력은 소양 무림 전체와 자웅을 겨룰 수 있을 정도로 엄청났다.

군웅들은 해여령의 말이 결코 허언이 아님을 알고 있었다. 정말 그녀가 봉황문의 후계자가 분명하다면 봉황문이 움직일 것이다. 그렇게 된다면 소양의 피바람은 결코 간단히 멈추지 않을 것이다.

장진학이 난감한 표정을 지었다.

해여령은 남진엽의 앞을 가로막고 있었다. 남진엽을 쓰러트리기 위해서는 반드시 해여령을 넘어야 했다. 그것도 상처하나 없이 말이다. 그녀의 몸에 생채기 하나라도 생기는 순간 봉황문이 움직일 테니.

해여령이 나서면서부터 상황은 정체되었다. 사람들은 장진학의 명령이 떨어지기만 기다렸다. 그러나 장진학 역시 쉽게 결정을 내리지 못했다.

그렇게 사태가 뜻밖의 방향으로 흐르고 있을 때 또다시 변고가 일어났다.

"허허! 어린 여아가 제법 당돌하구나."

갑자기 해가장에 울려 퍼지는 한 줄기 근엄한 목소리.

생전 처음 듣는 목소리에 해여령은 자신의 심령이 흔들리는 것을 느꼈다.

'누가?'

해여령이 목소리가 들려온 방향을 바라봤다.

활짝 열린 해가장의 정문으로 누군가가 들어오고 있었다. 이제 오십 대 초반으로 보이는 노인이었다. 육척의 당당한 체구에 붉은 기운이 살짝 감도는 수염이 인상적인 노인의 등장에 해가장 안에 모여 있던 군웅들이 일제히 존경의 염을 표했다.

"우경호 대협을 뵙습니다."

아직 멀쩡히 서있던 수많은 무인들이 일제히 포권을 취하며
노인을 맞이했다.

'저 사람이 바로 검혈패 우경호.'

해여령의 눈이 반짝였다.

드디어 신주십대고수의 일원이자 소양 무림의 지배자라 할
수 있는 검혈패 우경호의 등장이었다.

*   *   *

검혈패(劍血覇) 우경호.

이 얼마나 살 떨리는 이름인가?

신주십대고수의 일원이자 소양 무림의 지배자이며 초검문의
문주. 그 외에도 우경호를 수식하는 이름은 수도 없이 많았다.
하지만 검혈패라는 별호만큼 그의 강함을 제대로 설명해주는
단어도 없었다.

검으로 피를 보는 일에 천하에서 으뜸이라고 평가받는 이가
바로 우경호였다. 그런 우경호가 수하도 없이 혼자 해가장으로
왔다.

장진학을 비롯한 십여 개 문파의 주인들이 일제히 우경호에
게 존경의 예를 취했다. 그들이 데리고 온 수하들도 마찬가지였
다. 남진엽과 첨예하게 대치하던 중이었지만, 그들은 우경호에
게 보낼 수 있는 최고의 존경을 보냈다.

우경호가 소양에 얼마나 큰 영향력을 가지고 있는지 보여주
는 대목이었다.

해여령과 남진엽이 침중한 눈으로 우경호를 바라봤다.

상상치도 못했던 거물의 등장이었다. 우경호는 절대 이렇게
쉽게 이런 곳에 나타날 사람이 아니었다.

남진엽의 미간이 꿈틀거렸다. 그가 사나운 눈으로 우경호를 노
려봤다. 그의 시선을 느낀 우경호가 미소를 지으며 입을 열었다.

"왜 이렇게 소양이 시끄러운가 했더니 자네 때문이었군. 칠
년 만에 보는 건가?"

"오랜만입니다. 우 대협."

남진엽이 '우 대협'이라는 단어에 특히 힘을 주어 말했다. 만
일 눈빛으로만 사람을 죽일 수 있다면 남진엽은 우경호를 수십
번도 더 죽였을 것이다. 그만큼 우경호를 노려보는 그의 눈빛은
섬뜩하기 그지없었다.

그러나 남진엽이 제아무리 사나운 눈으로 노려봐도 우경호의
얼굴은 태연했다. 그는 아무렇지 않은 표정으로 해여령을 바라
봤다. 하지만 시선이 마주치는 순간 해여령은 자신의 영혼의 그
릇이 깨어져나가는 듯한 충격을 받았다. 단지 눈빛만으로도 심
령이 흔들리는 타격을 입은 것이다.

'역시 신주십대고수라고 해야 하나?'

해여령이 입술을 질근 깨물었다.

차원이 다른 이름이 바로 신주십대고수였다.

현 천하, 현시대에서 가장 강한 열 명의 무인. 그 정점에 천우경이 존재하며, 그 밑으로 혈마인 원개세가 있다. 그들은 이십 년 전 마해와의 전쟁에서 자신의 위명을 세운 자들이었다. 비록 그들에 미치지는 못한다 할지라도 검혈패 우경호의 이름이 주는 위압감과 존재감은 결코 작은 것이 아니었다.

해여령을 보며 우경호가 입을 열었다.

"아이야, 쓸데없는 짓을 했구나."

"무슨 말인가요?"

"소양의 일은 소양 무림에 맡겨야 한다는 것이다. 소양 무림의 일에 봉황문을 끌어들이는 것은 결코 좋은 일이 아니다. 나는 해 장주가 꽤 똑똑한 사람인줄 알았는데, 자식 교육을 영 잘 못 시킨 것 같군."

우경호는 해여령뿐만 아니라 해무진까지 싸잡아서 비난하고 있었다. 비록 말투는 온화했지만, 그 안에 담긴 가시가 얼마나 크고 날카로운지 듣는 사람은 알 수 있었다.

해무진의 안색이 어두워졌고, 해여령 또한 상상도 할 수 없을 만큼의 입박감을 느꼈다. 하지만 해여령은 결코 한 발도 물러서지 않았다.

"우 대협을 뵙게 돼서 영광입니다. 하지만 이 시점에서 우 대협이 이곳에 왜 나타나셨는지 이해가 되지 않습니다. 그리고 저는 봉황문 소속이지만, 또한 이곳 소양 출신이기도 합니다. 그러니 제가 개입하면 봉황문 또한 개입할 수 있다고 봅니다. 그게 무엇이 잘못인지 모르겠군요.”

“남봉황이라는 별호로 불린다더니 과연 언변이 좋구나. 그러나 아이야, 밖에 내보일 일이 있고, 내보여서는 안 될 일이 있다. 이런 종류의 일은 결코 외인이 알아서 좋을 것이 하나도 없단다. 소양의 일은 소양의 무인들이 알아서 처리해야 하는 법이지.”

“그 말씀은 지금 벌어지는 일들이 외부에 흘러나가지 않을 거란 말인가요?”

“너만 조용한다면 그렇겠지. 아이야, 너에게 제안하겠다. 이대로 물러나면 나도 봉황문에 책임을 묻지 않겠다. 아울러 너의 해가장에도 말이다.”

돌려 말했지만, 만일 그래도 참견하겠다면 봉황문과 해가장을 가만두지 않겠다는 무시무시한 협박이었다. 얼굴은 웃고 있지만, 눈은 매처럼 매섭게 빛나고 있었다. 해여령은 마치 자신의 눈이 깨져나가는 듯한 통증을 느꼈다. 한편으로는 의아함이 들었다.

‘겨우 진엽 오라버니 한 명 때문에 천하의 우경호가 나왔단 말인가? 신주십대고수의 일원이? 아버지가 말한 우경호 대협이 관련 있단 말의 뜻은 무엇인가? 설마 진엽 오라버니의 일 뒤에 우경호 대협이 존재한단 말인가?

여기까지 생각이 미친 해여령의 안색이 급격히 변했다. 그녀가 급히 해무진을 바라봤다. 하지만 해무진은 그녀의 시선을 외면하고 있었다.

그 순간, 남진엽이 우경호를 노려보며 말했다.

"귀하신 분이 여기까지 웬일이십니까?"

"자네 때문에 소양이 시끄러워졌기에 나왔다네. 그나저나 이 많은 사람들을 잘도 베어 넘겼군."

우경호는 남진엽이 쓰러트린 사람들을 보며 눈살을 찌푸렸다. 근 오십여 명에 달하는 무인들이 바닥에 널브러진 채 신음성을 흘리고 있었다.

"살검을 잘못 배웠군. 검을 배우기 전에 먼저 인간의 도리를 배웠어야 하는데."

"당신에게 그런 소리를 듣고 싶지는 않소. 검혈패 우경호 대협."

"그게 무슨 말인가?"

"흐흐! 본인이 잘 알고 있지 않소? 칠 년 전, 내 형이 음적으로 몰렸던 그 사건 말이오."

"노부는 도무지 자네가 무슨 말을 하는지 모르겠군."

"흐흐! 그렇게 나오겠다는 것이오?"

남진엽이 일그러진 미소를 지었다. 그 모습을 보며 우경호가 미간을 찌푸렸다. 무언가 심상치 않은 기색을 느꼈기 때문이다. 그의 느낌처럼 남진엽은 벽력탄 같은 발언을 내뱉었다.

"칠 년 전, 음적이 날뛰었던 사건, 내 형이 음적으로 몰렸던 그 사건."

“……”

“내가 소양에 돌아오자마자 제일 먼저 한 일이 바로 그 사건을 재조사하는 것이었소. 당시엔 몰랐지만, 다시 조사하자 당시에 감춰졌던 많은 사실들이 들어나더군. 진실이란 것은 뾰족한 송곳 같아서 아무리 감춰두어도 결국은 옷을 뚫고 밖으로 나오게 돼 있소.”

“무슨 말을 하려는 것이냐? 노부는 도저히 이해할 수가 없구나.”

“그럼 단도직입적으로 말하지. 나는 그날의 진실을 알게 되었소. 형이 왜 음적으로 몰렸는지, 진정한 음적이 누군지 말이오.”

“그렇더냐?”

“그렇소.”

남진엽이 확신에 찬 목소리로 그렇게 대답했다.

우경호를 비롯해 수많은 사람들에게 둘러싸여 있었지만, 그는 결코 위축되지 않았다. 그리고 물러서지도 않았다.

우경호의 눈이 차갑게 빛나기 시작했다.

“나는 그 진실을 알고 싶구나.”

“정말 알고 싶소?”

“그래! 나는 과연 그 진실이 무엇인지 알고 싶구나.”

“후회할 텐데.”

“이 나이가 되면 살아온 모든 것이 후회되는 법이지.”

"좋소! 그럼 귀를 활짝 열고 들으시오. 형의 죽음을 조사하면서 나는 이상함을 느꼈소. 사람들은 모두 형이 어린 여자들을 간살하였다고 했지만, 누구도 실제 간살당한 여아들의 시신을 보지 못했다는 것이오. 열다섯 명이나 되는 여아가 죽었으면 마땅히 주위에 있는 사람들 중 누구라도 봤을 법한데 아무도 보지 못했다는 것이 이상하지 않소?"

"네 이야기를 듣다보니 참 이상하구나. 계속해보려무나."

"그래서 더 파고들어봤소. 그랬더니 놀라운 사실이 하나 나오더구려. 간살당한 여아들의 시신을 바로 초검문에서 거둬갔다는 것이오."

"그런 적이 있었던 것 같구나."

"초검문은 여아들의 부모에게 막대한 보상을 하고, 시신을 가져가 화장을 했더구려."

"초검문은 소양의 맹주, 당연히 해야 할 일을 한 것이다."

"나는 그렇게 생각하지 않소. 뭔가 구린 구석이 있으니 시신을 가져가 증거를 인멸한 것이라 생각하오."

"너는 무척이나 재밌는 말을 하는구나. 노부는 너의 상상력에 경의를 표할 뿐이다."

우경호가 냉소를 날렸다. 하지만 누구라도 자세히 살펴보면 그의 눈에 은은한 살기가 어렸음을 알 수 있을 것이다. 그의 살기를 분명 느꼈을 텐데도 남진엽은 꿋꿋이 자신이 할 말을 했다.

"당시 나는 한 가지 소문을 들은 적이 있었소. 그때는 너무 어려 그러려니 넘어갔지만, 지금 생각해보면 이상한 것이 한두 가지가 아니었소. 그중 하나가 바로 우경호, 당신이 심마(心魔)에 빠졌다는 소문이었소.”

“호! 노부가 말이냐?”

“그렇소. 당신이 심마에 빠져 초검문이 큰 피해를 입었단 소문 말이오. 유야무야 묻히긴 했지만, 분명 그런 소문이 돌았던 것은 사실이었소. 하지만 여아들이 간살당한 후 그런 소문이 싹 사라졌지. 나는 그래서 당신이 당시 여아들의 간살사건과 관련이 있으리라 생각하고 조사를 진행했소.”

남진엽의 발언은 점점 극으로 치닫고 있었다.

그의 발언이 과격해질수록 장진학을 비롯해 십여 개 문파 사람들의 심기가 불편해졌다.

모두의 심정을 대변하듯 장진학이 외쳤다.

“저런 음적의 이야기를 더 들을 필요가 없습니다. 지금 이 자리에서 놈을 처단하거나, 금제를 한 후 초검문으로 데려가 조사를 받게 해야 합니다.”

“맞습니다. 저런 미친 자의 말을 더 들을 필요는 없습니다.”

그 후로도 남진엽은 자신이 조사한 바를 말했지만, 수많은 사람들의 목소리에 파묻히고 말았다.

군중들의 성난 목소리 앞에서 진실을 밝히고자 하는 한 사람의 목소리는 아무런 힘도 되지 못했다.

남진엽은 가슴이 터질 것만 같았다.

　분명 자신은 진실을 말하고 있는데, 아무도 들어주지 않았다. 이곳에 있는 수많은 사람들이 우경호의 강렬한 존재감에 가려 진실을 들으려고 하지 않았다.

　결국 남진엽은 더 이상 설명하길 포기했다.

　"비록 이 자리에선 넘어가겠지만, 하늘이 존재한다면 분명 언젠가 세상에 진실이 알려질 것이오."

　"후후! 노부는 도무지 자네가 무엇을 말하는지 모르겠군."

　우경호는 끝까지 발뺌을 했다. 웃고 있는 그의 얼굴이 가증스러워보였다.

　비록 진실을 완전히 밝히지는 못했지만, 남진엽은 칠 년 전에 벌어졌던 일에 우경호가 관련되어 있다는 사실을 확신하고 있었다.

　'분명 그는 심마에 빠져 수많은 부하들을 살상했다. 그런 그가 제정신으로 돌아온 것은 분명 여아들로부터 원정을 갈취했기 때문일 것이다. 정황적인 증거는 분명 맞는데, 확실한 물증이 없는 것이 그저 안타까울 뿐이구나.'

　소양의 무인들이 진실을 덮으려하고 있었다. 그의 형 남일상은 우경호의 죄를 덮기 위한 희생양이라는 게 남진엽의 생각이었다. 그에 반해 소양의 무인들이 한마음으로 진실을 파묻으려고 했다. 우경호라는 거물을 위해서 말이다.

　우경호가 미소를 지으면서 말했다.

　"너의 이야기는 아무래도 조용한 곳에서 듣는 것이 좋을 듯

싶구나. 너는 나를 따라 초검문으로 가서 이야기를 할 생각이
있느냐?”

“내가 순순히 초검문으로 갈 듯 싶소?”

“나는 손님으로 너를 초대하는 것이다. 네가 떳떳하다면 마
땅히 응할 것이라고 믿는다.”

“만일 내가 거절하겠다면?”

“저들을 상하게 한 죄를 물어서 초검문으로 데려가야겠지.”

“결국 어느 쪽이든 나에겐 선택의 여지가 없구려.”

“나는 부디 네가 현명한 선택을 하길 바란다. 그 정도로 영민
한 두뇌가 있으니 상황이 어찌 돌아가는지 정도는 알고 있으리
라 믿는다.”

우경호의 미소가 짙어졌다.

이미 상황은 남진엽에게 불리하게 돌아가고 있었다. 모든 상
황은 우경호가 완벽하게 통제하고 있었다. 장진학을 비롯한 십
여 개 문파의 주인들은 모두 우경호의 눈치를 보며 충성을 외치
고 있었다. 남진엽이 홀로 무어라 외치든, 저들은 결코 그의 말
을 듣지 않을 것이다.

“자, 어찌 하겠느냐? 모든 것이 너의 결정에 달려있다.”

“나는 당신의 어떤 뜻에도 따르지 않겠소.”

“결국 벌주를 마시겠다는 뜻이냐?”

“내 의지를 스스로 증명할 뿐이오.”

“좋구나. 너를 인정하마. 너는 진정한 사내다. 하지만 진정한

사내라면 시류의 흐름을 마땅히 읽어야 할 터, 그런 면에서 보자면 너는 모자란 점이 많다. 그 때문에 이곳에서 단명하게 되었으니 더욱 안타깝구나."

우경호가 안타까운 표정을 지으며 남진엽을 향해 걸음을 옮겼다. 그에 남진엽을 포위하고 있던 십여 개 문파의 무인들이 길을 열어줬다.

이미 일반 무인들로는 남진엽을 어찌할 수 없다는 사실이 증명됐다. 바닥에 구르는 오십 명의 무인들이 그 증거였다.

"내 본래는 직접 손을 쓰지 않으려 했지만, 어쩔 수 없구나. 너를 제압해 초검문으로 데려가 감화를 시킬 것이다."

"형을 자결하게 만들었지만, 나까지 그렇게 만들 수는 없을 것이오."

"너는 스스로의 무공에 과한 자신감을 가지고 있구나. 분명 혈천마검은 훌륭한 무공이지만, 한낱 마공에 불과해 시간이 흐를수록 마기가 네 자신을 잠식하고 말 것이다. 그렇게 되기 전에 금제를 가하겠다."

"당신의 뜻대로는 안 될 것이오."

남진엽의 기백은 결코 우경호에 뒤지지 않았다. 그는 천하의 우경호를 상대로도 추호도 밀리지 않았다. 실력은 모르지만, 그 배짱만큼은 우경호를 능가하고도 남음이 있었다.

'아까운 녀석이구나. 그 녀석의 동생만 아니라면 내 후계자로 삼아도 좋을 것을.'

우경호가 잠깐이나마 안타까운 표정을 지었다. 허나 그것도 잠시였다. 이내 그의 표정이 냉혹해졌다.

남진엽은 불씨였다. 지금은 미약하지만, 내버려뒀다가는 언젠가 크게 타올라 모든 것을 불태우리라. 정리하고자 한다면 지금이 최고의 기회였다.

우경호의 기세를 느낀 남진엽이 먼저 검을 꺼내들었다. 이미 상대가 살심을 품은 이상 예의를 차릴 필요는 없었다.

남진엽이 먼저 공세를 취했다.

혈천마검이 펼쳐지며 날카로운 파공음이 허공을 갈랐다.

피잉!

눈에 보이지도 않을 속도로 검이 휘둘러지면서 붉은 검영이 허공을 수놓았다. 마치 붉은 해일이 몰려오는 듯한 광경이었다. 남진엽의 혈천마검에 이미 오십 명이나 되는 무인들이 쓰러졌다. 그러나 우경호는 그들과 질적으로 다른 무인이었다.

우경호가 손을 뻗는 시늉을 하자 바닥에 굴러다니던 누군가의 철검이 쑥 빨려 들어와 손에 잡혔다. 그가 철검을 가볍게 휘두르자 그토록 조밀하게 날아오던 검기의 물결이 반으로 갈라졌다.

남진엽의 얼굴에 경악한 표정이 떠올랐다.

혈천마검을 익힌 후 수없이 많은 상대와 싸워봤지만, 이토록 수월하게 파해를 한 상대는 단 한 명도 없었다.

'역시 검혈패인가? 하지만 나도 그리 만만하지는 않다.'

남진엽은 입술을 질근 깨물며 혈천마검의 절초를 연이어 펼쳐냈다.

혈검운천(血劍運天), 천관혈로(天關血路) 등의 초식이 우경호의 요혈을 노렸다. 하지만 우경호는 가볍게 검을 몇 번 휘두르는 것만으로도 남진엽의 공격을 무위로 돌렸다.

따다당!

가벼운 쇳소리가 터져나왔을 뿐인데 남진엽은 호구가 찢어져 선혈을 흘리고 있었다.

이미 검의 형식에서 벗어난 지 오래인 우경호였다. 아무렇지 않게 휘두른 검이 곧 절초가 되었고, 가볍게 내뻗는 검에는 산이라도 무너트릴 거력이 담겨 있었다.

남진엽은 혈천마검을 펼쳐 필사적으로 대항했지만, 점차 수세에 몰리지 않을 수 없었다.

신주십대고수라는 위명은 괜히 얻은 것이 아니었다. 우경호가 검을 휘두르는 모습을 장진학을 비롯한 십여 개 문파의 무인들이 넋이 빠진 표정으로 바라봤다.

"오오!"

"역시 검혈패. 명불허전이로구나."

오십 명의 무인을 베어 넘긴 남진엽이 우경호라는 거물 앞에서 맥을 추지 못하고 있었다. 우경호가 요소요소 찔러 넣는 평범한 찌르기에 남진엽이 위태하게 비틀거리고 있었다.

"혈천마검과 같은 보잘것없는 검공을 가지고 그토록 기고만

장했다니 안타깝구나. 형의 과오를 순순히 인정하고 정공(正功)을 익혔으면 더 좋았을 것을."

말은 그렇게 했지만 그의 검은 더욱 치명적으로 변했다. 일검 일검이 남진엽의 숨통을 끊고자 하는 살초였다. 만일 남진엽의 반응이 조금만 늦었다면 진즉 목숨을 잃었을 것이다.

쉬이익!

바람을 가르는 파공성이 날카로웠다. 그의 검이 허공을 가를 때마다 남진엽의 몸에 상처가 하나씩 생겨났다.

"크윽!"

남진엽의 얼굴이 일그러졌다. 그의 얼굴이 새하얗게 질려 있었다. 이제 한계에 달한 것이다.

스승에게서 혈천마검을 익히고 얼마나 기뻐했던가? 혈천마검이라면 우경호를 쓰러트리고 형의 결백을 증명할 수 있으리라고 믿었지만, 현실은 참담했다.

서걱!

우경호의 검이 그의 종아리를 베고 지나가자 더 이상 견디지 못하고 한쪽 무릎을 꿇었다.

"크윽!"

남진엽의 얼굴에 고통스러운 빛이 떠올랐다.

그는 거대한 벽을 보고 있었다. 우경호, 그리고 신주십대고수라는 거대한 벽을 말이다.

"크윽! 신주십대고수는 절대 넘을 수 없는 벽이란 말인가?"

"후후! 이것이 사공(邪功)과 정공(正功)의 차이다. 삿된 것은 처음엔 강할 수 있지만, 시간이 흐르면 순후한 정공을 이기지 못한다. 세상의 이치 또한 이와 같으니, 혈천마검과도 같은 형편없는 무공을 아무리 익혀봐야 노부를 어찌할 수 없다. 그러니까 이제 그만 목숨을 내놓거라."

쉬악!

우경호의 철검이 남진엽의 목을 노리고 날아왔다. 남진엽에겐 우경호의 공격을 막아낼 힘이 없었다. 남진엽이 눈을 감았다.

'내 한목숨 잃는 것은 아깝지 않으나, 형의 원한을 풀지도 못하고 이렇게 끝이 나는 것이 원통하구나.'

까앙!

그러나 생각했던 고통은 찾아오지 않고, 대신 청아한 쇳소리만이 울려 퍼졌다. 남진엽이 눈을 뜨자 앞을 막아서고 있는 해여령의 모습이 보였다. 그녀가 남진엽을 대신해 우경호의 검을 막은 것이다.

우경호가 눈살을 찌푸리며 말했다.

"아이야, 너는 이게 무슨 뜻인지 아느냐?"

"그런 건 생각 안 해요. 지금은 진엽 오라버니를 구해야한다는 생각밖에 없어요."

"왜냐?"

"부조리하니까요. 이건 말도 안 되는 상황이에요."

"너의 행동이 해가장과 봉황문에 얼마나 많은 부담을 줄 지한 번이라도 생각해봤느냐? 나는 결코 오늘의 일을 좌시하지 않을 생각이다.”

“무공을 배울 때 항상 의(義)와 협(俠)을 행하라고 배웠습니다. 스승님도 이런 나를 이해해줄 겁니다.”

“쯧쯧! 정말 세상물정을 모르는 아이구나. 할 수 없구나. 여자에게 손을 쓰긴 싫지만, 상황이 이러니 어쩔 수 없구나.”

말이 끝남과 동시에 우경호가 해여령에게 검을 휘둘렀다.

까강!

그의 일검에 해여령이 십여 걸음이나 뒤로 밀렸다.

“손속에 사정을 봐주십시오.”

해무진이 소리쳤지만, 이미 우경호는 해여령을 단호히 응징하려 마음을 먹은 상태였다. 해무진의 말을 들어줄리 만무했다.

우경호의 검이 해여령을 단숨에 두 쪽 낼 듯이 무서운 기세로 날아왔다. 해여령은 봉황문의 비전 초식을 펼치며 우경호의 검을 받아내려 했다.

“어리석은!”

우경호가 검에 공력을 주입하자 검강이 형성됐다. 제아무리 오기가 신주십대고수의 뒤를 잇는 신진고수들이라지만, 애초 그들에겐 결코 넘지 못할 격차가 존재했다. 신주십대고수가 마음만 먹으면 오기를 쓰러트리는 것은 시간문제였다.

쿠우우!

엄청난 위력을 가진 검강이 날아오자 해여령이 봉황천하(鳳凰

天下)의 초식을 펼쳐 대항하려 했다. 하지만 거대한 수레바퀴 앞에선 사마귀의 모습처럼 위태로워 보였다.

쿠와아앙!

"여령아!"

엄청난 굉음과 함께 해무진의 안타까운 음성이 울려 퍼졌다.

"크으으!"

"오라버니?"

해여령은 멀쩡했다. 이번엔 남진엽이 그녀의 앞을 대신해 막고 있었기 때문이다. 유일하게 자신의 편을 들어준 해여령이 눈물 나게 고마웠지만, 자신 때문에 그녀를 희생시킬 수는 없었기에 마지막 힘을 끌어 모아 우경호의 공격을 대신 막아낸 것이다.

그러나 그 대가로 남진엽은 검이 부서지고, 그 자신도 중상을 입어 피투성이가 되어 있었다. 팔 하나가 부러지고, 가슴뼈도 부러져 기형적으로 툭 불거져 나와 있었다.

"우웩!"

남진엽이 피를 한 됫박이나 토해냈다.

그의 눈이 흐릿해져갔다.

우경호가 조소를 흘리며 두 사람 앞으로 다가섰다. 두 사람의 얼굴에 절망의 빛이 떠올랐다. 이제 그들의 힘으로 할 수 있는 일은 없었다. 그들은 우경호의 거대한 존재감을 몸으로 느끼고 있었다.

"정말 멍청한 녀석이구나. 분명히 노부가 말하지 않았더냐?

혈천마검 따위의 마공으로는 노부를 어찌할 수 없다고. 스스로를 과신한 어리석음을 지옥에서 후회하거라.”

우경호가 철검을 든 손을 높이 들었다. 군웅들이 우경호에 동조했다.

“악의 종자를 처단하라.”

“와아아!”

모두가 한마음으로 남진엽의 죽음을 바라고 있었다. 해여령은 이곳에 모인 사람들이 마귀보다 무섭다고 생각했다.

수많은 사람들의 호응속에서 우경호가 남진엽을 향해 검을 휘둘렀다.

쐐애액!

퍼석!

전혀 이질적인 소음이 동시에 울려 퍼지더니 갑자기 우경호의 몸이 크게 들썩였다.

그의 안색이 크게 변해 있었다. 그의 손에 들려있던 검이 손잡이만 남기고 어느새 가루로 변했기 때문이다.

“누구냐?”

“누가 혈천마검을 하찮은 마공이라고 했느냐?”

시리도록 차가운 음성이 울려 퍼졌다.

*　　*　　*

"위다."

"허공에 있다."

누군가의 외침에 모두의 시선이 해가장 위 허공으로 향했다. 그 순간 그들의 눈은 찢어질 듯 크게 떠졌다.

"설마 허공답보(虛空踏步)?"

분명 사내는 허공에 서있었다. 아무것도 의지할 것이 없는 허공이 마치 평지인 양 평안한 신색으로 서있는 남자의 등장에 장내의 분위기가 차갑게 식었다.

불어오는 바람에 부드럽게 휘날리는 윤기 나는 검은 머리카락과 그 사이로 보이는 흑요석처럼 검은 눈동자. 희디흰 장포를 입은 채 허공에 오롯이 서있는 그의 모습은 신비하기 그지없었다.

사내의 등장에 군웅들이 술렁이고, 우경호의 안색이 딱딱하게 굳었다.

사내는 허공에서 우경호를 굽어 내려다보고 있었다. 그와 눈이 마주치는 순간 우경호는 자신의 두 눈이 깨져나가는 듯한 통증을 느꼈다.

덜덜!

단지 마주보는 것만으로 온몸의 털이란 털이 모조리 일어서고, 소름이 일어나 통제가 되지 않았다. 그의 머리보다 몸이 먼저 사내의 무서움을 느낀 것이다.

‘이것이 말이 되는가? 이 우경호가 단지 바라보는 것만으로도 위압감을 느끼다니.’

우경호는 지금의 상황이 도저히 이해가 되지 않았다.

허공의 사내가 왜 이런 상황에 등장하는 건지 언뜻 이해가 되지 않아 곤혹스런 표정이 절로 떠올랐다.

그나마 우경호나 되니까 버티고 서있었지, 나머지 군웅들은 사내의 모습을 본 순간부터 뱀 앞에 선 개구리처럼 푸들푸들 떨고 있었다. 개중에는 다리에 힘이 풀려 무릎을 꿇은 자들도 있었다.

단지 존재하는 것만으로 모든 이들의 심혼을 제압하는 자가 바로 허공의 사내였다.

우경호가 공력을 끌어올리며 외쳤다.

“당신은 누군가? 이 우모가 신주십대고수의 일원임을 모르고 감히 참견을 하는 것인가? 후환이 두렵지 않다면 떳떳이 자신의 정체를 밝히거라.”

우웅!

그의 목소리에 공기가 요동을 쳤다. 마치 수십 개의 쇠종이 동시에 울리는 것 같았다. 하지만 허공에 선 사내는 동네 개가 짖는 것을 보는 것처럼 물끄러미 우경호를 바라보다 남진엽과 해여령에게 시선을 던졌다.

사내의 얼굴을 확인하는 순간, 해여령은 벼락이라도 맞은 것처럼 몸을 떨었다.

“다, 당신은?”

해여령은 단숨에 사내의 얼굴을 알아봤다.

소양으로 오는 미곡 운반선에서 만났던 사내. 허공섭물의 절기로 두 척의 배를 단숨에 가루로 만든 사내.

그의 이름은 소운천이었다.

소운천이 해가장에 나타난 것이다.

잠시 해여령을 바라보던 소운천의 시선이 이번에는 남진엽에게 옮겨갔다. 소운천의 시선을 받는 순간 남진엽은 몸을 떨었다. 천하의 우경호에게도 기죽지 않았던 남진엽이 소운천의 눈을 보는 순간 몸을 떤 것이다.

소운천이 물었다.

“억울한가?”

“억울하지 않습니다. 제게 힘이 없으니까요. 저에게 힘이 있었다면 이런 일은 일어나지 않았을 테니까요.”

남진엽이 부상을 입은 몸으로 부복했다. 소운천의 눈을 보는 순간 자신도 모르게 예를 취한 것이다. 그의 본능이 눈앞의 사내에게 복종해야한다고 속삭이고 있었다.

“좋은 마음가짐이군. 넌 네가 익힌 검공이 어떠한 것인지 알고 있느냐?”

“모릅니다. 스승님께서는 우연히 수습한 무공이라고만 하셨습니다.”

“네가 익힌 혈천마검은 염진위라는 자의 무공이다. 그는 백

팔마장(百八魔將)의 일인이자 나의 부하였다. 네가 익힌 혈천마
검은 진수가 빠진 껍데기에 불과하다. 만일 네가 진정한 혈천마
검을 익혔다면 저자에게 쉽게 지는 일은 없었을 것이다.”

“진정한 혈천마검이 존재하는 겁니까?”

“그렇다. 만일 네가 혈천마검을 익히지 않았다면 나는 이곳
에 오지 않았을 것이다. 이곳은 너무나 추악하고 구역질이 나는
곳이니까. 칠백 년이란 세월이 흘렀건만, 인간 세상은 하나도
변하지 않았다. 여전히 더럽고, 여전히 협잡질만이 가득하다.”

소운천의 음성은 담담했다. 하지만 그의 음성에 깃든 절망은
보통 사람은 감히 짐작도 할 수 없을 정도로 크고 깊었다. 해가
장에서 혈천마검의 기운이 느껴지지 않았다면 그는 결코 이곳
으로 오지 않았을 것이다. 칠백 년 과거의 인연이 그를 이곳으
로 이끌었다.

십만대산을 내려온 이후 그가 본 세상은 언제나 똑같았다. 절
망과 괴로움만 존재하며, 거짓과 기만이 판치는 세상이었다.

눈앞에 있는 우경호만 해도 그랬다. 겉으로는 소양 무림의 안
위와 정의를 위해서 나선다고 하지만, 실상을 살펴보면 자신의
추악한 과거를 감추기 위해 나선 것이나 다름없었다.

소운천의 눈에는 우경호의 몸에 흐르고 있는 기의 흐름이 보
였다. 우경호가 쌓은 기는 결코 순수한 것이 아니었다. 인간의
원정을 갈취했을 때만 나타나는 흔적이 곳곳에서 보이고 있었
다. 그로 미루어보아 남진엽의 말이 결코 거짓만은 아니란 것을

알고 있었다.

소운천의 입가가 뒤틀렸다.

저런 자들이 문제였다. 자신의 문제를 타인의 문제로 전가하는 저런 자들 때문에 세상이 혼탁해지고, 타락하는 것이었다. 그리고 진정한 문제는 이 세상이 저런 자들로 가득 차 있다는 것이다.

소운천의 경멸어린 시선에 우경호의 얼굴이 형편없이 구겨졌다.

"네놈은 누구냐? 비겁하게 정체를 감추지 말고 드러내라."

그의 외침이 해가장에 울려 퍼졌다.

신주십대고수라는 위명에 어울리지 않는 상소리를 토해냈지만, 정작 그 자신은 그런 사실을 알지 못하고 있었다.

소운천의 입술이 뒤틀렸다.

"네가 살아야 할 이유가 하나라도 있다면 말해 보거라. 그렇다면 살려주겠다."

"건방진!"

우경호의 눈썹이 파르르 떨렸다.

그러나 말은 그렇게 하면서도 그는 쉽게 움직이지 못했다. 마치 겁에 질린 개처럼 큰 소리로 떠들 뿐이었다. 소운천은 그런 우경호를 무시하고 해가장에 모여 있는 군웅들을 바라보았다.

"탐욕과 배신으로 물든 자들이여. 칠백 년이 지났건만 인간들의 역사는 변함이 없구나. 너희들이 살아야 할 이유를 한 가

지라도 대 보거라. 너희들이 이유를 대지 못한다면 이 땅에 존
재하는 인간의 역사도 끝이 날지니."

그것은 천마후(天魔吼)였다.

천마의 외침에 소양에 있던 모든 사람들이 무릎을 꿇고 말았
다. 소운천의 목소리에는 만마(萬魔)뿐 아니라 일대에 존재하는
모든 생명체를 복종케 하는 힘이 있었다.

십여 개 문파의 무인들이 소운천의 외침에 벌벌 떨었다. 어떤
이들은 게거품을 물고 쓰러지기까지 했다.

'이럴 수가. 어찌 인간이……'

'도대체 그의 정체가 무엇이란 말인가?'

그나마 해무진이나 장진학처럼 내공이 고강한 사람들만이 공
포 속에서도 한 줄기 이성을 놓치지 않았을 뿐이다. 하지만 그
들 역시 공포스럽기는 마찬가지였다.

그 누구도 소운천에게 자신이 살아야 할 이유를 대지 못했다.
수많은 사람들이 해가장에 모여 있었지만, 단 한 명도 이유를
대지 못하는 것이다.

이유를 대지 못한 것은 우경호도 마찬가지였다. 그는 몇 번이
고 무어라 입을 열려고 했지만, 끝내 그러지 못했다.

소운천의 외침 앞에서 거짓은 소용없었다. 아니, 그의 외침을
듣는 순간 그 누구도 거짓을 말할 생각을 하지 못했다. 소운천
의 외침에는 오직 진실만을 말하게 하는 힘이 담겨 있었다.

소운천의 눈빛이 더 할 수 없이 스산해졌다.

"결국 단 한 명도 나에게 살 이유를 말하지 못하는 건가? 그렇다면 너희들은 더 이상 존속할 이유가 없다."

그것은 사형선고나 마찬가지였다.

스스스!

소운천의 등 뒤로 금청사와 천마십위가 나타났다.

소운천의 명령이 떨어졌다.

"스스로 살아갈 이유를 대지 못한 자들이여, 죽어라."

쩌어엉!

"크아악!"

"아악!"

소운천의 외침에 공력이 약한 자들이 심맥이 터져 칠공으로 피를 토해내며 쓰러졌다.

단지 의지와 외침만으로도 사람을 죽이는 경지 의형살(意形殺)이었다.

한가을 논에서 베어낸 벼처럼 수많은 사람들이 뭉텅뭉텅 쓰러졌다. 그들은 모두 칠공에 피를 토하고 있었다.

"놈! 멈추지 못하겠느냐?"

결국 보다 못한 우경호가 소운천을 향해 몸을 날렸다. 그러나 소운천은 그를 보면서도 표정하나 변하지 않았다.

"감히!"

대신 분노한 이는 금청사였다.

금청사가 노구를 이끌고 우경호 앞에 나타났다. 금청사가 움직이자 천마십위가 군웅들을 향해 몸을 날렸다. 그리고 살육이 시작됐다.

"크아악!"

"아악!"

그나마 내공이 강해 겨우 천마후의 외침을 견뎌내던 무인들을 향해 천마십위가 학살을 자행했다. 장내는 순식간에 아수라 지옥도로 변했다.

우경호 역시 금청사에게 막혀 더 이상 전진을 하지 못했다.

"비키지 못하겠느냐? 늙은이."

우경호가 살기를 피워 올리며 자신의 절학인 현현무종검(玄炫無終劍)을 펼치며 돌파하려 했지만, 금청사는 마치 거대한 그물을 허공에 펼쳐놓은 것처럼 한 치의 빈틈도 허락하지 않았다.

아무리 애를 써도 금청사를 통과하지 못하자 우경호의 얼굴에 암담한 빛이 떠올랐다.

'이 노인은 또 누구란 말인가? 겨우 그의 수하 같은데 이 정도의 무력이라니.'

그가 어찌 알까?

노인이 마해를 이끄는 세 명의 거두 중 한 명인 무해의 주인 금청사라는 사실을. 지난 칠백 년 동안 그의 일족은 오직 소운천만을 기다리며 외부와의 교류를 삼갔지만, 그 무력만큼은 소운천을 제외하고 가히 제일이라 할 만했다.

쾨콰!

금청사의 손짓 한 번에 가공할 기류가 형성되어 우경호를 압박해 갔다. 제천금환수(制天金幻手)라는 그만의 절기였다.

우경호는 분명 신주십대고수의 일원이었고, 그에 걸맞는 실력을 가지고 있었다. 하지만 상대가 금청사였다. 비록 강호에 이름이 알려지지는 않았지만, 소운천이 깨어나기 전까지 실질적으로 마해를 이끌어온 실력자였다. 그의 무력은 우경호를 능가하고 있었다.

피핏!

가공할 압력에 망막의 실핏줄이 터지며 세상이 온통 붉게 보였다. 우경호의 얼굴이 고통으로 잔뜩 일그러졌다.

"크윽!"

그는 강을 거슬러 오르는 연어처럼 금청사의 제천금환수를 거슬러 올라가려했다. 하지만 금청사에 접근을 하면 할수록 압력은 기하급수적으로 불어나 한 발짝을 전진하는 것도 힘이 들었다.

"크윽! 도대체 너희들은 누구냐? 누군데 소양 무림의 일에 끼어든 것인가? 이 일은 어디까지나 소양의 일, 외인이 참견할 일은 아니다."

"어리석은!"

"무엇이 어리석단 말인가?"

"주군께서는 너희들을 통해 세상의 운명을 결정하셨다. 너희들의 어리석음이 세상의 운명을 결정했다."

"그런?"

십만대산을 내려와 소운천이 바라본 세상은 어디에서나 똑같았다. 칠백 년과 전혀 달라지지 않은 인간들의 모습에 그는 절망을 느꼈다. 그리고 오늘 해가장에서 일어난 일을 보면서 그의 절망과 환멸은 극에 달했다.

어떻게 보면 우경호의 오만이 인간의 운명을 결정했다고 볼 수 있었다.

금청사의 손이 우경호의 방어를 뚫고 들어와 어깨를 잡았다. 금청사는 그대로 우경호의 어깨를 통째로 뜯어냈다.

우지직!

"으아악!"

처절한 비명소리와 함께 우경호가 엄청난 양의 피를 뿜어내며 비틀거렸다.

"신주십대고수? 현시대의 십대고수는 이십 년 전보다 퇴보했군. 겨우 이 정도로 신주십대고수라니."

금청사가 우경호를 조소했다. 우경호의 표정이 분노와 공포로 범벅이 되었다. 그의 머리로는 지금의 상황을 도저히 이해할 수가 없었다.

"어째서…… 어째서?"

통째로 팔이 떨어져간 어깨를 부여잡고 그는 '어째서?' 라는 말만 반복했다. 그의 머리와 이성은 지금의 상황을 도무지 받아들이지 못하고 있었다. 그리고 금청사는 그가 이성을 회복할 시간을 주지 않았다.

콰직!

금청사의 제천금환수가 우경호의 머리를 송두리째 으스러트려 버렸다. 마치 으깨진 두부처럼 머리가 박살 난 우경호가 바닥에 널브러졌다. 신주십대고수라는 위명에 어울리지 않는 허무한 최후였다.

금청사가 우경호의 시신을 내려다보며 중얼거렸다.

"그래도 너는 행복한 편이다. 아직 살아있는 사람들은 일찍 죽은 사람들을 부러워하게 될 테니까."

금청사가 우경호를 상대하는 동안 천마십위 역시 해가장에 모여 있던 군웅들을 학살했다. 태반의 무인들이 피바다에 누워 있었다.

"아아!"

해가장주 해무진이 그 광경을 보며 몸을 떨었다. 우연인지 모르지만 천마십위는 아직까지 해가장의 무인들을 건들지 않고 있었다. 그 덕분에 해가장은 온전히 전력을 보존할 수 있었지만, 두렵기는 다른 사람들과 마찬가지였다.

금청사가 우경호를 처리하자 소운천이 천천히 허공을 걸어 바닥으로 내려왔다. 소운천은 남진엽의 앞에 섰다. 그때까지도 남진엽은 부복을 한 채 움직일 줄 몰랐다.

소운천이 남진엽을 향해 입을 열었다.

"이름이 무엇이냐?"

"남진엽입니다."

"나를 따르겠느냐?"

"당신을 따르겠습니다. 당신께서 가시고자 하는 길이 설령 지옥의 불길 속이라도 따르겠습니다."

"후회할지도 모른다."

"설령 후회를 하게 될지라도 당신을 따르겠습니다."

남진엽은 운명의 끌림을 느끼고 있었다. 그의 혈천마검은 소운천을 따르던 백팔마장 중 한 명의 무공이었다. 어쩌면 그의 끌림도 당연한 것인지 몰랐다.

남진엽은 소운천에게 충성의 맹세를 했다.

소운천의 시선이 해여령에게 향했다. 비록 두려웠지만 해여령은 소운천의 시선을 피하지 않았다. 해여령은 소운천의 눈 속에 담긴 슬픔과 분노, 그리고 절망의 편린을 조금이나마 엿보았다. 분명 그는 수많은 사람들을 죽음에 이르게 한 마인이었는데도, 그렇게 잔혹하게 생각되지가 않았다.

소운천이 해여령을 보며 말했다.

"너 때문이다. 만일 네가 나서서 그를 보호하려 하지 않았다면, 해가장 역시 멸망의 길을 걸었을 것이다."

"왜인가요?"

"무엇이 말이냐?"

"왜 이토록 많은 사람들을 죽인 거죠? 저들 중 대부분은 몇몇 사람들에 의해 선동되었을 뿐이에요. 그들은 죄가 없어요."

"그들은 스스로 살아야 할 이유를 말하지 못했다."

"단지 그 이유만으로?"

해여령의 눈동자가 떨렸다. 그녀는 소운천의 사고를 도저히 이해할 수 없었다.

어쩌면 해여령은 영원히 소운천을 이해할 수 없을지도 몰랐다. 소운천이 지난 칠백 년 동안 얼마나 많은 절망을 해왔는지. 그는 이미 인간이라는 존재에 대해 더 이상 어떤 기대도 하지 않게 됐다.

어리석은 역사를 반복하는 어리석은 존재.

늘 후회하면서도 그들은 지겹게도 똑같은 역사를 반복하고 있었다.

"내가 그 고리를 끊겠다. 필요하다면 대륙의 모든 인간을 죽여서라도 어리석은 인간의 역사를 끊겠다. 이제부터 모든 질서는 나 소운천 하나로 통합될 것이다."

소운천의 외침이 울려 퍼졌다.

금청사가 소운천 앞에 부복했다.

"모든 것이 주군의 뜻대로 되실 겁니다."

"금청사."

"하명만 하십시오."

"대계를 진행하겠다."

이제 세상에 대한 미련은 모두 끊어졌다. 그가 보아온 세상은 칠백 년 전의 그날처럼 실망만을 남겨주었다. 더 이상 천하를 두고 볼 이유가 사라졌다.

"오오!"

금청사가 격동했다.

"마해의 총동원령을 내리겠다. 금일 후로 마해의 모든 무인들은 십만대산에서 천하로 나온다."

"천마시여."

소운천의 외침이 쩌렁쩌렁 울려 퍼졌다.

그의 외침을 들은 해여령과 해무진의 안색이 시커멓게 변했다.

마해라고 했다.

천마라고 했다.

이십 년 전 이 땅에서 물러난 마도의 총본산. 아직 이 땅의 사람들은 이십 년 전 마해의 공포에서 벗어나지 못했다. 그런 마해가 해가장에서 세상을 향해 출도하겠다고 외치고 있었다. 해가장 사람들의 얼굴이 핼쑥하게 질린 것도 무리는 아니었다.

"마해라니?"

해무진이 망연한 표정을 지었다.

해여령이 소운천을 바라보았다.

그 순간 소운천은 천하를 바라보고 있었다. 해여령이 그를 보며 멍하니 중얼거렸다.

"천마라니? 그가 천마였다니."

　　　　　　　*　　　*　　　*

　마해가 다시 등장했다.
　천마가 마해에 총동원령을 내렸다.

　소양에서 있었던 일들은 폭풍처럼 천하를 강타했다.

　소양 해가장에서 삼백 명의 군웅들이 몰살을 당했다는 소문
도 놀라웠지만, 무엇보다 마해가 다시 세상에 등장했다는 소문
에 천하의 무인들이 공포에 빠졌다.

　이십 년 전 이미 천하를 피로 씻은 마해였다. 그런 그들의 재
등장보다 더욱 충격적인 것은 천마의 등장이었다.

　이십 년 전 십전제와 천마가 벌인 공전절후의 결투를 기억하
고 있는 무인들은 천마라는 단어만 듣고도 몸을 떨었다.

　소양에 새로이 등장한 천마가 과연 이십 년 전의 천마인지는
알 수 없었지만, 일단 천마라는 이름만으로도 세상은 공포에 질
려 숨을 죽였다.

　천마와 마해의 재등장에 구주천가와 여타 문파들이 비상사태
에 들어갔다.

　바람이 불어오고 있었다.

　대륙의 남단에서 시작된 바람은 어느새 폭풍으로 변해 천하
를 강타하고 있었다.

제 4장
폭풍전야(暴風前夜)

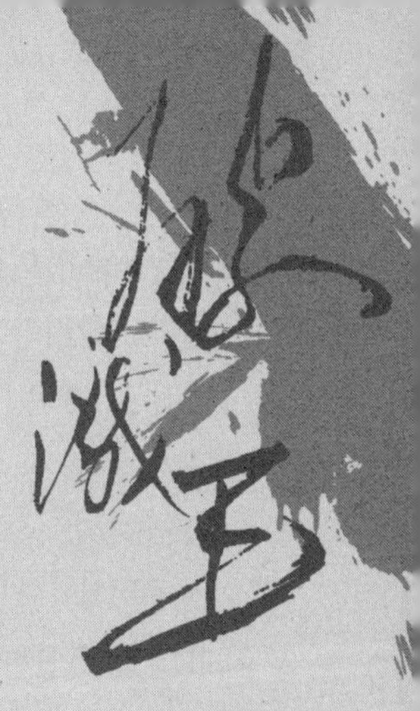

마해의 재등장 이후 두 달여의 시간이 흘렀다.

그동안 중원에서는 많은 일들이 있었다. 우선 구주천가가 비상사태를 선포하고 중원 각지에 마해의 경계령을 내렸다. 구주천가는 외부에 파견 나가 있는 인원들을 모두 불러들였고, 각 지단과 지부에도 최고수준의 경계령을 내렸다.

발등에 불이 떨어진 것은 비단 구주천가뿐만이 아니었다. 중원의 여타 대문파들도 마해의 등장에 경악을 금치 못했다. 중원의 각 문파들은 구주천가와 마찬가지로 경계령을 내리고, 외유를 나갔던 제자들을 모두 자파로 불러들이고 출입을 삼가도록 했다.

무인들이 외출을 삼가면서 거리는 한산해지고, 사람들의 얼굴에서 활기가 사라졌다. 사람들은 언제 마해가 나타날지 몰라 전전긍긍했고, 혹시라도 자파에 들이닥칠까 잠을 이루지 못했다.

사람들은 구주천가의 반응과 마해가 어떻게 등장할지에 촉각을 곤두세웠다. 사람들이 신경을 쓰는 것은 그뿐만이 아니었다. 어느 날 홀연히 북쪽에서 등장한 멸제와 그의 군대에도 사람들의 시선이 모아졌다.

마해의 등장과 거의 동시에 나타난 멸제와 그의 군대가 대국에 어떤 영향을 끼칠 것인지, 그리고 그들이 어느 문파와 손을 잡을지를 예의주시했다. 비록 멸제와 북풍대의 인원이 삼백 명밖에 되지 않았지만, 오태산에서 이미 그 무력이 증명되었기 때문이다.

그들은 비록 소수였지만, 정예 중 정예였다. 그 때문에 사람들은 그들이 곧 중원의 어느 문파와 연수해서 안착을 할 것이라 생각했다. 각문파의 간자들이 철군패와 북풍대의 흔적을 찾아 북쪽으로 향했다. 하지만 두 달 전 오태산의 풍운을 마지막으로 철군패와 북풍대의 모습은 아직 확인되지 않고 있었다.

북쪽의 멸제, 남쪽의 마해.

사람들의 시선은 양쪽으로 향했다. 하지만 공교롭게도 두 쪽 모두 처음 모습을 보인 이후 종적을 감췄다. 그를 두고 멸제가 마해 쪽 인물이라는 사람들도 있었지만, 어디까지나 헛소문에 불과했다.

　모두의 시선이 북쪽으로 몰려있을 때 철군패는 검운영, 단월, 남정옥과 함께 남하를 하고 있었다. 사람들의 시선이 잘 닿지 않는 은밀한 곳으로만 다녔기에 아직 사람들은 그가 남하를 하고 있다는 사실을 알지 못했다.

　사실 철군패는 중원의 길을 잘 몰랐지만, 단월과 남정옥이 길을 잘 알았기에 문제없이 남하할 수 있었다.

　단월은 말에 탄 채 철군패의 뒷모습을 물끄러미 바라보았다. 자신의 몸집만큼이나 거대한 말에 올라탄 그의 뒷모습이 마치 산악과도 같이 보였다. 울퉁불퉁한 어깨 근육이 거대한 산맥을 연상시켰다.

　'그때는 이렇게 클 줄은 몰랐는데.'

　단월이 은은한 미소를 지었다. 이십 년 전 그때 평범한 외모의 소년이 이렇게 거구로 자라있을 거라고는 전혀 생각지 못했다. 그래도 왠지 지금의 모습이 철군패에게 어울린다는 생각이 들었다. 그 때문에 전혀 낯설게 느껴지지 않았다.

　지난 두 달 동안 남정옥은 상처를 회복했고, 북풍대는 중원의 사정에 대해 소상하게 파악했다. 물론 무영문이 전해준 정보가 있었기 때문에 가능했던 일이었다.

　칩거를 하고 있는 동안 천마와 마해의 재등장 소식이 전해졌고, 그때부터 철군패는 장고에 들어갔다. 그가 우려했던 일이 벌어졌기 때문이다. 그의 스승인 환사영은 천마가 언제고 다시 세상에 나올 거라고 예견했었다. 그리고 그의 말처럼 천마는 마해를 이끌고 다시 세상에 나올 것을 천명했다.

비록 지금은 잠잠하지만, 이 고요함이 오래갈 거라고 생각하는 무림명숙은 없었다. 조만간 천마와 마해는 폭풍처럼 무림의 역사에 전면 재등장할 것이다. 그때가 되면 천하는 또다시 혈겁에 잠길 것이다. 어떤 이들은 벌써부터 이십 년 전과 비할 수 없이 엄청난 규모의 혈겁이 벌어질 거라고 말했다.

구주천가와 반천련, 그리고 마해까지 등장하면서 세상은 걷잡을 수 없는 혼돈의 바다로 빠져들고 있었다. 그런 혼란한 세상 속에서 과연 철군패와 그의 군대는 어떤 역할을 맡을 것인가? 단월은 그런 생각을 했다.

겉으로는 무척이나 투박해 보였지만, 철군패는 무척이나 치밀했고 대단한 추진력을 갖추고 있었다. 단월은 그와 몇 마디를 나눠보고 바로 그런 사실을 알 수 있었다.

철군패와 함께하면서 단월은 급격히 마음의 안정을 찾았다. 이젠 더 이상 구주천가와 반천련의 추적을 걱정할 필요가 없었다. 철군패가 곁에 있는 이상 그들은 더 이상 어떤 위협도 될 수 없다는 것이 그녀의 생각이었다.

일단 마음의 안정을 찾게 되자 그녀의 영민한 두뇌가 무섭게 돌아가기 시작했다. 이제야 그녀는 무영문의 정보력을 온전히 활용할 무력을 얻은 것이다.

사실 남하를 결정한 것은 철군패가 아니라 그녀의 생각이었다. 단월은 이렇게 천하가 혼란할 때일수록 폭풍의 중심에 있어야한다고 믿었다.

그렇게 단월이 자신만의 생각에 빠져있을 때 철군패 역시 자신만의 세계에 빠져 있었다. 지금 그는 한 남자를 떠올리고 있었다.

'역시 사라졌군.'

그가 떠올리는 남자는 백련귀였다. 인질로 잡고 있던 그가 오태산의 혈전 와중에 감쪽같이 사라진 것이다. 비록 무공을 금제당했지만, 그가 난전 중에 당했다고는 생각하지 않았다.

그가 철군패의 이목을 피해 감쪽같이 사라졌다는 것은 분명 십이사조의 전력이 근처에 있다는 뜻이었다. 그렇지 않고선 그가 사라진 것이 설명이 되지 않았다.

'역시 십이사조는 반천련과 손을 잡았구나. 반천련과 함께한 십이사조의 일원 중 누군가 백련귀를 알아보고 구해간 것이 틀림없다. 누굴까? 백련귀를 구해간 자가.'

비록 백련귀를 빼앗긴 것은 아쉬웠지만, 그렇다고 해서 실망하지는 않았다.

'곧 다시 만나게 될 것이다. 백련귀, 너는 아직 나에게서 완벽히 자유를 찾은 것이 아니다. 이제 곧 너는 스스로 나를 찾아오게 될 것이다.'

철군패가 미소를 지었다.

그가 고개를 들어 하늘을 바라보았다. 구름이 그 어느 때보다 빠르게 흘러가고 있었다. 시대의 흐름만큼이나 빠른 구름의 흐름을 보며, 철군패는 자신이 난세에 살고 있음을 직감하고 있었다.

지금은 누구도 부정할 수 없는 난세였다. 아직은 실감하지 못하고 있지만, 곧 사람들은 지금의 시대를 살고 있음에 눈물을 흘리며 절망하게 될 것이다.

'그가 정말 십전제라면 지금의 난세를 그냥 두고 보지만은 않을 것이다.'

철군패는 한 남자를 떠올렸다. 이십 년 전의 난세를 종식시킨 그 남자를 말이다. 그 남자라면 지금쯤 움직이기 시작했을 거라는 게 철군패의 생각이었다.

그렇게 철군패가 자신의 생각을 정리하고 있을 때 단월이 곁으로 다가왔다.

"무슨 생각을 그렇게 해?"

"그냥 이것저것. 너는 어때? 말 타는 것이 불편하면 마차를 하나 빌릴까?"

"됐어. 지금 그냥 말 타고 가는 게 더 좋아. 이제 숨어서 다니는 것엔 지쳤거든."

철군패는 면사 위로 드러난 단월의 눈이 웃음을 짓는 모습을 보았다. 눈이 부시도록 아름다운 웃음이었다. 그녀의 웃고 있는 얼굴을 바라보는 것만으로도 철군패는 기분이 좋아지는 것을 느꼈다.

“아직도 구주천가와 반천련은 너를 포기하지 않았을 거야.”

“이제 더 이상 두렵지 않아.”

“아무래도 시련이 너를 강하게 한 모양이구나.”

단월은 웃음만 지을 뿐 대답하지 않았다. 그녀의 웃고 있는 얼굴을 바라보자 철군패는 왠지 기분이 묘해지는 것을 느꼈다. 왠지 얼굴에 열이 오르는 것 같아 철군패는 고개를 돌려 불어오는 찬바람을 쐬었다.

단월은 물끄러미 그런 철군패의 모습을 바라보았다. 그녀의 눈가에 어린 웃음이 사라지지 않았다. 철군패를 볼 때마다 단월은 자신도 모르게 웃음이 나오는 것을 느꼈다.

이렇게 마음 놓고 웃음을 지을 수 있는 것도 매우 오랜만의 일이었다.

그때 문득 철군패가 물었다.

“그런데 지금 우리가 정확히 어디로 가는 거지?”

“동호(東湖). 우리가 가는 곳이야.”

“동호? 태호가 아니고?”

“그래.”

“태호가 무영문의 제이 거점이 있는 곳이 아니었어?”

“모두가 그렇게 알고 있지.”

“아니란 뜻이군.”

“무영문에 정보가 새고 있다는 사실을 알고 있었어. 그래서 어느 선에서 정보가 누출되고 있는 것인지 알아내야 했지. 태호

에 무영문의 거점이 있는 것은 사실이야. 하지만 거점은 동호에
도 있지."

"그럼 태호에 제이 거점이 있다고 정보를 흘리고, 실제로는
동호로 움직인 것이군."

"그런 거지."

단월이 또다시 눈웃음을 지었다.

철군패가 투덜거렸다.

"망할."

"왜?"

"너 앞으로 그 웃음 좀 짓지 마."

"왜?"

"네가 웃음을 지을 때마다 가슴이 울렁거려서 냉철하게 생각
을 할 수 없거든."

"그래?"

철군패의 말에 단월이 또다시 눈웃음을 지었다. 아마도 그녀
는 눈웃음을 멈출 생각이 없는 것 같았다.

두 사람의 모습을 보며 검운영이 미소를 지었다.

철군패와 단월의 모습은 무척이나 잘 어울렸다. 새외를 평정
한 멸제 철군패가 이렇게 수줍음이 많은 사람임을 검운영은 오
늘 처음 깨달았다.

'후후! 아마 이 사실을 말해주면 천의 형님이 제일 좋아하겠
군. 놀릴 거리 하나 건졌으니까.'

양천의와 헤어진 지 며칠밖에 되지 않았다. 그런데도 검운영은 그가 무척이나 보고 싶었다.

'조만간 다시 보게 되겠지.'

세상 사람들은 북풍대가 은신한 줄 알고 있다. 하지만 지금 이 순간에도 북풍대는 남하를 하고 있었다. 단지 서너 명씩 흩어져서 내려오기 때문에 사람들이 전혀 눈치를 채지 못하고 있을 뿐이었다.

양천의는 북풍대를 총괄해야 하는 입장이었기에 철군패 일행과 함께하지 못했다. 하지만 결국 합류하게 될 것이다. 그때까지 잠깐만 헤어져있는 건데도 보고 싶은 것은 그만큼 정이 많이 들었기 때문일 것이다.

어디 양천의 뿐이랴? 북풍대 전원이 그의 형제였고, 혈육이나 다름없는 정을 나누는 사이였다. 하루라도 떨어져 있으면 얼굴이 보고 싶고, 이야기를 나누고 싶었다.

검운영은 북풍대를 떠올리며 말을 몰았다.

시간이 어떻게 가는지도 몰랐다. 그저 말을 몰고 따라가다 보니 어느새 제법 규모가 큰 마을에 도착하게 됐다. 얼핏 보아도 가구 수만 삼사백 개가 넘어보였다. 이런 한적한 곳치고는 상당한 규모의 마을이었다.

마을에 들어서자 사람들이 그들을 의심어린 눈으로 바라보았다. 세상이 하수선하니 이런 조그만 마을 사람들조차 외지인을 경계하는 것이다.

불행인지 다행인지, 마을에는 조그만 무관 하나 없는 모양이었다. 덕분에 철군패를 알아보는 사람이 한 명도 없었다.

마을에 들어서자 단월이 일행을 이끌고 나가기 시작했다. 그러나 그녀가 가는 곳은 객잔이 아닌 마을 외곽이었다. 의문이 들었지만, 철군패 일행은 묵묵히 그녀를 따랐다. 그렇게 그녀가 도착한 곳은 마을 외곽에 위치한 조그만 저택이었다.

단월은 어른 키 높이까지 쌓아올린 돌담이 인상적인 저택의 정문을 두드렸다. 잠시 후 문이 빼꼼히 열리고 누군가 고개를 슬쩍 내밀었다.

"오랜만이에요, 염 숙부."

"누구시오? 어, 어?"

웃고 있는 단월과 얼굴이 마주친 사내의 눈이 동그랗게 떠졌다. 그가 곧 문을 활짝 열며 소리쳤다.

"아가씨. 어찌 소식도 없이."

"그렇게 되었어요. 오늘 하루 묶어갈 수 있겠죠? 염 숙부."

"물론입니다. 아가씨. 그렇지 않아도 무사히 구출되었다는 소식을 들었습니다. 남하하고 있다는 이야기도 들었지만, 설마 소인의 집에 들를 줄은 생각지도 못했습니다."

"제가 인근을 지나는데 어찌 염 숙부께 들리지 않을 수 있겠어요?"

"하하하! 잘 왔습니다, 아가씨. 어서 안으로 들어오십시오."

염소수염의 사내가 서둘러 단월과 철군패 일행을 안으로 들

였다. 저택 안은 겉보기보다 넓었다. 돌담 때문에 초라하고 작
게 보였을 뿐 실제는 작지 않은 규모의 건물인 것이다.

검운영이 감탄했다.

"꽤나 재밌는 곳이군요. 밖에서 보면 작게 보이는데, 안에 들
어서니 전혀 그렇지 않네요."

"그럴 거예요. 염숙은 저희 무영문의 지부장이세요. 평범한
주택 같지만, 사실 북쪽에서 오는 정보중 상당수가 이곳에서 가
공돼요."

"이곳이 무영문의 지부란 말입니까?"

"그래요. 사실 매우 중요한 지부중 하나지요. 때문에 평범하
게 위장하고 있어요."

"그렇군요."

단월의 대답에 검운영이 고개를 주억거렸다.

그는 새삼 무영문의 저력에 감탄했다. 한낱 도둑들의 집합체
라고 생각하기엔 무영문은 너무나 조직적이었고, 치밀하게 움
직였다. 만일 단월에게 듣지 않았다면 이곳이 무영문의 비밀 지
부일 줄은 생각하지 못했을 것이다. 그만큼 이곳은 절묘하게 위
장하고 있었다.

이곳 지부를 이끄는 사내의 이름은 염효였다. 염효는 단월을
매우 끔찍이 아끼는 사람 중 한 명이었다.

염효는 단월 일행을 위해 극진하게 대접했다. 상이 부러질 정
도로 음식을 내오고, 그 자신이 손수 철군패 일행에게 술을 따

르며 감사의 뜻을 표했다.

"고맙습니다. 철 대협 덕분에 아가씨가 무사할 수 있었습니다."

"아니오."

"아닙니다. 모두 대협 덕분입니다. 대협이 나타나 아가씨를 구했다는 소식을 들었을 때 저는 환호를 했습니다."

철군패를 바라보는 염효의 얼굴엔 존경의 염이 가득했다. 그는 경이에 찬 눈으로 철군패를 바라보았다.

'과연 듣던 대로 거대하구나. 저 거대한 주먹으로 자신의 적들에게 멸망을 내린단 말이구나.'

철군패 역시 난세의 주역 중 하나였다. 그의 등장으로 인해 구주천가와 반천련이 동시에 뜻을 꺾어야 했다. 지금 무림에서 그의 존재감은 결코 구주천가와 반천련에 뒤지지 않았다. 어떤 성급한 사람들은 벌써 그를 신주십대고수와 동등한 반열에 올리고 이야기하고 있었다. 하지만 실제로 철군패를 본 사람은 그리 많지 않았다. 덕분에 철군패에 대한 소문은 더욱 부풀려지고, 확장되어가고 있었다.

철군패는 거대한 덩치만큼이나 엄청난 식욕을 자랑했다. 그는 자신의 앞에 놓인 음식을 무서운 속도로 초토화시키고 있었다. 그 모습에 단월이 웃으며 자신의 앞에 놓인 음식을 철군패 쪽으로 밀었다. 철군패는 굳이 단월이 양보한 음식을 마다하지 않았다.

　단월은 철군패의 엄청난 힘의 근원이 저 왕성한 식욕이라고
생각했다. 다른 사람들 역시 그녀와 똑같은 생각을 하고 있었
다. 그들은 음식을 먹는 것도 잊고 철군패가 먹는 모습을 바라
보았다.
　한참 음식을 들던 철군패가 고개를 들고 주위를 둘러봤다.
　"왜들 안 먹어? 배 안고파?"

＊　　＊　　＊

　식사가 끝난 후 일행은 둘러앉아 차를 마셨다. 차까지 마시자
마음이 안정되는 것을 느꼈다.
　단월이 염효에게 물었다.
　"염 숙부, 마해에 대해 새로이 들어온 소식이 있나요?"
　"천마가 소양에 모습을 보인 후 아직까지는 잠잠한 편입니
다."
　"천마에 대해서는 알려진 것이 있나요?"
　"그 역시 아무것도 없습니다. 마치 그날의 일이 환상이었던
것처럼, 천마는 그 후 모습을 감췄습니다. 하지만 누구도 이런
조용한 날이 오래 갈 거라고는 생각하지 않습니다. 폭풍 직전의
고요함이라고나 할까요."
　염효가 차를 후르륵 마시고는 찻잔을 내려놓았다. 이어 그가
책상 위에 꺼내놓은 것은 한 장의 거대한 지도였다.

"이것은 중원전도군요."

"그렇습니다, 아가씨."

"이것을 왜?"

"비록 지금은 천마의 종적을 알지 못하지만 그래도 그의 행적에 대해서만큼은 어느 정도 알아냈기 때문에 알려드리려는 겁니다."

"그래요?"

"그의 행적을 조사하기 위해 많은 형제들이 수고를 해줬습니다. 그중에는 목숨을 잃은 사람들도 있습니다. 지금부터 알려드리려는 내용은 그렇게 형제들이 목숨을 버려가며 얻은 소중한 정보입니다."

염효가 중원천도의 한 부분을 손으로 찍었다.

"이곳이 바로 천마가 중원출도를 선언한 소양입니다. 이곳에서 그는 해가장에서 일어난 사건에 개입했습니다. 그가 왜 해가장의 일에 개입을 했는지는 모르겠습니다만, 아무튼 그는 이곳에서 자신의 존재감을 드러냈습니다. 저희는 바로 천마가 해가장에 도착하기 전의 행적에 주목을 했습니다. 우선 저희는 그의 행적을 역으로 거슬러 올라갔습니다. 저희가 알아본 바에 따르면 그는 미곡 운반선을 타고 소양까지 왔더군요. 그리고 미곡 운반선은……."

염효의 말은 계속해서 이어졌다.

그는 결코 과장된 화법을 사용하지 않았다. 그는 최대한 냉철하게 천마의 행적을 설명했다.

"이제까지 저희가 알아낸 바를 모두 종합하면 그는 이제까지 십만대산에 은거하고 있었던 듯합니다. 그리고 보면 몇 해 전부터 십만대산에서 나무꾼과 약초꾼이 심심치 않게 실종되는 소식이 들어오곤 했습니다. 하지만 미처 마해와 연결시키지는 못했지요."

"십만……대산이란 말인가요?"

"그렇습니다. 현재로서는 마해의 근거지가 십만대산에 있을 확률이 가장 높습니다. 하지만 천마가 세상에 출도를 선언했으니, 앞으로는 어떻게 될지 아무도 알 수 없지요."

"으음!"

"그리고 흥미로운 소식 한 가지가 있습니다."

"흥미로운 소식요?"

"예!"

염효가 미소를 지었다.

"아가씨도 이십 년 전 그곳에 계셨으니 잘 알고 계실 겁니다. 마해의 난을 잠재운 주역들 중에 가장 흉포하고 거대한 사내를. 그는 온몸에 쇠사슬을 두르고, 자신의 적들을 발기발기 찢어버렸지요. 십전제의 전우이자, 신주십대고수에서 십전제를 제외하면 가장 상위 서열을 차지하는 남자. 이 정도면 누군지 짐작하시겠습니까?"

"염 숙부께서는 혹시 혈마인 원개세를 말씀하시는 건가요?"

“역시 알고 계시군요. 최근에 그의 행적이 발견되었다는 정보가 은밀히 들어왔습니다.”

“혈마인 원개세가 움직였다는 뜻이군요.”

“그렇습니다. 그 이유가 마해의 준동 때문인지는 모르지만, 최근 그의 행적이 발견돼 보고된 것은 사실입니다. 그가 몇몇 문파를 몰살시켰다는 정보가 들어왔습니다.”

“그가 왜?”

“아직 그 이유까지 파악하지는 못했습니다. 어쩌면 그의 광증(狂症)이 다시 도진 것일 수도 있겠지만, 진실은 아직 아무도 알지 못합니다.”

“으음! 원개세라니.”

단월의 얼굴이 딱딱하게 굳었다.

원개세는 단순히 신주십대고수의 일원이 아니었다. 그는 이십 년 전의 난세를 끝내는 데 일조를 한 철혈의 무인이었다.

공포와 폭력의 대명사.

그의 손에 죽은 자들의 수가 네 자리에 이른다는 것은 더 이상 비밀이 아니었다.

오죽하면 그의 별호가 혈마인(血魔人)일까?

지난 이십 년 동안 십전제를 떠나 독자적으로 활동하다 잠적했던 그 남자가 다시 움직이기 시작했다는 사실은 단월의 가슴에 커다란 충격을 던져주기에 충분했다. 그녀의 낯빛이 어두워졌다.

"으음! 역시 난세가 찾아오자 십전제가 그를 움직인 걸까요?"

"그럴 가능성도 없지 않습니다. 비록 이십 년 전부터 독자적으로 활동했다지만, 누가 뭐래도 그는 십전제의 심복인 남자. 십전제가 불렀다면 움직이지 않을 수 없을 겁니다."

"역시 그렇게 봐야겠군요."

장내의 분위기가 심각해졌다. 하지만 무거운 분위기와 상관없이 철군패는 은은한 향이 나는 차를 즐겼다. 단월이 그런 철군패를 바라봤다.

"어쩌면 원개세는 우리의 앞날에 큰 걸림돌이 될지도 몰라. 만일 그가 온유하의 청을 받아들여 우리를 척살하는 데 나선다면……."

생각만 해도 아찔하다는 듯이 단월이 몸을 부르르 떨었다. 그녀의 모습에 검운영과 염효의 표정도 덩달아 어두워졌다. 하지만 정작 철군패는 여전히 유유자적한 표정으로 차를 즐기며 말했다.

"미리 걱정할 필요 없어. 나는 멸제라는 이름이 혈마인보다 뒤떨어진다고 생각하지 않아. 이십 년 전에는 어땠는지 모르지만, 이미 시대가 변했어."

"네가 그를 이길 수 있다는 거야?"

"분명히 말하지만, 그는 내 최종 목표가 아니야. 그러니까 내 최종 적수도 아니지. 그는 단지 넘어야 할 조금 높은 벽에 불과할 뿐이야."

"군패야."

"미리 걱정할 필요 없어. 지금 이 순간을 충실히 즐겨. 그러면 길이 열릴 거야."

철군패가 빙긋 웃었다. 철군패의 웃음을 보자 단월은 고조되었던 감정이 한결 차분하게 가라앉는 것을 느꼈다. 그제야 그녀는 눈앞의 투박한 남자가 멸제라는 사실을 인지했다.

혈마인이 이십 년 전에 명성을 날렸다면, 철군패는 누가 뭐래도 현시대에 새로이 등장한 고수들 중 최선두를 달리고 있었다. 그는 강하고, 빠르며, 단호하다. 그리고 무엇보다 젊다.

젊음의 패기는 무엇보다 큰 장점이 될 수 있었다. 이십 년 전의 십전제도 젊었다. 어쩌면 그의 젊음이 난세를 끝내는 가장 큰 원동력이었는지도 몰랐다.

단월이 철군패를 보며 미소를 지었다. 그녀의 미소는 한결 차분해져 있었다.

염효 역시 그런 단월의 변화를 느꼈다. 어디 단월뿐이랴? 염효 역시 흥분되었던 가슴이 한결 차분해진 것을 느꼈다. 철군패의 말이 그들에게 안정감을 준 것이다.

'멸제, 과연 그는 난세에 어떤 역할을 할 것인가? 그가 어떤 역할을 맡느냐에 따라 난세의 향방이 바뀔 것이다.'

염효는 사람마다 타고나는 그릇이 따로 있다고 생각했다. 얼마나 큰 그릇을 가지고 있느냐에 따라 세상에서 맡게 되는 역할도 달라진다고 믿었다. 그가 본 철군패의 그릇은 한없이 투박하지만, 또한 한없이 두껍고 넓었다. 아무리 많은 양의 물을 넣더라도 결코 깨지지 않을 단단함을 가지고 있는 것이다.

'아가씨가 왜 이 남자를 선택했는지 이유를 알겠구나. 난세에서 믿을 수 있는 사람은 몇 안 되지. 이 남자는 그 몇 안 되는 남자 중 한 명이다.'

염효가 은은한 미소를 지었다.

철군패를 바라보는 단월의 눈빛엔 따뜻함이 가득했다. 그런 눈빛이 어떤 감정을 뜻하는지 모를 염효가 아니었다.

'이 남자는 아가씨의 훌륭한 지붕이 돼 줄 것이다. 그 어떤 폭풍우가 와도 결코 부서지거나 무너지지 않을 거대한 지붕이.'

자신의 친딸처럼 단월을 아끼는 염효였다. 그는 진심으로 단월이 행복하길 빌었다.

잠시 후 염효가 자리에서 일어났다.

"시간이 늦었습니다. 저는 물러갈 테니 쉬십시오."

"고마워요. 염 숙부."

"별말씀을. 그리고 한 가지 말하지 못한 것이 있군요."

"그게 뭔가요?"

"구주천가에 있는 아이들에게서 나온 소식인데, 두 달 전 구주천가의 소가주 천위강이 은밀히 외유에 나섰다고 하더군요."

"천위강이 말인가요?"

"예! 이유는 알수 없지만, 그가 구주천가를 나선 것은 분명해 보이더군요. 굳이 아실 필요는 없겠지만, 혹시나 해서 말씀드리는 겁니다."

"신경써줘서 고마워요."

"당연히 제가 해야 할 일입니다. 그럼 쉬십시오."

염효가 포권을 취해보인 후 밖으로 나갔다.

단월이 천위강의 모습을 떠올리며 중얼거렸다.

"천위강, 오만할 정도로 무서운 자신감으로 무장한 남자. 어쩌면 십전제는 그를 난세에 던져 단련을 시키려는 것인지도 모르겠구나."

*   *   *

염효의 집에서 하루 머물면서 철군패와 단월은 작금의 강호 정세는 물론이고, 천하의 움직임을 손바닥처럼 파악하게 되었다. 무영문의 정보력은 그야말로 대단했다.

염효는 단월에게 가장 깨끗한 방을 내줬다. 방은 깔끔하게 정리되어 있어, 단월은 오랜만에 편안한 휴식을 취할 수 있었다.

"지금 생각하면 그야말로 고난의 연속이었구나."

구주천가와 반천련 양측에 쫓기던 시간은 그야말로 피를 말리는 듯한 고생의 연속이었다. 그녀를 지키기 위해 수많은 사람들이 희생했다. 그들의 희생이 없었다면 단월은 지금처럼 멀쩡하게 살아있지 못했을 것이다.

"힘이 없어 쫓겼다. 하지만 이젠 두 번 다시 쫓기는 일은 없을 것이다.”

그녀가 입술을 깨물었다.

그녀는 오태산에서 철군패의 위용을 직접 눈으로 확인했다. 구주천가와 반천련을 상대로 압도하던 그의 외침을 단월은 잊지 못했다. 그때 확신했다. 철군패라면 그 어떤 고난이나 위협에도 그녀를 지켜줄 수 있을 거라고.

이십 년 만에 만난 철군패는 이름 하나만으로도 천하를 울릴 수 있는 절대의 고수가 되어 있었다.

“지금 그의 경지는 어느 정도일까? 분명 절대(絕對)는 넘어선 것 같은데.”

세상에 모르는 것이 없다고 자부하는 그녀였지만, 철군패의 무공만큼은 짐작하기 힘들었다. 어찌 보면 한없이 단순한 것 같았지만, 보이는 것만이 전부가 아니란 사실을 그녀는 알고 있었다.

“어떤 무공이든 경지에 이르면 잔가지를 쳐내서 단순하면서도 간결한 형태를 갖게 되지. 그렇게 본다면 그의 무공은 그야말로 고절할 것이다. 어쩌면 전설의 경지라는 광륜이나 월륜의 경지에 오른 것일 수도.”

그녀의 입가에 웃음이 어렸다. 그녀 자신도 몰랐지만, 철군패를 생각할 때면 항상 그녀의 얼굴엔 웃음이 떠올랐다.

단월은 탁자위에 놓인 찻주전자를 들었다. 얼마나 닦았는지 주전자의 표면에는 광택이 다 날 정도였다. 찻주전자를 들던 단월의 얼굴이 딱딱하게 굳었다.

차 주전자 위에 비치는 창문의 모습, 그리고 창문 사이로 보이는 누군가의 얼굴.

"누구냐?"

단월이 소리치며 창문을 향해 몸을 돌렸다. 하지만 그녀가 보았을 때 창문엔 이미 그 누구도 없었다. 만일 찻주전자를 통해 확인하지 않았다면 착각이라고 생각했을 것이다. 하지만 단월은 분명 창문 너머에서 자신을 바라보던 낯선 얼굴을 봤다.

쉭!

단월이 창문을 뛰어넘어 밖으로 나갔다. 그러자 저 멀리 수풀 사이로 사라지는 누군가의 뒷모습이 보였다.

"거기 서라."

단월이 크게 소리치며 경공을 펼쳤다. 그녀의 몸은 빗살처럼 뻗어나갔다. 금세 돌담을 넘어 침입자의 등 뒤까지 도착했다. 손만 뻗으면 침입자를 잡을 수 있는 그 순간 갑자기 침입자의 몸이 앞으로 쭈욱 뻗어나가기 시작했다.

결국 간발의 차이로 침입자를 잡지 못한 단월은 경공속도를 더욱 높였다.

쉬익!

주위의 경관이 금세 스쳐지나가고, 단월은 어느새 숲속 한가운데까지 들어왔다. 숲속에 있는 공터가 나오자 침입자가 걸음을 멈췄다.

"역시 유인한 것인가?"

단월도 알고 있었다. 침입자가 일부러 자신이 따라올 만한 속도로 달렸다는 사실을. 그래도 단월이 따라온 것은 다 믿는 구석이 있기 때문이었다.

공터에 선 침입자가 등을 돌려 단월을 바라보았다.

특징 없는 평범한 얼굴과는 전혀 어울리지 않는 육감적인 굴곡진 몸매를 가진 여인이었다. 하지만 여인을 본 순간, 단월은 그녀가 결코 평범한 사람이 아니란 사실을 깨달았다. 평범한 여인이 그토록 엄청난 경공술과 시리도록 차가운 눈빛을 가질 수 없다는 사실을 잘 알고 있기 때문이었다.

여인의 눈빛은 차가웠다. 그냥 차가운 것이 아니라 북해의 얼음을 깎아 만든 것처럼 투명하게 차가웠다. 단월은 자신을 바라보는 여인의 눈빛에 한 점의 호의도 없다는 사실을 알아차렸다. 무슨 이유에선지 모르지만 여인은 단월을 적의가 담긴 시선으로 바라보고 있었다.

먼저 입을 연 이는 단월이었다.

"손님을 불렀으면 자신의 이름을 밝히는 것이 예의 아닐까요? 소저는 누군가요? 누구기에 나를 불러낸 건가요?"

"……."

그러나 여인은 대답하지 않았다. 오히려 단월을 바라보는 눈빛이 더욱 차가워졌다. 단월은 만반의 준비를 갖춘 채 여인의 대답을 기다렸다.

잠시 시간이 흐른 후 여인의 입이 열렸다.

"당신은 자격이 있나요?"

"자격? 무슨 자격을 말하는 건가요?"

눈빛만큼이나 차가운 목소리였다. 그리고 무엇보다 단월에 대한 적의가 담겨 있었다. 그녀의 목소리가 더욱 차가워졌다.

"나는 과연 당신이 자격이 있는지 알아야겠어요."

"나는 소저가 말하는 바를 모르겠군요."

단월의 목소리도 덩달아 차가워졌다.

다짜고짜 사람을 불러내 하는 말이 겨우 자격이 있는지 모르겠다니. 단월의 기분이 좋을 리 없었다.

"왜 나를 불러낸 건가요?"

"당신이 자격이 있는지 알기 위해서."

"감히 누가 나에게 자격이 있다 없다 말할 수 있단 말인가요?"

"내가……."

쉬익!

다음 순간 단월의 눈앞에서 여인이 사라졌다. 아니, 사라진 게 아니라 너무 빨리 움직여서 단월의 안력이 그녀의 움직임을 놓친 것이다.

"……판단해요."

갑자기 왼쪽에서 그녀의 목소리가 들려왔다. 단월은 초인적인 반사 신경으로 왼손을 들어 막았다.

퍼억!

그 순간 왼손에서 느껴지는 강렬한 충격. 단월의 몸이 휘청거리더니 두 발짝이나 옆으로 밀려났다. 그나마 제때 막지 않았으면 큰 피해를 입을 뻔했다.

여인의 공격을 막은 손바닥이 얼얼했다. 하지만 그녀는 고통을 느낄 여유조차 없었다. 이어서 여인의 파상공세가 시작되었기 때문이다.

콰가가각!

강렬한 기파가 단월을 향해 몰아쳐왔다. 여인의 공격은 광포하기 그지없었다. 여인의 공격에 대항해 단월이 옥령소수(玉玲素手)를 펼쳤다.

콰쾅!

분명 호리하기 그지없는 여인들의 격돌인데 그 파괴력이 어마어마했다. 도저히 여인들의 대결이라고 볼 수 없을 정도로 그녀들의 싸움은 무시무시했다.

단월은 옥령소수의 절초를 연이어 펼쳐냈다. 옥수혈화(玉手血花), 백화산화(百花散花) 등의 절초가 여인을 압박했다. 그러나 여인의 움직임 또한 만만치 않아서 단월의 공격을 교묘하게 흘리며 다가오고 있었다.

위잉!

여인이 손을 휘두를 때마다 톱날이 돌아가는 듯한 소름끼치는 소리와 함께 막대한 충격파가 단월을 향해 날아왔다.

'공간 자체에 충격을 주어 파괴력을 전달하는 수법인가?

단월의 등 뒤로 한 줄기 식은땀이 흘러내렸다.

무영문의 소문주로서 모르는 것이 거의 없다고 자부하는 그녀였지만, 한 번도 이런 식으로 펼칠 수 있는 무공이 존재한다고는 상상도 하지 못했다.

여인이 손을 한번 휘두를 때마다 공간을 통해 엄청난 충격파가 전해졌다. 단월의 반응이 조금이라도 느렸다면, 그리고 옥령소수의 위력이 조금이라도 약했다면 지금쯤 바닥에 싸늘한 시신으로 누워있을지도 몰랐다.

여인의 입꼬리가 올라갔다.

"그래도 조금은 자격이 있는 것 같군요. 하지만 충분치는 않아요."

"무슨 자격을 말하는 거죠?"

단월이 옥령소수로 반격하며 되물었다. 하지만 여인은 더 이상 입을 열지 않았다. 대신 단월을 향한 공세의 수준을 더욱 높였다.

콰쾅!

연이어 폭음이 터져 나오며 주위의 모든 것이 초토화가 되었다. 아름드리나무가 부러져나가고, 집채만 한 바위가 가루로 변해 사방으로 비산했다.

돌가루와 나뭇조각이 사방으로 튀었다. 그 속에서 단월과 여인이 싸웠다. 겉으로 보기엔 대등한 것 같았지만, 사실 단월은

고전을 면치 못하고 있었다. 상대가 봐주면서 싸운다는 생각이
들었다.

단월이 피가 날정도로 입술을 깨물었다. 자존심이 상했다.

'역시 오련조화인(五蓮造化印)을 펼쳐야 하는가?'

옥령소수와 더불어 그녀가 익힌 절학. 옥령소수와 오련조화
인을 동시에 펼치면 파괴력은 배가된다.

오련조화인을 펼치는 것은 문제가 아니었지만, 도대체 여인
이 왜 자신을 공격하는지 이유는 알 수 없었다. 아울러 그녀의
눈에 담긴 적의의 의미도 말이다. 하지만 더 이상 이유를 생각
할 시간도, 여유도 없었다. 우선은 여인의 위협에서 빠져나가야
했다.

단월의 눈빛이 변하자 여인이 눈을 빛냈다. 그녀 역시 단월의
변화를 직감한 것이다.

그렇게 단월이 오련조화인을 펼치기 직전이었다. 갑자기 엄
청난 기파가 느껴졌다.

쿠쿠쿠!

세상 모든 것을 파괴할 것처럼 광포한 기운을 느끼는 순간 단
월은 철군패가 근처에 왔음을 직감했다.

철군패의 광포한 기파가 느껴지자 단월을 공격하던 여인의
눈빛이 또다시 바뀌었다.

여인이 단월에게 물러나며 말했다.

"당신은 운이 좋군요."

"그게 무슨 말인가요?"

"오늘은 여기까지예요."

"멋대로 공격해놓고, 마음대로 물러날 수 있을 것 같은가요?"

단월이 다시 여인을 공격하려 했다. 하지만 그보다 여인의 반응이 빨랐다. 여인은 단월의 공격을 피해 훌쩍 뒤로 물러났다. 이어 그녀가 철군패가 오는 방향을 흘깃 바라보더니 이내 숲속으로 사라졌다.

그녀가 사라진 직후 철군패가 나타났다.

"괜찮아?"

"난 괜찮아."

철군패가 여인이 사라진 방향을 바라보았다. 비록 멀리서 살폈을 뿐이지만, 그도 분명히 여인의 뒷모습을 보았다.

단월의 대답을 듣자 철군패가 여인을 추격하려 했다. 하지만 단월이 그를 제지했다.

"이젠 됐어."

"하지만."

"나를 찾아온 사람이야. 아직 나는 그녀가 나를 찾아온 이유를 알지 못해. 반드시 내 힘으로 이유를 알아낼 거야."

"음!"

"그녀는 나에게 자격이 있는지 보겠다고했어. 싫어도 곧 다시 만나게 될 것 같은 예감이 들어."

"알았어."

결국 철군패는 고개를 끄덕일 수밖에 없었다.

그의 시선이 여인이 사라진 방향을 향했다.

'분명 낯이 익은데…….'

철군패의 눈에 의혹의 빛이 떠올랐다.

*　　*　　*

"괜찮으십니까?"

백련귀가 여인을 맞이했다.

여인이 말없이 고개를 끄덕였다. 방금 전에 단월과 그토록 치열하게 싸웠다는 것이 믿기지 않을 정도로 여인의 신색은 평안했다. 그러나 백련귀는 그런 여인의 모습을 당연하다 생각했다.

여인의 이름은 임관설.

그가 대공녀라고 부르는 여인이었다.

임관설이 숲속을 바라보았다. 방금 전까지 그녀가 단월과 그토록 치열하게 싸움을 벌이던 곳이었다. 그곳에 철군패가 있을 것이다. 그녀의 얼굴에 옅은 그리움의 빛이 떠올랐다.

잠시 숲속을 바라보던 그녀가 나직한 목소리를 토해냈다.

"아직 모르겠군."

"무슨 말씀입니까?"

"그의 곁에 있을 자격."

"네?"

“그의 곁에 있으려면 강해야 해. 그는 상상도 할 수 없을 만큼 엄청난 운명의 소유자니까. 곧 거대한 태풍이 그를 덮칠 거야. 만약 그녀가 자격도 없이 그의 곁에 있으려 한다면 내가 용납하지 못해.”

임관설의 얼굴에 떠오른 기운은 분명 살기였다. 마치 면도칼로 살을 저미는 듯한 통증에 백련귀는 숨을 죽였다.

평소엔 있는 듯 없는 듯 존재감조차 희미한 대공녀였지만, 일단 그녀가 살심을 품으면 어떤 일이 일어나는지 누구보다 잘 알고 있기 때문이었다.

선(善)과 악(惡).

어린아이의 순수함과 광기어린 마녀의 모습을 모두 가지고 있는 이가 바로 임관설이었다. 대사조 신도제원이 그녀를 그렇게 만들었다.

군웅할거(群雄割據)

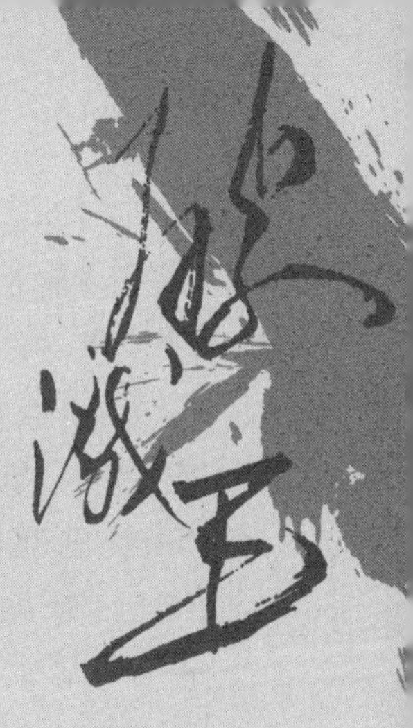

　철군패 일행의 남하는 계속됐다. 염효의 집을 떠난 이후로도 그들은 남쪽을 향해 이동했다. 그렇게 남하를 하다 보니 천하의 분위기를 두 눈에 똑똑히 담아둘 수 있었다.

　마해가 출도를 선언한 그날부터 천하는 급속도로 경직되고 있었다. 거리를 다니는 사람들의 얼굴은 딱딱하게 굳어있었고, 어딘지 모르게 두려운 눈빛을 하고 있었다. 평범한 일상을 영위하는 사람들까지도 천하를 덮어오는 암운을 느끼고 있는 것이다.

　이십 년 전 마해의 침공을 겪었던 문파들은 주위에 있는 다른 문파들과 연수를 하며 뭉쳤다. 그들은 언제라도 마해의 침공에 대응할 수 있는 만반의 준비를 마쳤다.

"그야말로 초상집 분위기군요. 누군가 건들면 금방이라도 폭발할 듯한 모습입니다."

검운영의 소감이었다.

"사람들도 변해가는 분위기를 느끼고 있는 것이겠지요."

"이십 년 전에도 이랬습니다. 그때는 십전제라는 걸출한 무인이 난세를 종식시켰으니, 이번에도 믿어봐야겠지요."

단월과 남정옥이 동의했다.

철군패는 묵묵히 주위를 둘러봤다. 검운영의 말처럼 천하 전체가 경직되어 있었다. 사람들이 마해에 느끼는 공포가 얼마만한 것인지 충분히 알 수 있는 대목이었다.

그 존재감만으로도 천하를 공포에 몰아넣는 초월적인 단체, 마해. 그리고 그들을 이끄는 수장 천마. 그들의 엄청난 존재감은 이미 천하를 무겁게 짓누르고 있었다.

철군패 역시 그들이 이름이 주는 무게감을 생생하게 느끼고 있었다.

'역시 천마는 칠백 년 전의 그 남자겠지? 칠백 년 전에 자신의 모든 것을 잃고, 원한을 불태운 남자. 아직도 그 남자의 세상을 향한 원한은 그대로일까?

철군패의 얼굴이 어두워졌다.

얼마나 원한이 크면 사람이 죽음까지 거부한 채 칠백 년을 살아남아 세상을 향해 복수를 꿈꿀 수 있는지 도저히 상상이 가지 않았다. 이제부터 철군패가 상대해야 하는 자는 칠백 년이란 세월을 살아남은 괴물이었다.

상식도 통하지 않고, 죽음조차 거부하는 마인 중의 마인, 천마(天魔).

그와의 전쟁이 이제부터 시작된다.

칠백 년 동안 중첩된 원한과 배신의 역사를 이제는 끝내야 했다.

철군패가 상념에 잠겨있자 단월이 다가와 말을 걸었다.

"무슨 생각을 그렇게 해?"

"아무것도 아냐."

"가끔 너를 보면 두려운 생각이 들어."

"무슨 말이야?"

"널 보면 꼭 언제고 떠날 사람 같아. 이십 년 전에도 그랬고, 지금도 그래."

"말없이 떠나진 않아."

"정말이지?"

"정말이야. 이번엔 결코 쉽게 떠나지 않을 거야."

철군패의 확고한 대답에 단월의 굳은 표정이 풀어졌다. 그제야 배시시 웃는 단월의 모습에 철군패도 미소를 지었다. 여전히 면사로 얼굴을 가린 상태였지만, 단월의 미모는 눈부시게 빛났다.

그들의 모습을 보며 검운영이 남정옥에게 속삭였다.

"정말 잘 어울리는 한 쌍이지 않소?"

"그……렇구려."

남정옥이 나지막한 목소리로 대답했다.

환한 단월의 얼굴을 바라보는 그의 얼굴엔 고통스러운 빛이 떠올라 있었다. 단월의 호위무사가 된 이후로 어떻게 하면 그녀를 완벽하게 지킬 수 있을 것인가만 생각했다. 하지만 철군패가 나타나며 자신의 역할을 빼앗긴 남정옥은 조금은 의기소침한 상태였다.

철군패와 같은 자가 곁에 있는 한 단월에게 자신은 필요가 없다는 것을 그는 너무나 잘 알고 있었다.

'이제는 떠나야 할 시기인가?'

단월은 여러모로 그가 소중히 여겼던 사람을 떠올리게 만들었다. 지켜주지 못해서 더욱 애통한 그 사람을. 그래서 남정옥은 그렇게 단월을 지키는데 열을 올린 것인지도 몰랐다.

하지만 한 가지 사실만은 정확히 해야 했다. 지금 이 순간 단월에게 필요한 사람은 자신이 아니라 철군패였다. 그만이 천하의 위협에서 단월을 완벽히 지켜줄 수 있었다.

'하지만 무영문에 도착할 때까지는 내 역할에 최선을 다하겠다. 그녀를 떠나는 것은 그 후의 일이다.'

남정옥은 그렇게 자신의 마음을 정했다. 일단 결정을 하자 마음이 한결 홀가분해지며 얼굴이 밝아졌다.

남정옥은 검운영과 많은 이야기를 나눴다. 같은 무인으로서 검운영의 몸에서 흘러나오는 범상치 않은 기도는 호기심을 느끼게 하기 충분했다. 한편으로는 검운영과 같은 출중한 무인을 수하로 부리는 철군패라는 존재에게 경외감이 들기도 했다. 나이를 떠나 철군패는 실로 존경할 만한 자였다.

*　　*　　*

남하를 하다 보니 어느새 그들은 형문(荊門)에 도착했다. 장강과 한수를 끼고 있는 저지대의 도시로 남북교통의 요지였다. 그래서인지 초입부터 많은 사람들이 보였다. 사람들 사이사이에 무기를 찬 무인들이 유독 눈에 많이 띄었다.

검운영이 철군패에게 속삭였다.

"이곳도 다른 곳과 마찬가지군요. 사람들이 눈에 띄게 경직되어 있어요."

"그렇구나."

철군패가 고개를 끄덕였다. 그가 문득 생각이 났다는 듯이 단월에게 물었다.

"이곳에는 몇 개의 문파가 존재하지?"

"형문에? 잠깐만……."

철군패의 질문에 단월이 잠시 기억을 더듬더니 이내 입을 열었다.

"형문에는 모두 세 개의 대문파와 한 개의 가문, 그리고 열 개가 넘는 중소문파들이 난립하고 있는 복마전과도 같은 곳이야. 워낙 많은 사람들이 오가는 곳이라 이권이 넘치고, 물산도 풍부하기 때문에 유독 많은 문파들이 형문에 모여 있지.”

“엄청나군.”

“사실 한 지역에 이렇게 많은 문파들이 모여 있는 곳도 흔하진 않아. 이곳은 매우 특별한 경우지.”

“그런가?”

“그래.”

단월은 내친김에 형문의 역사와 각 문파에 대해 자세히 설명해주었다.

“중소문파는 크게 신경 쓸 필요는 없지만, 세 개의 문파와 한 개의 가문은 너도 신경을 써야 할 거야.”

“말해봐.”

“보천장(保天莊), 진염문(眞炎門), 청운방(靑雲房). 이 세 문파가 형문을 크게 세 등분하고 있다고 보면 옳아. 나머지 열 개의 중소문파들은 자파의 이득과 위치에 따라 이 세 문파 중 하나를 추종하고 있다고 보면 돼. 보천장과 진염문, 그리고 청운방은 모두 백 년이 넘는 세월 동안 형문에 뿌리를 내린 문파들로, 대대로 서로를 견제하거나 이권사업을 벌이면서 규모를 불려왔지. 지금에 와서는 형문을 이 세 문파가 지배한다고 보는 게 맞아. 하지만 이들보다 더욱 오래된 역사와 영향을 가진 곳이 존재하지.”

“그곳이 바로 하나의 가문이겠군.”

“맞아. 형문서가(荊門舒家)라고 불리는 곳이야. 세 문파보다도 오래전에 형문에서 존재했던 문파. 비록 작금에 이르러 명성이 많이 퇴색하긴 했지만, 지금도 형문에 끼치는 영향력은 결코 작지 않지. 세 문파의 대립이 극에 달할 때마다 중재에 나선 것도 바로 형문서가야. 형문의 백성들은 세 개의 대문파보다 오히려 형문서가를 존경하지."

"대단하군."

"그래! 대단한 가문이야. 아마 그들이 없었다면 형문은 지금쯤 세 문파의 각축장으로 변해 아수라장이 되었을지도 몰라. 근래 들어 형문서가는 유망한 젊은 무인을 탄생시켰어. 바로 나와 같은 오기 반열에 올라있는 옥기린(玉麒麟) 서도형이 그 사람이지."

"옥기린 서도형? 이름만 들어도 잘생겼을 것 같군."

"나도 한번 본적이 있는데, 정말 별호가 아깝지 않을 만큼 잘생겼어. 하지만 외출을 하는 경우가 극히 드물어 형문에 있는 사람들조차 일 년에 서너 번 이상 그의 모습을 보는 경우가 없다고 해."

"비밀이 많은 친구인 모양이군."

"그야 직접 보기 전에는 알 수 없지."

"그나저나 너와 같은 오기에 속한다면서도 강호에 모습을 드러내지 않는 이유가 뭐야?"

"그건 나도 알 수 없어. 꼭 서도형뿐만 아니라 형문서가의 대부분 무인들이 외출을 자제한다고 해."

"그래?"

단월은 이후로도 형문의 중소문파 열 개에 대해서도 간단하게 알려주었다. 단월은 도무지 모르는 것이 없는 것 같았다. 어떤 질문을 하더라도 단월은 곧 대답을 내놨다. 덕분에 철군패는 필요한 정보를 제때 알 수 있었다.

철군패가 모습을 드러내자 많은 사람들이 그의 거구를 보며 웅성거리기 시작했다. 거대한 말 위에 탄 그의 거대한 덩치는 사람들의 이목을 집중시키기에 충분했다.

철군패는 형문에서 가장 크다고 알려진 객잔에 들어갔다. 철군패의 거대한 덩치와 단월의 아름다운 외모는 단번에 사람들의 시선을 잡아끌었다. 그 눈빛이 부담스러웠는지 단월은 철군패에게 이층으로 올라가자고 했다.

철군패가 밟자 계단이 금방이라도 무너질 듯이 삐걱거렸다. 하지만 용케도 철군패의 무게를 버텼다. 덕분에 철군패는 무사히 이층으로 올라올 수 있었다.

이층은 일층보다 한산했다. 바라보는 시선 역시 일층보다 적었다. 주위를 둘러보던 철군패의 눈에 삼층으로 올라가는 계단이 들어왔다. 계단의 입구에는 서너 명의 사내들이 눈을 빛내며 지키고 서있었다. 그들의 위세 때문인지 계단 주위에는 어떤 사람도 없었다.

철군패 일행이 자리에 앉자 아직 어린 점소이가 조심스럽게 다가왔다.

"무엇을 드시겠습니까? 손님."

점소이의 질문에 단월이 넉넉하게 음식을 주문했다. 주문한 내용을 주방으로 전하기 위해 달려가려던 점소이를 철군패가 붙잡았다.

"왜 그러시는지요?"

점소이가 겁먹은 표정으로 물었다. 그러자 철군패가 웃으며 말했다.

"한 가지 물어볼 것이 있어서 그런다. 삼층에 귀한 손님이라도 있느냐?"

"아! 계단을 지키는 무사님들 때문에 그러시는군요. 사실은 삼층에 귀하신 분들의 회동이 있을 예정입니다."

"귀한 분?"

"예! 보천장, 진염문, 청운방, 그리고 형문서가의 도련님들이 한자리에 모이는 자립니다. 곧 그분들이 오실 예정이라 무사님들이 출입을 금지하고 있는 겁니다."

"그런 일이 흔한가?"

"절대 흔할 리 없지요. 저도 잘은 모르지만 굉장히 귀한 분이 오늘 오기로 했답니다. 그 때문에 객잔의 삼층을 통째로 전세내서 아무도 올라갈 수 없습니다."

"알겠다. 가보거라."

"예!"

점소이가 종종걸음으로 물러났다.

단월이 나지막한 목소리로 중얼거렸다.

"우연히도 좀 전에 언급했던 네 세력의 소공자들이 모두 한자리에 모이네. 살다보니 이런 일도 다 있네."

"그렇군."

철군패가 고개를 주억거렸다.

삼층 계단을 올려보는 철군패의 눈에 묘한 빛이 어렸다. 하지만 그 누구도 그런 사실을 알지 못했다.

잠시 후 점소이가 음식을 내오기 시작했다. 상다리가 부러질 만큼 엄청난 양의 음식에 주위에 있던 사람들이 혀를 내둘렀다. 그러나 철군패는 주위의 시선에 아랑곳하지 않고 음식을 먹기 시작했다.

단월은 잠시 철군패를 바라보다 조용히 식사를 하기 시작했다. 엄청난 대식가인 철군패와 달리 단월은 소식을 했다. 그녀는 음식을 조금씩만 맛볼 뿐, 탐하지는 않았다.

검운영과 남정옥도 그리 많은 양을 먹지 않았다. 나머지 음식은 모두 철군패의 몫이었다. 탁자위의 음식은 금방 동이 났다. 엄청난 양을 생각할 때 믿기지 않는 속도였다.

"이제 조금 배가 부르군."

"정말 많이 먹는구나."

단월이 질렸다는 표정을 지었다. 그러자 철군패가 웃으며 말했다.

"후후! 나와 결혼하는 사람은 정말 음식을 잘하거나, 많이 해야 할 거야."

"정말 그럴 것 같아."

단월이 고개를 끄덕였다.

정말 어지간한 사람이라면 철군패가 한 끼에 먹는 양을 만들지도 못할 것이 분명했다.

그렇게 단월이 철군패에게 새삼 놀라고 있을 때 계단 쪽이 소란스럽더니 일단의 무리가 올라왔다.

"소공자님."

계단을 지키던 무인들이 분주해졌다.

무인들의 인사를 받으며 올라오는 네 명의 젊은 사내들이 있었다.

귀하게 자란 표가 역력한 네 명의 젊은 사내들은 담소를 나누며 계단을 올라오고 있었다. 그들은 주위의 시선에도 아랑곳하지 않고 자신들끼리 대화를 나누었다.

그들이 바로 형문을 지배하고 있는 네 세력의 후계자들이었다. 그들의 등장에 객잔이 크게 술렁였다.

*　　*　　*

하나같이 준수하고, 귀티가 좔좔 흐르는 남자들. 그들의 선두에는 하얀 깃털이 달린 섭선을 살랑살랑 흔들고 있는 남자가 있었다. 눈매와 얼굴선이 유난히 날카로운 미남자를 보고 단월이 철군패의 귀에 속삭였다.

"저자가 바로 형문서가의 대공자인 서도형이야. 예전에 그의 얼굴을 한 번 본 적이 있어서 기억해."

철군패가 말없이 고개를 끄덕였다.

서도형의 뒤에 있는 남자들은 반옥심, 연취수, 임무광이라고 했다. 그들은 각자 보천장, 진염문, 청운방의 후계자들이었다.

다음 세대 형문을 지배할 사내들이 한자리에 모였다는 사실이 의미하는 바는 결코 작지 않았다. 지금 형문 무림은 이들의 모임으로 인해 촉각이 바짝 곤두선 상태였다.

네 사람의 몸짓과 얼굴에는 여유가 넘쳐흘렀다. 그들은 주위의 시선을 신경 쓰지 않고 이야기를 나눴다. 이야기와 분위기를 주도하는 사람은 서도형이었다. 나머지 사람들은 모두 그에 맞춰 따라가는 분위기였다.

주위사람들과 한참 이야기를 나누던 서도형의 시선이 문득 단월을 향했다. 단월을 바라보는 그의 얼굴에 이채로운 빛이 떠올랐다. 하지만 그는 내색하지 않고 일행과 이야기를 나누며 삼층으로 올라갔다. 그들이 올라가자 무인들이 다시 계단을 막아섰다.

서도형 등이 모습을 감춘 후 단월이 입을 열었다.

"아무래도 그는 나를 알아본 것 같네."

"예전에 본 적이 있다고 했던가?"

"응! 비록 왕래는 하지 않지만, 같은 반열에 있어선지 오기에 속해있는 자들은 서로에 대해 알고 있어. 서도형은 오래전에 한 번 만난 적이 있어. 매우 오래전의 일이라서 설마 나를 알아볼 줄은 생각하지 못했어.”

“서도형은 어떤 사람이지?”

“아까도 말했다시피 바깥에 모습을 거의 드러내는 사람이 아니라서 알려진 것이 많이 없어. 형문서가에서도 그의 행적을 아는 사람은 그리 많지 않다고 해.”

“그래?”

철군패의 눈빛이 묵직하게 가라앉았다.

“왜 그러는데?”

“뭐가?”

“서도형에게 신경 쓰는 것 같은데. 마음에 걸리는 거라도 있어?”

“아직 확실한 것은 아니야. 나중에 보면 알게 되겠지. 신경 쓸 거 없어.”

철군패가 아무렇지 않다는 듯이 말하자 단월은 무언가 이상함을 느꼈다. 그가 아는 철군패는 결코 의미가 없는 말을 하지 않기 때문이다. 하지만 본인이 말을 하지 않는데, 굳이 꼬치꼬치 캐묻고 싶은 생각은 없었다.

두 사람이 잡담을 하고 있을 때 또다시 밑에서부터 무인들이 우르르 올라왔다. 이번에는 좀 전과 비할 수 없을 정도로 많은 숫자였다.

이층으로 무리지어 올라온 무인들은 험악한 분위기를 연출했다. 그들은 이층에 있는 사람들을 둘러보며 큰 목소리로 말했다.

"식사를 하고 있는 중에 죄송하나, 객잔에 귀한 손님이 오시기로 했기에 자리를 비워주셨으면 합니다. 물론 막무가내로 내쫓겠다는 것은 아닙니다. 여러분들의 식사비용과 다른 곳에서 머물 비용까지 모두 대줄테니 조용히 내려가셨으면 좋겠습니다. 예상보다 일이 커져서 그러니 순순히 협조해주셨으면 좋겠습니다."

말투는 부드러웠지만, 그 속의 내용까지 부드럽지는 않았다. 말이 부탁이었지, 형문에서 그들의 말을 거절할 수 있는 사람은 존재하지 않았다.

무인들은 각자 손님들에게 다가가 말을 꺼내자 손님들도 듣지 않을 도리가 없었다. 형문에서 그들의 말을 듣지 않았다간 살아가는 것이 무척이나 고달파질 터였다. 그렇기에 많은 사람들이 순순히 그들의 말을 들었다.

철군패의 자리에도 무인들이 다가왔다.

"이야기를 들으셨겠지만, 불가피하게 저희 측에서 객잔을 전세 놓아야 할 입장입니다. 이제까지 소요된 비용을 모두 부담할테니 다른 객잔을 알아보시길 바랍니다."

그나마 목소리는 정중했다. 철군패 일행의 면면이 범상치 않았기 때문이다. 철군패의 압도적인 거구는 둘째 치고, 검운영과

남정옥의 모습도 범상치 않아 보였다. 단월의 아름다운 자태는
마음을 흔들기 충분했다.

비록 그들이 형문을 주름잡는 문파들의 무인들이었다지만 사
람 보는 눈마저 없는 것은 아니었다.

이렇게 정중하게 협조를 구하자 철군패 일행도 무작정 거절
할 수만은 없었다. 어차피 잘 곳이 이곳밖에 없는 것은 아니었
다. 굳이 이곳에서 문제를 일으킬 생각이 없었기에 철군패 일행
은 순순히 자리에서 일어났다.

마지막으로 검운영이 물었다.

"혹시 누가 오는지 알 수 있겠습니까?"

"그건 저희도 모릅니다. 그저 귀한 분이 오시니 객잔을 비워
두란 이야기밖에 듣지 못했습니다."

"알겠습니다."

검운영이 고개를 주억거렸다.

그들 일행은 미련 없이 밑으로 내려왔다. 일층에서도 똑같은
일이 벌어지고 있었다. 무인들이 객잔에 머물던 사람들을 내보
내고 있었고, 객잔 밖에는 물방울 하나 샐 틈 없이 지키고 서있
었다.

"누군지 모르지만 굉장한 귀빈이 오는 모양이군요."

"그런 거 같구나."

검운영의 질문에 철군패가 심드렁한 목소리로 대답했다.

비록 문제를 일으키기 싫어 협조를 했으나, 기분마저 좋을 리

없었다. 단월이 그런 철군패를 보며 미소를 지었다. 단월의 웃음 앞에서 철군패도 언제까지 불편한 표정을 지을 수는 없었다.

철군패 일행이 객잔에 맡겨두었던 말에 탔다.

푸르르!

그동안 답답했던지 화왕이 투레질을 했다. 철군패가 커다란 손으로 화왕의 목을 두들겨주었다. 그러자 화왕의 기분이 한결 풀리는 듯 뜨거운 콧김을 뿜었다.

객잔을 지키던 무인들이 화왕의 거대한 체구에 감탄을 금치 못했다.

"무슨 말이 소보다 크지?"

"어지간한 들소도 상대가 안 될 것 같군. 가히 만마지왕(萬馬之王)이라고 해도 좋을 정도야."

사람들의 웅성거림이 들려왔다. 이제는 너무나 익숙한 일이라 철군패는 신경 쓰지 않고 화왕을 몰았다. 화왕의 압도적인 체구에 사람들이 분분히 길을 열어줬다.

화왕은 당연하다는 듯이 사람들 사이로 열린 길을 걸었다. 그 모습이 오만하기 그지없었다. 그렇게 얼마나 걸었을까? 문득 화왕의 걸음이 멈췄다.

푸르르!

화왕이 뜨거운 콧김을 토해냈다.

철군패의 시선이 화왕이 바라보는 방향을 향했다. 화왕의 맞은편 대로 위로 한 남자가 다가오고 있는 모습이 보였다. 철군패 일행처럼 말에 타고 있는 사내. 마치 한 자루의 잘 벼려진 검을 보듯 날카로운 기도가 멀리서도 느껴졌다.

사내의 날카로운 기도에 사람들이 분분히 길을 비켜줬다. 멀리서 사내를 보던 단월과 남정옥의 안색이 변했다.

"저자는?"

"으음!"

두 사람의 얼굴이 동시에 딱딱하게 굳었다.

사내 역시 단월과 남정옥을 알아본 기색이었다. 그는 두 사람을 향해 똑바로 다가왔다. 마치 사자를 눈앞에서 보는 듯 엄청난 박력과 패기를 뿜어내는 남자가 단월의 앞에 말을 멈췄다.

입을 먼저 연 사람은 남자였다. 그의 입에서 시리도록 차가운 목소리가 흘러나왔다.

"이곳에서 만날 줄은 몰랐군. 오랜만이라고 해야 하나?"

사내의 입꼬리에는 차가운 미소가 걸려있었다. 누가 봐도 조소라고 봐도 무방한 모습이었다. 태생적으로 남의 눈치를 보지 않고 자란 자들만이 가질 수 있는 오만한 모습이었다.

사내는 능히 그럴 자격이 있었다. 세상의 정점에 설 가능성이 가장 높은 존재가 바로 눈앞의 사내였다.

단월의 눈동자가 흔들렸다. 하지만 이내 그녀는 평정을 회복하며 입을 열었다.

"오랜만이네요, 소가주님."

"대단하다고 해야 하나? 본가의 추적에서도 살아남았으니.

허나 지독히도 운이 없군. 하필 이곳에서 나를 만나다니.”

사내는 단월을 이미 죽은 자처럼 바라보고 있었다. 자신의 실력에 대해 절대적인 자신감을 가진 자들이 보여줄 수 있는 존재감을 그는 보이고 있었다.

단월을 바라보는 사내의 눈빛이 더욱 차가워졌다. 그에 비례해 단월은 심신이 점점 위축되는 것을 느꼈다. 그녀는 매우 담대하고, 남에게 결코 기가 죽는 성격이 아니었지만, 눈앞에 있는 남자의 사나운 눈빛 앞에서는 결코 자유로울 수 없었다.

“나, 나는……”

턱!

그 순간, 철군패가 단월의 어깨를 손으로 짚으며 앞으로 나왔다. 그러자 단월은 한결 숨쉬기가 편해지고, 흔들리던 마음이 안정되는 것을 느꼈다.

철군패가 사내의 날카로운 기도에서 단월을 보호하며 입을 열었다.

“예의가 없는 친구군.”

“친구?”

순간 사내의 눈썹이 꿈틀거리며 눈빛이 사나워졌다. 그러자 주위의 공기까지 차갑게 떨어지는 느낌이 들었다. 하지만 철군패는 아랑곳하지 않고 말을 이었다.

“예의를 차리라는 뜻이지.”

“예의? 정말 오랜만에 들어보는 말이군. 내가 누군지 아는가?”

"그럼 나는 아는가?"

철군패가 오히려 반문하자 사내의 눈빛이 더욱 날카로워졌다. 그제야 그는 철군패가 자신의 날카로운 기도에도 전혀 영향을 받고 있지 않다는 사실을 깨달았다.

제왕의 아들로 태어나, 어린 시절부터 제왕이 되는 길을 걸어온 사내였다. 그의 몸에선 제왕의 기운이 자연스럽게 흘러나왔다. 때문에 무공의 고하와 상관없이 그와 마주한 상대들은 자연히 위축되기 마련이었다. 이제까지 그가 만난 그 어떤 절대고수들도 예외가 없었다.

사내의 입꼬리가 뒤틀려 올라갔다. 사내가 기분이 좋지 않을 때만 나타나는 특유의 반응이었다.

상황이 일촉즉발의 분위기로 흘러가자 단월이 끼어들었다.

"그만해, 군패야. 그 사람은 구주천가의 소가주 천위강이야."

"천위강?"

"그래! 차후 구주천가를 이끌어갈 사람이야. 어떤 사람들은 그를 가리켜 구주창룡(九州蒼龍)이라고도 부르지."

구주창룡 천위강.

현 구주천가의 가주인 천우경의 장자이자, 유일한 후계자.

태어나면서부터 제왕의 길을 걷는 남자.

그 모든 것이 눈앞의 남자를 지칭하는 말이었다.

현 천하에서 가장 고귀한 혈통을 갖고 있는 남자가 철군패의 앞에 서있었다. 하지만 그를 바라보는 철군패의 얼굴에는 별다른 감흥이 떠올라 있지 않았다.

상대가 어떤 신분이고, 어떤 길을 걷든, 자신과는 상관없는 이야기였다. 그는 상대의 신분이나 지위에 신경을 쓰는 사람이 아니었다.

천위강이 팔짱을 끼고 철군패와 단월을 번갈아 바라봤다.

반천련의 연판장을 탈취하여 구주천가의 추적을 피해 다녔던 단월 때문에 온유하가 얼마나 신경이 곤두섰었는지 잘 알고 있는 천위강이었다. 비록 어머니 온유하의 계책이 마음에 들지 않았지만, 그래도 그는 뼛속까지 모두 구주천가의 인물이었다. 구주천가에 조금이라도 반하는 자가 있다면 결단코 용서치 못하는 성격을 가지고 있었다.

단월과 철군패를 번갈아보던 천위강이 무언가를 떠올린 듯 입을 열었다.

"오태산에서 그녀가 누군가의 도움을 받아 무사히 빠져나왔다는 이야기를 들었지. 오태산에서 그녀를 도와준 자도 거구에 엄청난 박력을 풍기는 인물이라고 들었다. 세상 사람들은 그를 가리켜 멸제라고 부른다더군. 멸제, 맞나?"

"다들 그렇게 부르더군."

철군패는 부인하지 않았다.

자신이 구주천가의 후계자인줄 알면서도 변함없는 철군패의 태도에 천위강의 심기가 뒤틀렸다.

멸제, 요즘 들어 숱하게 듣는 이름이었다. 오태산의 풍운 이후,

그는 당금 강호에서 가장 유명한 인물 중 하나가 되었다. 이곳까지 오는 동안 들른 마을마다 한 번씩은 멸제의 소문을 들었다.

또래의 무인을 뛰어넘어 이미 신주십대고수와 어깨를 나란히 하는 철군패. 어떤 이들은 그가 신주십대고수의 상위서열에 있는 무인들과 싸워도 지지 않을 것이라 말을 했다. 그렇기에 천위강은 철군패에게 호승심을 느끼고 있었다.

구주창룡이라는 거창한 별호를 얻었지만, 실제로 그가 이제까지 싸울 일은 없었다. 그가 나서지 않더라도 구주천가의 어마어마한 힘으로 모든 것이 해결되었기 때문이다.

직접 싸울 일이 없기에 천위강은 이제까지 상당히 욕구불만의 상태로 지냈다. 그는 자신의 무력을 직접 증명하고 싶었다. 눈앞에 있는 철군패는 좋은 상대였다. 그를 누른다면 자신의 명성은 단숨에 천하를 울리리라.

단월은 이미 그의 안중에 존재하지 않았다. 비록 그녀가 어머니인 온유하와 척을 졌다지만, 나중에 해결하면 될 일이었다.

천위강의 기도가 더욱 강렬해지고 선명해졌다.

쿠쿠쿠!

주위의 공기가 흔들렸다. 강렬한 파동이 일어나 주위를 관통했다. 그 강렬한 여파에 주위에 있던 사람들이 몸을 비틀거리면서 뒤로 물러났다.

천위강이 공력을 끌어올렸음에도 철군패는 물러나지 않았다. 그는 천위강이 발하는 기파의 영향을 전혀 받지 않는 듯했다.

"군패야."

뒤에서 단월이 불렀지만, 철군패는 대답하지 않았다.

중원을 지배하는 구주천가. 그 가문의 후계자이자 젊은 무인들의 목표인 천위강.

구주천가의 수준을 가늠해볼 수 있는 좋은 기회였다.

예전 그에게 구주천가는 감히 쳐다볼 수도 없는 하늘이었다. 지금도 그 하늘의 위치는 변함이 없었다. 하지만 지금의 철군패에겐 하늘에 도전할 만한 힘이 있었다. 달라진 점이 있다면 그뿐이었다.

철군패가 팔짱을 풀며 앞으로 나설 때였다.

"여지껏 오시지 않아 걱정했더니 여기 계셨군요."

갑자기 낯선 목소리가 들려왔다. 그와 함께 두 사람이 사이에 끼어드는 남자는 분명 객잔에서 본 적이 있는 서도형이었다.

그가 미소를 지으며 철군패와 천위강 사이에 끼어들었다. 그는 등지고 있는 철군패를 무시하고, 천위강에게 포권을 취하며 인사했다.

"그렇지 않아도 오신다는 소식을 듣고 기다리고 있었는데, 이곳에 계셨군요. 저는 형문서가의 서도형이라고 합니다. 일행들이 대공자님을 기다리고 있습니다."

"천위강이오."

"알고 있습니다. 시간이 많이 지체되었습니다. 어서 객잔으로 드시지요. 모두가 대공자님만 눈이 빠져라 기다리고 있습니다."

"으음!"

서도형이 이렇게까지 말하자 천위강이라도 더 이상 전의를 불태울 수 없었다. 그가 잔뜩 끌어올렸던 공력을 풀며 서도형을 따라 내키지 않는 걸음을 옮겼다. 그러면서도 철군패를 향해 한마디 하는 것을 잊지 않았다.

"우리는 곧 다시 만나게 될 것이다."

"기대하지."

"실망하지 않을 것이다."

더 이상 천위강의 입에선 어떤 말도 흘러나오지 않았다.

서도형이 천위강을 이끌고 가면서 철군패 일행에게 묘한 미소를 지어보이며 말했다.

"혹시 오늘밤 머물 숙소를 찾고 있는 것이라면 이곳에서 북쪽으로 오백 장 떨어진 곳에 제법 괜찮은 객잔이 있습니다. 풍진객잔(風塵客棧)이라고 하면 누구나 이곳에서 으뜸으로 꼽지요. 그럼……"

서도형이 천위강을 이끌고 멀어져갔다. 철군패는 그 뒷모습을 물끄러미 바라보았다.

*　　　*　　　*

서도형의 말처럼 풍진객잔은 제법 괜찮은 시설을 자랑했다. 지어진 지도 오래 되지 않아 모든 것이 깔끔해서 단월의 마음에도 꼭 들었다. 제일 마음에 드는 것은 번잡하지 않다는 것이다. 오랫동안 사람들에게 지친 단월에겐 이런 고즈넉한 분위기가 마음에 들었다.

일행은 방을 세 개 잡았다. 하나는 단월이, 다른 하나는 철군패가, 나머지 방에는 검운영과 남정옥이 짐을 풀었다. 짐을 푼 후, 일행은 일층에 모였다.

점소이에게 간단한 안주 몇 가지와 술을 주문했다. 이젠 숨을 필요가 없기에 단월은 종종 술자리를 가졌다. 긴장을 풀지 못했던 지난날에 비해 그녀의 얼굴엔 한결 웃음이 많아졌다.

단월이 발그레 달아오른 얼굴로 입을 열었다.

"설마 이곳에서 천위강, 그자를 만나게 될 줄은 몰랐어. 이런 난세에 자식을 홀로 강호에 내보내다니. 천우경과 온유하, 정말 대단한 뱃심을 가진 자들이야."

"원래 귀하게 생각하는 자식일수록 험난한 세파를 겪게 하는 법이지."

"그런 사실을 모두가 알고 있지만, 실제로 결행할 수 있는 용기를 가진 부모는 그리 많지 않을 거야."

"그들은 보통 사람이 아니니까."

"그거 하나는 확실하지."

단월이 고개를 주억거렸다.

그들이 보통 사람이었다면 이십 년 전의 난세를 그렇게 헤쳐 나오지 못했으리라. 누가 뭐래도 그들은 난세를 종결시킨 주역들이 아니던가.

"천위강, 그는 무서운 자야. 그자에 비하면 오기라는 이름은 많은 손색이 있지. 아마 오기의 선봉에 서있는 화진천도 그에 비하면 많이 부족할 거야."

"그 정돈가?"

"태어나자마자 벌모세수를 받고, 각종 영약을 복용했어. 걸음마를 걷기 시작하면서 구주천가의 무공을 익히기 시작했어. 그의 성취가 어느 정도인지는 아마 그의 아버지인 천우경 대협 밖에 알지 못할 거야. 그야말로 진정한 무림의 황태자라고 할 수 있지."

"나하곤 생각이 다르군."

"뭐가?"

"내 눈에는 그저 부모 잘 만나 하늘 높은 줄 모르는 애송이로 보일 뿐이야."

"아마 그렇게 말할 수 있는 사람은 천하에 너밖에 없을 거야. 다른 사람들은 절대 그렇게 생각하지 못해."

"그럴지도."

"그는 선택받은 자야. 최소한 그거 하나만큼은 사실이지."

단월의 말에 철군패가 피식 웃었다.

선택받아 태어난 자.

태어난 그 순간부터 천하인의 관심을 한 몸에 받고, 구주천가 라는 천하제일세에서 물려받은 무공을 익힌 자.

확실히 매력적인 말이었다. 하지만 철군패는 진정한 강자는 만들어지는 것이 아니란 사실을 잘 알고 있었다. 온갖 고난을 겪고, 역경을 헤쳐 나와 홀로 우뚝 선 자만이 진정으로 강한 자였다. 그런 면에서 보자면 천위강은 아직 많은 부분이 부족해 보였다. 그러나 굳이 단월에게 그런 자신의 생각을 말해줄 필요는 없을 듯했다.

'하지만 진정으로 그의 자식이라면, 그 역시 맹호겠지.'

철군패는 십전제를 떠올렸다.

이십 년 전, 자신의 운명을 송두리째 뒤바꾼 사건이 벌어진 그날이 아직도 생생하게 떠올랐다.

십전제와 천마.

그 공전절후한 결투의 순간을, 그는 자신의 눈으로 목도했다. 전에도 없었고 후에도 없을, 그런 결투를 말이다.

인간의 한계를 벗어난 자들의 대결.

아직 그들의 싸움은 끝나지 않았다.

이십 년이 지난 지금, 더욱더 치열하고 무서운 모습으로 다시 시작되려 하고 있었다.

철군패는 피부로 전장의 기운을 느끼고 있었다. 전장에서나 느낄 수 있는 거칠고, 음습한 바람이 불어오고 있었다.

철군패가 단숨에 술잔을 들이켰다. 싸구려 화주가 그의 식도를 화끈하게 달궜다. 그가 솥뚜껑처럼 큰 손으로 입가에 흘러내리는 술을 닦아냈다.

"천천히 마셔. 술은 많이 남아있으니까."

단월이 급히 마시는 철군패에게 뭐라 했다. 철군패가 미소를 지었다. 그러자 단월이 얼굴을 붉혔다.

"왜?"

"뭐가?"

"왜 그렇게 웃는 거야?"

"그냥."

"그냥?"

"그래! 그냥."

"싱겁기는.

단월이 피식 미소를 지었다.

그런 두 사람의 모습을 보며 검운영이 자리에서 일어났다.

"이제 저는 졸려서 그만 들어가 보렵니다."

"왜요? 더 있지 않고요?"

"그러고 싶지만 졸려서 말이죠. 눈꺼풀이 달라붙어서 떨어지질 않네요. 저는 남 형과 함께 들어가겠습니다."

검운영이 눈치 없이 앉아있는 남정옥의 손을 잡아끌었다. 두 사람이 각자의 방으로 돌아간 직후 두 사람만이 남았다. 검운영이 그들을 위해 일부러 자리를 피해준 것이다.

철군패가 피식 웃었다.

"딴에는 마음 써준다고 피한 것 같군."

"그러네."

단월 역시 웃었다.

검운영의 마음을 짐작하지 못할 두 사람이 아니었다.

실제로 두 사람 사이에는 묘한 기류가 흐르고 있었다. 철없던 시절에 만나 헤어지고, 이십 년 만에 다시 만난 그들은 훌쩍 장성해 있었다. 철군패는 신주십대고수를 위협하는 새로운 신진 세력의 선두자로 급부상하고 있었고, 단월은 무림의 기녀로 명성을 날리고 있었다.

누가 봐도 두 사람은 매우 잘 어울려보였다. 실제로 두 사람 역시 서로에게 호감을 품고 있었다. 단지 다시 만난 시간이 무척 짧아 자신들이 느끼는 감정에 대해 확신을 하지 못하고 있을 뿐이었다.

단월이 술잔을 내밀었다.

"나도 한잔 따라줘."

"독할 텐데."

"상관없어."

단월의 대답에 철군패가 술을 따라줬다. 단월이 술이 가득 담긴 잔을 살짝 흔들어보았다. 그러자 술잔의 술이 찰랑였다.

단월이 탄성을 토해냈다.

"예뻐."

"하지만 매우 쓰지."

"그래도 예쁘니까 괜찮아. 어차피 세상일이란 게 늘 보이는 부분과 숨겨진 부분이 똑같은 것은 아니니까."

"매우 심오한 뜻이 담겨져 있는 것 같은데."

"요즘 내가 느낀 것을 말한 것뿐이야."

"마음고생이 심했구나."

"계획을 세울 수는 있는데, 정작 나와 무영문을 지킬 힘이 없다는 사실이 절망스러웠어. 네가 와줘서 다행이야."

"네가 부른다면 그 어디라도 달려갔을 거야. 지난 이십 년 동안 나는 너를 한 번도 잊은 적이 없으니까."

"고마워. 그래서 말인데, 이제부터 나 역시 너에게 모든 것을 걸 거야."

단월의 눈이 빛났다. 밤하늘의 별처럼 반짝이는 그녀의 눈빛은 철군패의 가슴을 온통 뒤흔들어 놨다. 마치 숨이 멎을 것처럼 단월은 눈이 부시게 아름다웠다.

여인이 자신에게 모든 것을 걸겠다고 말한다.

철군패는 그에 합당한 대답을 해야 한다고 생각했다.

"앞으로 나는……."

"하하! 역시 이곳에 있었군요."

그때 철군패의 말을 끊는 낯선 목소리가 있었다.

철군패보다 단월의 미간이 찌푸려졌다. 그녀의 시선이 목소리가 들린 방향으로 향했다.

객잔의 입구에 낯선 남자가 서있었다.

하얀 깃털이 달린 섭선을 살랑살랑 흔드는 날카로운 분위기의 절세 미남자는 바로 서도형이었다.

서도형을 바라보는 단월의 표정은 그리 좋지 않았다. 서도형으로 인해 고즈넉한 분위기가 깨졌기 때문이다.

서도형이 포권을 취하며 인사를 했다.

"오랜만입니다, 단월 소저. 소생 서도형입니다. 혹시 곁에 계신 분은 멸제 철 대협이 아니신지?"

"맞아요. 그가 멸제에요."

"하하! 이거 삼생의 영광이군요. 설마 이곳에서 멸제 철 대협을 뵙게 될 줄은 몰랐습니다. 서도형입니다."

서도형이 활짝 웃으며 철군패에게 인사를 해왔다. 상대가 웃으며 인사를 하니 철군패도 가만 앉아있을 수만은 없었다.

"철군패요."

"객잔에서 단월 소저를 보고 혹시나 해서 찾아왔는데, 제 짐작이 맞았군요. 이렇게 뵙게 돼서 영광입니다. 잠시만 합석해도 되겠습니까?"

"앉으시오."

철군패의 대답에 서도형이 섭선을 살랑이며 자리에 앉았다.

"아까는 중요한 약속이 있어서 알아보고도 아는 척을 하지 못했습니다."

"형문을 지배하는 네 가문의 후계자가 모였으니 당연한 일이지요."

"하하! 우리 네 사람이 모이는 것은 그리 큰일이 아닙니다. 정말 큰일은 구주천가의 대공자께서 이곳 형문에 방문하셨다는 거지요. 저희도 갑작스럽게 연락을 받고 모였기에 결례를 범했습니다. 용서해주십시오."

"천위강 소협은 무슨 일로 이곳에 온 건가요?"

"사실 아직은 저희도 알지 못합니다. 오늘은 간단하게 인사하는 자리를 가졌고, 본격적인 용건은 내일 말하기로 했습니다. 내일이나 돼야 그분께서 이곳에 오신 이유를 알 수 있을 듯싶습니다."

그렇지 않아도 잘생긴 서도형이었다. 그런 그가 미소를 지으며 말하니 일대가 다 환해지는 것 같았다. 만일 단월이 평범한 여인이었다면 그의 미소에 넘어갔을지도 몰랐다. 하지만 단월은 일반적인 여인도 아니었고, 사람의 미소에 넘어갈 만큼 순진하지도 않았다.

그녀는 직감적으로 서도형이 무언가 목적이 있어서 이곳을 찾아왔음을 느꼈다. 하지만 그녀는 그런 자신의 생각을 절대 드러내지 않고 말을 이었다.

"여하튼 반갑군요. 서 소협께서는 두문불출하기에 밖에서 보는 것이 쉽지 않은데, 덕분에 보게 되었으니까."

"저도 반갑습니다. 그렇지 않아도 단월 소저께서 쫓긴단 이야기를 듣고 무척 안타까워했었는데 이렇게 무사한 모습을 보게 돼서 다행입니다."

"서 소협의 걱정 덕분에 무사할 수 있었습니다. 염려해줘서 감사합니다."

"하하! 그게 어디 제 덕이겠습니까? 모두 곁에 계신 철 대협 덕분이지요. 그렇지 않아도 소문을 듣고 꼭 한번 뵙고 싶었습니다."

겉으로 보이는 날카로운 모습과 달리 서도형은 무척이나 활발한 성격을 지닌듯했다. 그는 형문서가의 대공자라는 신분과 오기의 일원이라는 자부심을 모두 버리고 철군패와 단월에게 다가왔다.

서도형이 철군패를 똑바로 바라보며 말했다.

"혹시라도 시간이 되신다면 언제고 한번 형문서가를 방문해주시겠습니까? 사실 오늘 그 말을 전하고 싶어 잠깐 시간을 내서 찾아온 겁니다. 형문에 머무시는 동안 시간이 된다면 꼭 한번 찾아와주십시오. 정식으로 두 분과 일행을 초대하는 겁니다."

이렇게까지 간곡하게 말하는데 거절할 명분이 없었다. 단월이 철군패를 바라봤다. 그의 의견을 구하는 것이다.

철군패가 고개를 끄덕이자 단월이 서도형에게 말했다.

"오늘은 늦었으니, 내일 정오쯤에 찾아가겠습니다."

"감사합니다. 하하하! 이렇게 흔쾌히 응해주실 줄 알았습니다."

서도형이 너털웃음을 터트렸다. 그는 진심으로 기쁜 듯했다. 그가 자리에서 일어나며 말을 이었다.

"그럼 저는 이만 돌아가서 하인들에게 잔칫상을 준비하라 이르겠습니다."

"그렇게까지 신경 쓰지 않아도 되요."

"아닙니다. 천하의 멸제와 북일화가 오는 자린데 당연히 준비를 해야지요. 부담 갖지 말고 들러주십시오. 아, 그리고 내일 자리에는 천위강 대공자도 참석하실 겁니다."

"천위강 소협이 말인가요?"

"좀 전에 불미스러운 일이 있을 뻔했다는 사실을 알고 있지만, 여러분들이 한 번만 이해해주십시오. 그분과 정식으로 통성명을 하는 것이 여러분들에게도 그리 나쁜 일은 아닐 겁니다. 그럼 저는 이만 가보겠습니다."

말을 마친 서도형이 인사를 한후 자리를 떴다.

철군패는 멀어지는 서도형의 뒷모습을 물끄러미 바라봤다. 여전히 섭선을 살랑거리고 있었지만, 한쪽 어깨가 어딘지 모르게 불편해보였다.

제 6장

마인출세(魔人出世)

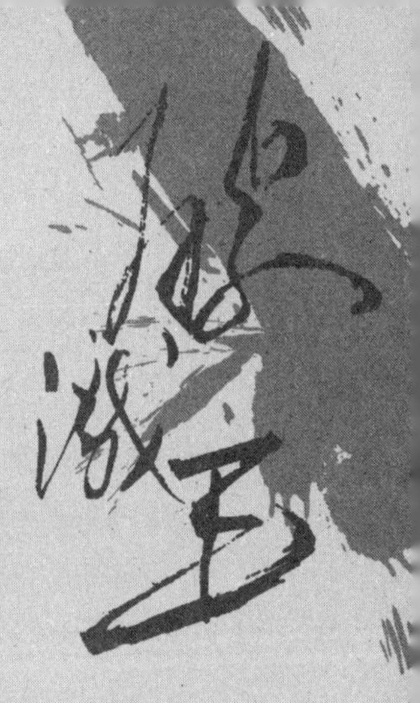

　보광사(保光寺)는 오십 년 전에 새로이 세워진 절이었다. 절에 거하는 승려의 수는 모두 사백 명, 대부분이 무공을 익히지 않은 수행승들이었다.

　보광사에 있는 승려들은 대부분 폐쇄된 공간에서 용맹정진(勇猛精進)하기 때문에 일반인들이 보기가 쉽지 않았다. 하지만 오히려 그 때문에 사람들의 신망을 더 얻고 있었다.

　현시대의 절들 중 상당수는 무공을 익힌 승려들을 보유한 무파(武派)에 가까웠다. 수도를 하는 도량으로서의 역할보다 무공을 권장하는 무력 집단의 역할에 치우친 절들을 사람들은 그다지 신뢰하지 않았다.

사정이 그렇다 보니 무공을 익히지 않고 용맹정진하는 보광사의 승려들이 오히려 믿음직하고 승려다운 승려로 보이는 것도 무리는 아니었다. 사람들은 앞다퉈 시주를 했고, 그 덕분에 이십 년이란 세월이 흐른 보광사는 현재 사백 명이나 되는 승려들이 머무는 거대한 도량이 되었다. 그리고 오늘도 많은 사람들이 보광사를 찾았다.

보광사에는 세 가지 자랑이 있었다.

첫째는 용맹정진하는 승려들이요.

두 번째는 대웅전 앞에 세워진 높이만 십여 장이 넘는 커다란 불상이었다.

마지막으로 세 번째는 바로 일주문 앞에 세워진 사천왕상이었다. 세상의 만악(萬惡)을 불태운다는 사천왕들은 두 눈을 부릅뜬 채 오늘도 세상을 바라보고 있었다.

산문(山門) 앞에는 승려가 한 명 있어 내방객들을 일일이 확인하고 있었다. 승려는 사람 좋은 미소로 방문객들을 맞이했다.

"부처님의 가호가 집안에 깃들길 바랍니다."

"아미타불, 어서 오십시오."

승려가 방문하는 사람들에게 일일이 반갑게 인사를 했다. 사람들 역시 승려에게 마주 합장을 해보이며 인사를 했다.

따사로운 햇살이 내리쬐는 아침에 참으로 평화로운 풍경이었다. 보광사를 방문한 사람들은 절 안을 돌아다니다 대웅전에 들러서 기도를 하거나 절을 했다.

절 안에는 사미승들이 돌아다니며 청소를 하고 있었고, 몇몇 승려들은 방문객들에게 설법을 하거나 대화를 하고 있었다. 사람 좋은 미소를 짓고 있는 승려들은 부처의 현신인 듯 자애롭기 그지없었다.

"정말 보광사만큼 마음이 평온해지는 절은 천하에 다시없을 거야. 이곳에만 오면 마음이 편안해져."

"절이란 곳은 응당 이래야지요. 요즘 절들은 너무 세속의 이권에 개입을 해서 믿어지지가 않는다니까요."

"맞아요. 이렇게 승려다운 분들만 모여 있는 사찰도 드물죠. 작년에 인근에 흉년이 들었을 때도 절에서 곳간을 풀어 많은 사람들을 구제했잖아요. 정말 근처에 이런 절이 있는 것도 자랑이에요."

사람들이 삼삼오오 모여 이야기꽃을 피웠다. 이야기의 대부분이 바로 보광사에 관한 것이었다. 사람들은 보광사가 이곳에 있다는 사실을 무척이나 자랑스러워하고 있었다.

사람들의 두런거리는 목소리를 들으며 산문을 지키는 승려가 미소를 지었다.

"아미타불!"

"여기가 보광사냐?"

그 순간 마치 쇠종이 울리는 것 같은 커다란 목소리가 들려왔다. 목소리가 어찌나 큰지 일주문 앞에 있는 사천왕상이 부르르 떨릴 정도였다.

승려가 조심스럽게 고개를 들었다. 그러자 천하를 뒤덮을 정도로 어마어마한 그림자가 그의 몸체위로 드리워졌다.

"누, 누구?"

너무 커서 얼굴조차 보이지 않는 거구의 사내였다. 강렬한 햇살을 등지고 있어 얼굴이 잘 보이지 않았지만, 그의 인상이 무척이나 험하다는 것쯤은 느낄 수 있었다.

다시 한 번 사내의 음성이 들려왔다.

"이곳이 보광사냐고 묻지 않느냐?"

"크윽!"

다시 한 번 승려의 얼굴이 고통으로 일그러졌다. 그의 고막에서는 피가 흘러내리고 있었다. 사내의 엄청난 목소리에 그만 고막이 찢겨져나가고 만 것이다.

사내가 두 손으로 귀를 막으며 힘겹게 대답했다.

"마, 맞소. 이곳이 보광사이오."

"흐흐! 그럼 네놈은 죽어 마땅한 놈이구나."

퍼석!

순간 뭐가 어떻게 됐는지 영문도 모르고 승려의 머리가 터져나갔다. 죽는 그 순간까지도 승려는 자신이 어떻게 죽었는지 전혀 알아차리지 못했다. 어떻게 보면 고통 없는 평화로운 죽음이기도 했다.

눈 깜빡할 사이에 승려를 격살한 거구의 사내가 보광사를 바라보았다. 그의 입에서 음산한 웃음이 흘러나왔다.

“흐흐흐!”

번뜩이는 눈동자에 가득 어려 있던 진득한 살기가 폭사되어 나오기 시작했다.

그가 보광사를 향해 걸음을 옮겼다.

그의 시선이 일주문 앞에 있는 거대한 사천왕상에 멈췄다. 그의 손이 잠시 사천왕상을 가리키는가 싶더니 무언가 기다란 물체가 그대로 사천왕상에 감겼다.

촤르륵!

“흐흐!”

이어 웃음소리와 함께 사천왕상이 바닥에서 불쑥 뽑혀 허공으로 떠올랐다. 거대한 사천왕상이 급격한 호선을 그리며 낙하한 곳은 바로 일주문이었다.

쿠와아앙!

마치 운석이라도 맞은 것처럼 거대한 일주문이 그대로 폭삭 주저앉으며 파편이 사방으로 비산하고 엄청난 양의 먼지가 피어올랐다.

“흐흐!”

거구의 사내가 주저앉은 일주문의 잔해 위에 올라섰다.

“무슨 일이냐?”

“일주문이 무너졌다.”

여기저기서 급박한 목소리와 함께 승려들이 우르르 쏟아져 나왔다. 그 모습을 보며 사내가 기분 좋은 미소를 지었다.

"흐흐! 개미새끼들이 놀라 뛰쳐나오는구나."

사내의 눈에는 놀라 달려 나오는 승려들이 언제든 손을 뻗어 눌러 죽일 수 있는 개미처럼 보이고 있었다.

"이게 무슨 짓이요? 이곳은 성스러운 불문의 도량이오."

"아미타불, 아미타불."

놀란 승려들이 연신 불호만 외워댔다. 그 모습을 보며 거구의 사내가 음산한 미소를 흘렸다.

"흐흐! 너희들에게 원한은 없지만, 그만 모두 죽어줘야겠다."

"그게 무슨 말이오? 우리가 왜 죽는단 말이오."

"크흐흐! 너희들이 죽어줘야 그를 끌어낼 수 있을 테니까."

거구의 사내가 흰 이를 드러내며 웃었다.

작열하는 태양 아래 대머리가 드러났다. 그리고 그의 몸에 휘감긴 엄청난 양의 쇠사슬에서 사람들은 누군가의 모습을 떠올리고 있었다.

"설마?"

"당신은?"

승려들의 눈동자가 흔들렸다.

촤르륵!

그 순간 사내의 몸에 감겨있던 쇠사슬이 풀려나오며 승려들을 휩쓸어갔다.

퍼버버벅!

쇠사슬에 직격당한 승려들이 처절한 비명성을 토해냈다. 쇠사슬에 휩쓸린 것은 무엇이든지 부서져나갔다.

승려들의 육신이 두 동강이가 나고, 전각이 부서져나갔다.

승려들은 장맛비에 휩쓸린 개미떼처럼 위태로웠다. 거구의 사내는 승려들을 상대로 학살을 자행했다.

"으아악! 미친 자다."

"모두 도망쳐라."

승려들과 향화객들이 비명을 지르며 사방으로 뛰쳐나갔다. 하지만 사내는 승려들의 도주를 결코 용납하지 않았다.

"흐흐! 머리를 민 자들은 한 명도 이곳을 빠져나갈 수 없다. 오늘이 보광사의 마지막 날이다."

촤르륵!

사내의 쇠사슬이 보광사 대웅전 앞에 있던 거대한 불상을 휘감았다. 사내가 힘을 주자 거대한 불상이 그대로 공중으로 떠오르더니 승려들이 모여 있는 곳으로 떨어져 내렸다.

콰아앙!

"으아악!"

"아악!"

거대한 불상에 수십 명의 승려들이 그대로 깔리며 처절한 비명을 질렀다.

이어 드러난 광경은 그야말로 지옥도를 방불케 했다.

수많은 승려들이 불상에 깔리고 뭉개져 피를 흘리고 있었다. 살아남은 사람은 없었다. 그 후로도 거구의 사내는 닥치는 대로 승려들을 학살했다. 사백 명이 넘는 승려들을 학살하는 데 걸린 시간은 그리 오래 걸리지 않았다.

"으으으!"

몇몇 향화객만이 살아남아 그 광경을 모두 보았다.

"악마다."

"그다. 혈마인."

사람들은 거구의 사내에게서 누군가의 이름을 떠올렸다. 그들의 절규에 가까운 목소리를 들으며 사내가 음산한 웃음을 흘렸다.

"흐흐흐!"

*   *   *

철군패는 고개를 들었다.

"왜 그래?"

"아무것도 아냐."

궁금한 듯 물어보는 단월의 질문에 철군패가 미소를 지으며 고개를 저었다. 하지만 그의 미간은 잔뜩 찌푸려져 있었다. 왠지 기분이 좋지 않았기 때문이다.

철군패 일행은 형문서가를 향하고 있었다. 서도형과의 약속을 지키기 위해서였다.

푸르르!

화왕도 아침부터 흥분한 듯 연신 투레질을 하고 있었다. 어쩌면 화왕이 먼저 불길한 기운을 느꼈을지도 모르는 일이었다.

철군패가 화왕을 토닥이면서 말을 몰았다. 형문서가를 찾는 것은 그리 어렵지 않았다. 형문에서 가장 유명한 곳 중의 하나였기에 아무에게나 물어도 쉽게 가르쳐주었다.

형문서가의 정문에 이르자 이미 기별을 받았는지 무인들이 그들을 안으로 안내해주었다.

"허! 대단하구나."

형문서가 정문으로 들어선 직후부터 검운영이 감탄사를 터트렸다. 그것은 다른 이들도 마찬가지였다.

야산 하나를 통째로 옮겨놓은 듯 거대한 산이 조성되어 있었고, 그 주위로 연못이 그림처럼 펼쳐져 있었다. 드넓은 연무장의 바닥에는 청석이 깔려 있어 푸르게 빛나고 있었고, 수많은 전각들은 고풍스럽게 조화를 이루고 있었다.

도저히 일개 가문의 장원으로 볼 수 없는 엄청난 규모였다. 눈에 보이는 모든 것이 형문서가가 수백 년에 걸쳐 이룩한 것이었다. 역사와 전통이 숨 쉬는 거대한 공간, 비록 구주천가에는 미치지 못하지만 형문서가 역시 남부럽지 않은 역사를 쌓아오고 있었다.

"하하! 어서 오십시오."

서도형이 철군패 일행을 마중 나왔다. 그는 일행에게 일일이 포권을 취하며 인사했다. 그렇게 서로 인사가 모두 끝난 후 그가 일행을 안으로 안내했다.

"이곳으로 가시지요. 반드시 제가 안내하는 곳으로 따라오셔야지, 엉뚱하게 다른 곳으로 가셨다가는 진법에 빠질 수도 있습니다."

"대단하군요. 건물과 담, 벽돌 하나에서도 형문서가만의 역사와 전통이 느껴지는군요."

"하하! 과찬이십니다, 단월 소저."

말은 그렇게 했지만, 단월의 말에 뿌듯한 표정이었다.

철군패 일행은 서도형을 따라 커다란 전각에 도착했다. 현판에 날아오를 듯한 글씨로 구룡전(九龍殿)이라고 쓰여 있었다.

구룡전은 형문서가에서 귀빈을 접대할 때 사용하는 장소였다. 가주나 장로들이 인정을 하지 않으면 절대 개방되지 않는 장소가 바로 구룡전이었다. 구룡전을 개방했다는 사실만으로도 서도형이 철군패 일행을 얼마나 중요하게 생각하는지 알 수 있었다.

"들어가시지요. 다른 분들이 기다리고 있습니다."

"다른 분들?"

"예! 천위강 대공자를 비롯해 이곳 형문에 터전을 잡고 살아가는 문파들의 차기 후계자들이 모두 모여 있습니다."

"그가 벌써 와있나요?"

"이곳 형문에 들어온 첫날부터 본가에 머물고 있답니다. 미리 단월 소저에게 말씀드리지 못한 점, 죄송합니다."

　상대가 이렇게까지 말하는데 단월도 더 이상 뭐라 말할 수 없었다. 자꾸만 서도형의 의도에 말려들어가는 것을 알면서도 끌려갈 수밖에 없었다.

　단월이 불편한 표정을 억지로 숨겼다. 그런 그녀의 어깨에 누군가의 큰손이 턱하고 걸쳐졌다. 철군패의 손이었다. 단월이 올려다보자 철군패가 강인한 미소를 보여줬다. 그의 얼굴을 보고 있자니 단월은 화가 풀리는 것을 느꼈다. 서도형이 어떤 의도로 자신들을 불렀건 간에 철군패가 곁에 있다면 어떤 위협도 상관없을 거란 생각이 들었다.

　철군패 일행은 서도형을 따라 구룡전 안으로 들어갔다. 서도형의 말처럼 구룡전 안에는 천위강을 비롯해 어제 보았던 젊은 무인들이 다수 존재했다. 그들 중에는 어제 보았던 반옥심, 연취수, 임무광 등도 있었다.

　상석에는 천위강이 당연하다는 듯이 앉아 있었다. 그가 은연중 이들을 휘어잡고 있다는 사실을 보여주는 장면이었다.

　서도형이 철군패 일행과 함께 들어오자 젊은 무인들이 의아한 시선으로 바라보았다. 이곳은 형문의 젊은 무인들과 천위강이 인사를 나누는 자리였다. 그런 자리에 외인을 데리고 온 서도형이 이해가 되지 않는 모습이었다.

　어떤 이들은 흥미로운 시선을 보이기도 했지만, 또 어떤 이들은 노골적으로 불만스러운 표정을 짓기도 했다. 그들은 천위강과 만나는 소중한 자리에 외인이 끼어드는 것을 바라지 않았다.

“흐흠! 서 형, 그분들은 뉘시오?”

“이런 귀한 자리에 외인을 함부로 들이는 것은 그다지 옳은 일이 아니라고 보오만…….”

몇몇 이들이 노골적으로 불만을 터트렸다. 하지만 그들의 불만스런 얼굴을 보면서도 서도형의 웃음은 지워지지 않았다. 그가 불만스런 말을 토해낸 무인들을 한 명 한 명 바라봤다. 그때마다 시선이 마주친 자들이 움찔하는 모습이 보였다.

서도형과 시선을 마주치고서도 감히 뭐라 말하는 자는 없었다. 서도형의 웃음 속에 감춰진 날카로운 시선이 그들을 압도한 것이다.

서도형이 여전히 웃는 얼굴로 말했다.

“이분이 누군지 아시고 그런 말씀을 하는 것이오?”

“그걸 우리가 어떻게…….”

“아무것도 모르면 차라리 입을 다물고 있는 것이 명줄을 유지하는 데 이로울 수 있소.”

“그, 그건…….”

“최근 강호에서 마해의 천마와 더불어 가장 큰 명성을 날리는 자가 누군지 알고 있소? 덩치는 산악처럼 크고, 두 주먹으로 반천련의 은구사자와 구주천가의 검이라 불리는 화진천을 물리친 사내. 이미 그 무력이 신주십대고수에게 육박한다는 이야기를 듣고 있는 엄청난 고수의 이야기를, 당신은 들어본 적이 없소?”

“설마 그럼?”

　순간 불만스런 표정을 지었던 사내의 얼굴이 새하얗게 질려
갔다. 그제야 철군패의 모습이 소문으로 들었던 멸제의 모습과
일치한다는 사실을 깨달은 것이다.
　"그럼 저자, 아니, 저분이 멸제?"
　"멸제?"
　"저 사람이 멸제란 말인가?"
　장내가 술렁이기 시작했다. 이제까지 불만스런 표정으로 바
라보았던 젊은 무인들이 이번엔 경외의 시선으로 철군패를 바
라보았다.
　멸제 철군패.
　한 명의 무인이 제왕의 호칭을 받는 것이 얼마나 힘들고 위대
한 일인지 그들은 잘 알고 있었다. 바로 얼마 전까지만 해도 강
호에서 '제(帝)'라는 호칭을 받는 자는 오직 한 명뿐이었다. 십
전제를 제외한 강호 최고수라고 할 수 있는 혈마인 원개세와 무
적혈마 척발상조차도 '제(帝)'의 호칭은 받지 못했다.
　멸제 철군패는 십전제 이후 처음으로 '제'라는 호칭을 쓰는
남자였다. 비록 중원이 아닌 새외에서 얻은 호칭이긴 하지만,
결코 폄하할 수 없는 엄청난 의미가 담겨 있었다.
　장내의 공기가 뜨겁게 달아올랐다. 그 속에서 오직 천위강만
이 불편한 표정을 하고 있었다. 그가 무겁게 가라앉은 시선으로
철군패를 바라보았다.
　'멸제…… 아버지 이후 처음으로 제왕의 칭호를 받은 남자.'

덕분에 지난밤 한숨도 잠을 이루지 못했다. 철군패를 처음 본 순간부터 뜨겁게 달아오른 피는 한밤이 지나도 가라앉지 않았다. 덕분에 천위강은 뜬눈으로 밤을 지새우고 말았다.

상상 속에서는 그는 몇 번이고 철군패와 격전을 벌였다. 싸우고, 또 싸운 결과는 오직 그 혼자만이 알 뿐이었다.

서도형이 철군패를 연회에 초대하겠다고 했을 때 말리지 않은 것은 다시 한 번 그를 보며 투지를 불사르겠다는 마음 때문이었다. 비록 강호 초출이긴 하지만 천위강의 투쟁심만큼은 결코 철군패에게 뒤지지 않았다.

서도형은 철군패에게 천위강의 맞은편 자리를 권했다. 철군패는 사양하지 않고 자리에 앉았다. 때문에 철군패와 천위강은 마주보게 되었다. 단월과 검운영이 그의 양쪽에 앉았고, 남정옥이 단월의 뒤에 섰다.

먼저 입을 연 이는 천위강이었다.

"또 보게 되는군."

"그렇군."

"다시 만난 기념으로 술 한 잔을 권하고 싶은데."

"얼마든지."

철군패의 말에 천위강이 차가운 미소를 지으며 손을 들었다. 그러자 멀리 떨어져 있던 술병이 둥실 떠올랐다. 허공섭물(虛空攝物)의 절기였다.

사람들의 시선이 모두 술병으로 모아진 순간 술 줄기가 흘러나와 철군패를 향해 무서운 속도로 날아갔다. 사람들의 시선이 이번엔 철군패를 향했다. 그들 중 어떤 이들은 철군패가 마찬가지로 허공섭물의 절기를 펼칠지 모른다고 기대하기도 했다. 그들은 기대감을 숨기지 않았다. 그러나 철군패는 그들의 기대를 배반하며 직접 술잔을 들었다.

촤하학!

철군패는 술잔을 들어 날아오는 술 줄기를 직접 받아냈다. 날아온 술은 한 방울도 흘리지 않고 정확히 술잔 안에 안착했다.

그 모습에 천위강이 뒤틀린 미소를 지었다.

"천하의 멸제께서 직접 술잔을 들다니 뜻밖이군. 실망이라고 해야 하나?"

"난 아무 데나 무공을 사용하지 않아. 특히 이런 애들 장난에는 더욱더."

"그럼 이것이 애들 장난이란 말인가?"

천위강의 눈빛이 사납게 변했다. 하지만 철군패는 안색 하나 변하지 않고 태연하게 말했다.

"귀하게 자란 도련님의 자존심을 세우는 장난일 뿐이지. 굳이 내 무공을 사용해서 도련님 장단에 맞춰주고 싶은 생각 따윈 없어."

"뭣이?"

천위강의 언성이 높아졌다. 아울러 고조되는 살기에 대전 안에 모인 젊은 무인들이 숨을 죽였다.

한 명은 현 천하를 지배하는 구주천가의 가주가 될 남자였고, 다른 한 명은 새외를 지배하던 십이사조의 시대를 끝낸 북방의 패자였다. 누구 한 명 무시할 사람이 아닌 것이다.

모두의 시선을 한 몸에 받으며 철군패는 태연하게 천위강에게 받은 술잔을 들이켰다. 그 모습에 천위강이 굴욕감을 느꼈다.

'감히!'

천위강이 이를 악물었다. 그의 주먹에 굵은 힘줄이 지렁이처럼 돋아나왔다. 금방이라도 발작할 기세였다. 하지만 그 순간 절묘하게 서도형이 두 사람 사이에 개입했다.

"하하! 왜들 이러십니까? 다들 좋자고 모인 자린데. 제가 분위기를 띄우는 의미에서 두 분께 삼 배를 드리겠습니다. 다들 마음 푸시고, 오늘의 자리를 허심탄회하게 즐기십시오. 그럼 먼저 대공자님께 술잔을 드리겠습니다."

실로 절묘한 시점에 끼어들었기에 천위강은 차마 화를 낼 수 없었다. 여기에서 화를 낸다면 그의 체면만 구겨질 것이 분명했기 때문이다. 그는 서도형의 술을 받으면서 억지로 분을 삭였다. 하지만 그렇다고 해서 철군패에 대한 분노를 모두 접은 것은 아니었다.

'언젠간 반드시 내 앞에 무릎 꿇을 날이 있을 것이다.'

지금은 자중해야 할 때였다. 더 이상 흥분했다간 자신의 꼴만 우스워질 거라는 사실을 천위강은 깨달았다.

서도형이 천위강에게 연거푸 삼배를 권한 다음 자신도 삼 배를 마셨다. 그런 후에 철군패에게도 술잔을 권했다. 철군패 역시 마다하지 않고 술잔을 들었다. 일단 세 사람이 삼 배를 들자 대전 안의 분위기가 어느 정도 풀려서 사람들이 술잔을 들기 시작했다.

“하하하!”

곧 몇몇 사람들이 웃음을 터트리며 철군패와 단월 주위로 몰려들었다. 그 외 대부분의 사람들은 천위강의 주변으로 모여들었다. 아무리 철군패가 멸제라는 별호로 명성을 날리지만, 그래도 구주천가라는 든든한 배경을 가진 천위강이 더욱더 매력적인 존재임은 분명했다.

서도형은 어느 쪽에도 치우치지 않고 철군패와 천위강 사이에서 양측을 부지런히 오가며 분위기가 처지지 않도록 조율했다. 어떻게 보면 장내의 분위기는 전부 그가 주도를 하고 있는 듯했다.

단월의 주위로도 사람들이 모여들었다. 비록 면사로 얼굴을 가렸지만, 타고난 아름다움까지 감출 수는 없었다. 더군다나 이곳에 있는 대부분의 무인들이 피 끓는 청춘들이었다. 사내들이 아름다운 여인에게 끌리는 것은 당연한 일인지도 몰랐다.

“단월 소저, 큰일을 당할 뻔했다는 이야기를 들었는데, 무사하니 다행입니다.”

“어디 불편한 곳은 없습니까? 혹시 시간이 되신다면 저희 집에 오셔서……”

"단월 소저."

마치 꽃에 모여든 벌떼처럼 젊은 무인들이 단월 주위에 몰려들어 그녀가 한 번이라도 봐주기만을 고대했다.

면사 밖으로 드러난 단월의 미간이 찌푸려졌다. 이렇듯 많은 사람들에게 관심을 받는 것은 결코 그녀가 원하는 것이 아니었다. 잠시 주위를 난감한 표정으로 둘러보던 단월이 이내 결심을 굳혔는지 술잔을 들고 있는 철군패에게 다가가더니 살며시 팔짱을 끼었다. 그에 철군패가 흠칫 놀랐지만, 뿌리치지 않았다.

단월이 철군패의 팔짱을 끼자 주위에 있던 남자들의 얼굴에 실망의 빛이 떠올랐다. 단월의 행동이 무엇을 의미하는지 그들은 잘 알고 있었다.

여자가 만인이 보는 앞에서 남자의 팔짱을 꼈을 경우는 딱 한 가지뿐이다.

스스로 철군패의 여자임을 공표한 것이다. 물론 그녀는 귀찮음을 모면하기 위해 한 행동이었지만, 꼭 그것만이 이유의 전부라고 할 수는 없었다.

몇몇 남자들은 철군패를 향해 적개심이 담긴 시선을 보내기도 했지만, 막상 철군패하고 시선이 마주치면 고개를 돌리거나 숙였다. 수많은 사람들이 있었지만, 그 누구도 감히 철군패와 시선을 마주치는 자는 없었다.

겉으로 보기에는 평화스러운 분위기였지만, 기실 철군패와 천위강, 그리고 젊은 무인들 간에는 깊은 감정의 골이 패이고 있었다.

'이것은 위험하다.'

검운영은 무언가 이상하다고 느꼈다. 확실치는 않았지만, 무언가 이상한 이질감이 장내를 뒤덮고 있었다. 마치 물과 기름처럼 절대 어울릴 수 없는 그 어떤 분위기가 장내를 지배하고 있었다.

문득 검운영의 시선이 서도형에게 향했다.

그가 느낀 이질감의 근원에는 바로 서도형이 존재했다. 분명 중심에서 양측을 부지런히 오가며 분위기가 어긋나지 않도록 조율하고 있었지만, 역설적으로 그 때문에 철군패와 천위강 양측이 뚜렷하게 대조되고 있었다.

'저자 때문이다. 저자의 존재가 천위강과 젊은 무인들, 그리고 우리의 감정선을 선명하게 드러나게 만들었다. 그는 화합을 이야기했지만, 사실 이곳에서 분열의 중심축에 서있다. 도대체 무엇을 노리고 이런 자리를 마련한 것인가?'

일 년에 서너 번만 모습을 드러낸다는 남자. 그의 모든 것이 비밀에 가려져 있었다. 이름이나 신분을 빼면 실질적으로 그에 대해 알려진 것이 아무것도 없었다. 때문에 그가 의도하는 바가 무엇인지 전혀 짐작할 수 없었다.

한 가지 사실만은 확실했다.

그의 의도가 결코 순수하지만은 않다는 것이다.

'조금 더 지켜보면 알겠지.'

검운영은 서도형을 예의주시하기로 마음먹었다.

장내의 이질적인 분위기가 극에 이르렀을 무렵, 갑자기 밖이 시끄러워지며 누군가 급히 안으로 들어왔다. 형문서가의 식솔로 보이는 이는 급히 서도형의 귀에 무어라 속삭였다. 그러자 서도형의 안색이 급변했고, 그는 다시 천위강에게 귓속말을 속삭였다.

서도형의 말을 들은 천위강의 얼굴이 급격히 굳는 것이 보였다.

"그것이 정말인가?"

"그렇습니다. 방금 들어온 소식입니다."

"으음! 그럴 리가……."

천위강이 믿을 수 없다는 표정으로 중얼거렸다.

모두의 시선이 그에게 집중됐다. 그러자 서도형이 대신 나서 말했다.

"방금 들어온 급보입니다. 이곳에서 불과 오십여 리 떨어진 곳에 있는 보광사가 웬 괴인의 습격을 받아 몰살을 당했다고 합니다. 보광사의 승려 사백 명 중 단 한 명도 살아남지 못했다고 합니다. 살아남은 향화객들의 말로는 흉수가 바로 혈마인 원개세 대협이라고 합니다."

순간 장내의 분위기가 얼어붙었다.

*　　*　　*

직접 가본 보광사의 모습은 처절했다. 사원은 처참하게 파괴되어 있었고, 사백 명에 이르는 승려들은 하나도 남김없이 몰살을 당했다. 참화 속에서 살아남은 이는 몇 명에 불과한 향화객들뿐이었다.

"이럴 수가……."

"으음!"

폐허가 된 보광사를 바라보는 사람들의 시선이 흔들렸다. 인간이 한 것이라고는 볼 수 없을 정도로 무참히 파괴된 보광사의 모습은 사람들의 가슴을 천근만근 무겁게 만들었다.

영문을 모르고 죽은 것이 억울한지 승려들은 대부분 죽어서조차 눈을 감지 못했다. 그들의 원한어린 시선에 보광사에 오른 무인들이 감히 눈을 마주치지 못했다.

"이 모든 것이 원 백부가 한 짓이란 말인가?"

천위강이 믿을 수 없다는 표정으로 중얼거렸다.

살아남은 향화객들은 혈마인 원개세가 이 모든 짓을 저질렀다고 했다. 살아남은 향화객들이 하나같이 그렇게 말하니 믿지 않을 도리가 없었다.

혈마인 원개세.

십전제 천우경과 함께 이십 년 전 마해의 난을 종식시킨 이 시대의 절대무인. 그의 무력은 십전제를 제외하면 현 무림 최고를 자랑했다. 그런 그가 갑자기 보광사에 난입해 무차별적인 살육을 자행했다는 사실이 쉽게 믿겨지지 않았다. 하지만 부서진 건물에 남은 흔적이나 승려들의 시신에 남은 상흔은 원개세가 남긴 것이 분명했다.

쇠사슬을 무기로 사용하는 이는 현 무림에 오직 원개세 한 명밖에 없으니까.

"원 백부가 대체 왜 이런 살육을 자행했단 말인가?"

천위강의 눈동자가 흔들렸다.

그는 태어나서 단 한 번도 원개세를 본 적이 없었다. 하지만 그는 원개세를 자신의 친백부처럼 생각했다. 아버지 천우경과 함께 난세를 종식시킨 위대한 무인이라고 생각했기 때문이다. 천우경 다음으로 존경하는 원개세가 갑자기 이런 살육을 자행했다는 사실이 믿겨지지가 않았다. 더구나 그는 지난 이십 년 동안 강호활동을 거의 하지 않았다.

서도형이 천위강에게 다가왔다.

"흔적으로 보아 혈마인 원개세 선배가 이 모든 살육을 자행한 것이 분명합니다."

"으음!"

"이 모든 흉사를 원개세 선배가 벌였다면 응당 그에 대한 대가를 치르게 해야 합니다. 보광사에 있는 사백 명의 승려들 중 무공을 익힌 이는 단 한 명도 없었습니다. 그런 무고한 이들을 죽인 죄는 결코 용서할 수 없습니다."

서도형의 목소리는 단호했다. 주위에 있는 젊은 무인들이 그에 동조해 고개를 끄덕였다. 그들 역시 이런 무차별적인 살육을 자행한 원개세를 그냥 놔둬서는 안 된다고 성토하고 있었다.

천위강만 결정을 내리면 모두가 따르겠다는 그런 분위기였다. 하지만 천위강은 쉽게 결정을 내리지 못했다. 미우나 고우나 그는 원개세를 백부로 생각하고 있었다.

그렇게 천위강이 갈등을 하고 있을 때 또다시 급보가 들어왔다.

"크, 큰일 났습니다. 이곳에서 삼십리 떨어진 해왕상단(海王商團)에서 또다시 원 대협이 난동을 부리고 있다는 소문입니다. 보고를 해온 자에 따르면 마치 미친 사람처럼 눈을 까뒤집고 살육을 자행하고 있다합니다."

"또?"

"이럴 수가."

젊은 무인들이 웅성댔다.

그렇지 않아도 무거웠던 분위기가 또다시 전해진 소식에 더욱 무겁게 가라앉았다.

"원 대협을 이대로 둬서는 안 됩니다. 우선 그를 말려야 합니다."

"우리 모두가 달려간다면 제아무리 원 대협이라 할지라도 더이상 난동을 피우지는 못할 겁니다."

젊은 무인들이 앞 다퉈 목소리를 높였다. 그들은 원개세가 벌인 살육에 분노를 하고 있었다.

서도형이 천위강에게 물었다.

"어떡하시겠습니까? 보다시피 모두의 뜻이 이렇습니다."

"으음!"

"어서 결정을 내리셔야 합니다. 더 이상 원개세 대협의 살육을 방관했다가는 구주천가가 그 모든 부담을 떠안게 될 겁니다. 구주천가를 위해서라도 더 이상은 방관해서는 안 됩니다."

천위강은 쉽게 대답하지 못했다. 하지만 그도 원개세의 살육을 방관해서는 안 된단 사실을 알고 있었다.

꾸욱!

그가 주먹에 힘을 주었다.

"해왕상단으로 가겠다. 원 백부를 만나 이유를 알아보고 설득하겠다."

"알려졌다시피 그는 피를 보면 광기를 발산하는 마인입니다. 그런 그를 설득하는 것은 무립니다."

"그래도 내가 말하면 달라질 것이다. 나는 누가 뭐래도 그의 조카니까."

천위강이 단호한 표정으로 말하자 서도형도 더 이상은 무어라 말하지 못했다. 그가 천위강과 눈을 마주치지 못하고 고개를 숙였다.

'일이 뜻밖의 방향으로 흐르는군. 하필 공교롭게도 이 시점에서 혈마인이 난동을 부리다니. 이 상황을 잘만 이용하면 적잖

은 이득을 얻을 수 있겠구나. 잘하면 구주천가에 치명타를 입힐
수도 있겠어.'

고개를 숙이고 있었지만, 서도형의 눈빛만큼은 날카롭게 빛
나고 있었다. 하지만 천위강은 그런 서도형의 변화를 전혀 알아
차리지 못했다.

천위강이 말에 올라타서 소리쳤다.

"해왕상단으로 간다."

그의 명령에 젊은 무인들이 군말 없이 뒤를 따랐다. 하지만
얼굴에 떠오른 분노까지 숨기지는 못했다.

천위강과 젊은 무인들이 해왕상단으로 떠났지만, 철군패 일
행은 자리를 뜨지 않았다.

철군패는 원개세가 자행한 살육의 흔적을 무척 꼼꼼히 살폈
다. 사원의 잔해를 살피기도 하고, 승려들의 시신을 이리 저리
뒤집으며 관찰했다.

잠시 후 자리에서 일어난 철군패가 단월을 향해 다가왔다.

"어떻게 생각해?"

"뭘?"

"이미 짐작하고 있잖아. 말해봐."

"뜬금없기는."

단월이 곱게 눈을 흘겼다. 하지만 이미 준비하고 있었다는 듯
이 대답을 했다.

"확실히 석연치 않은 것은 사실이야. 혈마인이 비록 마인이라

고 하지만 그가 강호에서 활동을 하지 않은 것이 거의 이십 년이
나 돼. 사실상 마해와의 전쟁을 마지막으로 강호에서 은퇴한 셈
이지. 그런 그가 갑자기 나타나 학살을 벌였다는 것이 상식적으
로 이해가 안 돼. 비록 혈마인이란 별호로 불린다지만, 그는 단
한 번도 무공을 익히지 않은 일반인을 상대로 무공을 쓴 적이 없
어. 그가 무서울 때는 오직 무인을 상대할 때뿐이지."

"내 생각과 같군."

"네 생각은 어때? 정말 원개세 대협이 이 모든 일을 자행한
거라고 생각해?"

"글쎄."

"무슨 대답이 그래?"

"흔적이 너무 어설퍼서 그래."

"어설프다니? 무슨 말이야? 알아듣게 말해봐."

"분명 이 살육을 자행한자는 엄청난 고수야. 건물의 잔해나
시신의 상흔에서도 그 위력을 능히 짐작할 수 있지. 하지만 엄
청난 공력과 위력에 비해 쇠사슬을 쓴 수법은 서툴기 그지없어.
기교라곤 전혀 없이 무식한 힘만으로 사용한 것이 틀림없어."

일법통(一法通)이면 만법통(萬法通)이라.

한 가지 방면에서 정점에 오르면 다른 방면에도 능통하게 된
다. 산 정상에 오르면 다른 산의 정상이 보이는 것과 같은 이치
였다. 하지만 그렇다고 해서 한 번도 오르지 못한 산을 처음부
터 능숙하게 탈수는 없다. 단지 경험상 수월하게 오를 수 있게

된다는 뜻이었다.

보광사에 남은 흔적이 그랬다. 분명 한 방면의 절정에 오른 자가 구사한 흔적이 분명하나, 전문적으로 쇠사슬이란 까다로운 무기를 익힌 것은 아니란 것이 철군패의 생각이었다.

철군패의 말을 모두 들은 단월이 고개를 끄덕였다. 그렇지 않아도 그녀 역시 이상하게 생각했던 부분이었기 때문이다.

검운영이 앞으로 나섰다.

"아무래도 이곳 형문에서 심상치 않은 일들이 벌어지고 있는 것 같습니다. 형문서가의 대공자라는 서도형이란 자 역시 모종의 꿍꿍이를 갖고 있는 것 같습니다."

"음!"

철군패가 고개를 끄덕였다.

'그 눈빛은 분명 예전에 한 번 본 적이 있다.'

철군패가 화왕에 올라타며 외쳤다.

"우리도 해왕상단으로 간다."

"예!"

붉은 바람이 불어오고 있었다.

제 7장

유인지계(誘引之計)

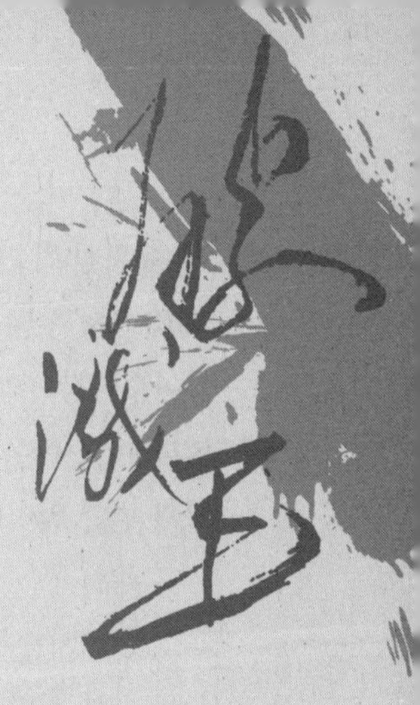

해왕상단은 이름에서도 알 수 있듯이 주로 물길을 이용해 세를 확장시켜 온 상단이었다. 바다는 아니었지만, 강을 따라 수많은 지부를 두고 뱃길을 이용해 물건을 운송하면서 급속도로 세를 불려왔다.

비록 역사는 오래 되지 않았지만 많은 고수들을 보유하고 있었고, 특히 수공의 달인들이 많았다. 덕분에 물에서는 무적의 위용을 자랑했다.

그런 해왕상단이 지금 처참하게 파괴되고 있었다.

쿠콰쾅!

뇌성과 함께 수십 년을 버텨온 거대한 전각이 무너지고, 인근에 세워뒀던 거대한 배가 두 동강이가 나서 침몰하고 있었다. 그 속에서 수많은 사람들의 비명소리가 들렸다.

아수라장이 따로 없었다. 인세의 지옥도가 눈앞에 펼쳐져 있었다. 어린아이 팔목만한 쇠사슬을 무차별적으로 휘두르는 남자가 벌인 일이었다.

후두둑!

그가 쇠사슬을 휘두를 때마다 살점이 허공으로 튀며 사람들의 처참한 비명소리가 울려 퍼졌다.

"으아악!"

"악마다."

사람들이 이리 뛰고 저리 뛰며 울부짖었다. 그 속에 마인이 존재했다.

"크흐흐! 모조리 죽는 거다. 오늘이 해왕상단의 마지막 날이다."

거구의 마인이 음소를 터트리며 쇠사슬을 휘둘렀다. 그가 쇠사슬을 휘두를 때마다 해왕상단의 무인이 십여 명씩 나가떨어졌다. 그의 쇠사슬에 직격당한 무인은 시신조차 온전하게 남아나지 못했다.

"어떻게 인간이 이럴 수가?"

그 광경을 두 눈으로 목도한 사람들이 치를 떨었다. 뇌리를 지배하는 엄청난 공포에 사람들은 도망치지도 못했다.

그 순간 창대한 노호성과 함께 한 줄기 도강(刀罡)이 마인을 향해 날아왔다.

"멈추지 못하겠느냐?"

쉬익!

자신을 향해 날아오는 도강을 보면서도 마인은 전혀 위축되지 않았다. 그가 몸에 휘감은 쇠사슬로 도강을 그대로 후려쳤다.

콰아앙!

엄청난 굉음과 함께 도강이 산산조각 났다.

"크음!"

도강을 날렸던 무인이 침음성을 흘리며 마인 앞에 섰다. 칠십이 넘은 나이에도 젊은이 못지않은 장대한 체격을 유지한 남자는 바로 해왕상단의 전대단주이자 창업자인 북풍신도(北風神刀) 육자겸이었다.

해왕상단을 아들에게 맡기고 단주의 자리에 물러나 유유자적하던 육자겸은 해왕상단의 위기를 전해 듣고 단숨에 달려왔다. 그런 그가 본 것은 처참하게 무너지는 해왕상단의 모습과 그 속에서 날뛰는 한 명의 마인뿐이었다.

그가 평생을 걸고 이룩한 모든 것이 단 한 명의 마인에 의해 무너지고 있었다.

육자겸의 시선이 마인을 향했다.

장대한 체구에 반질반질한 대머리, 그리고 온몸에 휘감은 쇠사슬을 보는 순간, 그는 하나의 이름을 떠올릴 수 있었다.

"당신은 분명 원개세 선배. 선배가 왜 해왕상단을 습격한 것

이오? 우리 해왕상단이 선배의 심기를 건드리기라도 했단 말이
오?"

　육자겸의 목소리는 절규에 가까웠다. 하지만 돌아온 원개세
의 대답은 냉담했다.

　"이곳에 해왕상단이 있기 때문이다."

　"그게 무슨 말이오?"

　"말 그대로 해왕상단이 이곳에 있어 거치적거리기 때문이
다."

　"겨우 그런 이유 때문에……."

　육자겸이 허탈한 표정을 지었다.

　겨우 그런 이유 때문에 자신이 평생에 걸쳐 이룩한 해왕상단
이 무너지다니. 수많은 사람들이 죽은 이유로는 너무나 하찮았
다. 그런 하찮은 이유 때문에 이 많은 사람들이 죽어야 했다니.

　투둑!

　부릅뜬 육자겸의 눈꼬리가 찢겨져 나갔다. 생살이 갈라진
상처에서 배어나온 피가 눈물과 섞이며 피눈물이 되어 흘러내
렸다.

　"당신만은…… 결코 용서할 수 없다. 내 영혼을 악마에게 팔
아서라도 당신만은 용서하지 않겠다. 혈마인 원개세."

　육자겸의 처절한 외침이 해왕상단에 울려 퍼졌다.

　"으아아!"

　그가 괴성을 지르며 원개세를 향해 달려들었다. 그의 손에 들

린 구환도(九環刀)가 눈부신 빛살을 뿜었다. 그 모습을 보며 원개세가 음소를 토해냈다.

"흐흐! 진작 그랬어야지. 나는 말보다 행동이 앞서는 자를 좋아한다."

쉬잉!

그가 손을 흔들자 쇠사슬이 독니를 드러낸 독사처럼 육자겸을 향해 쏘아져갔다. 그에 맞서 육자겸이 구환도를 휘둘렀다.

카카캉!

수십 번의 쇳소리와 함께 불꽃이 튀었다.

육자겸은 쇠사슬의 공세를 분쇄하며 전진하려 했고, 원개세는 마치 조롱하듯 쇠사슬을 움직여 육자겸을 밀어냈다.

육자겸은 도강을 자유자재로 펼칠 수 있는 몇 안 되는 고수였다. 하지만 그런 육자겸조차 원개세가 펼치는 쇠사슬의 공세에서 쉽게 벗어나지 못하고 허우적거렸다.

"어디 마음껏 뛰어놀아 봐라."

원개세가 노골적으로 육자겸을 비웃었다. 그의 노골적인 비웃음에 육자겸의 얼굴이 벌겋게 달아올랐다.

"절대 용서할 수 없다. 그 얼굴에서 웃음이 사라지게 만들겠다."

육자겸이 혼신의 공력을 끌어올렸다.

우웅!

공력이 잔뜩 주입된 구환도가 도명(刀鳴)을 흘려냈다. 그 상태로 육자겸이 구환도를 휘둘렀다.

"챠핫! 원월혈우(圓月血雨)."

슈우우우!

만월이 뜬 밤에 피의 비가 내리듯 수없이 많은 도강의 줄기가 원개세에게 쏟아져 내렸다. 육자겸이 이제껏 감춰두고 쓰지 않았던 비장의 절초였다. 언제고 목숨이 경각에 달린 순간 쓰리라고 마음먹고 감춰두었던 최후의 수법인 것이다.

"흐흐! 좋구나. 하지만 어림없다."

원개세가 비웃음을 흘리며 손을 크게 휘둘렀다. 그러자 그의 몸에 감아두었던 쇠사슬 다섯줄기가 더 풀려져 나와 육자겸을 향해 날아갔다.

콰콰쾅!

도강과 쇠사슬이 허공에서 격돌하며 천지를 울리는 폭음이 터져 나왔다. 그 충격으로 공기가 요동치고 바닥의 먼지가 자욱이 피어올랐다.

"으하하! 죽어라. 죽는 거다."

누렇게 피어오른 먼지 속에서 원개세의 미친 듯한 광소가 터져 나왔다. 그의 팔이 보이지도 않을 정도로 허공을 휘저었다. 그때마다 여섯 가닥의 쇠사슬이 광포하게 요동을 치며 육자겸의 몸을 두들겼다.

까가가강!

강기가 깨져나가고, 구환도가 부스러졌다. 이어 육자겸의 지척에서 쇠사슬이 폭발했다. 육자겸의 눈앞에서 비산한 쇠사슬 파편은 하나하나가 무서운 흉기가 되어 사방으로 폭사해나갔다.

"크윽!"

육자겸은 급히 호신강기를 끌어올리려 했지만, 부서진 쇠사슬 파편이 날아오는 속도보다 빠르진 못했다. 순식간에 그의 몸에 수많은 쇠사슬 파편이 박혀들었다.

"커헉!"

육자겸이 피를 토하며 뒤로 나가떨어졌다.

바닥에 널브러진 육자겸의 몸이 간헐적으로 꿈틀거렸다. 그는 어떻게 해서든 일어나려고 했지만, 관절이 부서지고 근육이 끊겼기에 그저 허우적거릴 뿐이었다.

육자겸이 피를 게워 올리며 힘겹게 말을 내뱉었다.

"제……발 나머지 식솔들만큼은 살려주기를……."

퍼석!

그러나 그의 말이 채 끝나기도 전에 원개세의 커다란 발이 그의 머리통을 산산이 부숴놓았다.

순식간에 육자겸의 숨통을 끊은 원개세가 차가운 목소리로 중얼거렸다.

"네 녀석에게 개인적인 원한 따윈 없다. 하지만 그자를 끄집어내려면 이 방법밖에 없다."

원개세의 눈이 살기로 번들거렸다.

그가 생존자들을 향해 걸음을 옮겼다. 이제 못 다한 일을 처리

해야 할 때였다. 그가 원하는 것은 단지 몇 명의 생존자뿐이었다. 몇 명을 제외한 나머지 인원은 결코 살려둘 생각이 없었다.

"흐흐흐!"

그의 음산한 웃음이 해왕상단에 울려 퍼졌다. 살아남은 자들이 다가오는 원개세를 보며 공포에 떨었다. 그들의 얼굴에 절망의 기운이 떠올랐다.

"악마다."

"신이여, 저 악마에게 저주를 내리시옵소서."

생존자들이 원개세를 저주하며 눈을 감았다. 그들은 자신들의 힘으로는 원개세에게 복수할 수 없다는 사실을 알고 있었다. 이대로 목숨을 잃는 것은 안타까웠지만, 그렇다고 목숨을 구걸하고 싶지는 않았다.

"흐흐! 죽어라."

촤르르!

원개세가 쇠사슬을 후려쳤다. 쇠사슬은 생존자들의 몸을 어육으로 만들 듯이 무섭게 날아왔다.

"멈추십시오."

그때 외마디 외침과 함께 누군가 원개세가 휘두른 쇠사슬의 권역에 뛰어들었다.

콰앙!

"크으!"

쇠사슬을 대신 막아낸 상대의 몸이 들썩였다. 백짓장처럼 안색이 창백해진 채 입가에 선혈을 내비치는 사내는 바로 천위강이었다. 위기의 순간 그가 뛰어든 것이다.

원개세의 눈에 떠오른 살기가 더욱 짙어졌다.

"네놈은 누구냐?"

"저, 천위강입니다. 원 백부."

"원 백부?"

"저는 구주천가의 대공자입니다, 원 백부. 십전제 천우경 대협이 저의 부친이십니다. 그러니 저에게는 백부가 되십니다."

"백부, 백부란 말이지?"

천위강의 말을 들었지만, 원개세의 몸에 피어오른 살기는 조금도 가라앉을 줄 몰랐다.

천위강이 들끓는 기혈을 억지로 진정시키며 말을 이었다.

"원 백부, 이런 살육을 자행하는 이유가 뭡니까?"

"흐흐! 살육을 자행하든 말든, 내 마음이다. 네 녀석에게 잔소리를 들을 이유가 없다."

"원 백부!"

"원 백부건 원 숙부건, 얼굴 한 번 보지 못한 네 녀석의 말을 들을 것 같으냐?"

원개세의 말에 천위강의 얼굴이 딱딱하게 굳었다.

그의 나이 스무 살.

비록 나이는 어리지만 구주천가를 이끌기 위한 후계자 수업을 오랫동안 받은 그였다. 젊고 혈기왕성하기에 오만하거나 성급할 수는 있어도 사리를 구별할 줄은 알았다.

제아무리 원개세가 천우경의 가장 큰 맹우였고, 백부처럼 생각하는 존재였지만, 지금 이 상황은 결코 용서할 수 있는 것이 아니었다.

"원 백부, 이러시면 안 됩니다."

"그래도 하겠다면?"

"제가 막겠습니다. 저와 함께 온 젊은 무인들을 보기가 부끄럽지 않습니까?"

천위강이 자신과 함께 온 형문의 젊은 무인들을 가리켰다. 어느새 원개세를 둘러싼 젊은 무인들이 굳은 얼굴로 바라보고 있었다.

잠시 그들의 얼굴을 훑어보던 원개세가 곧 흉측한 웃음을 지었다.

"차라리 잘됐구나. 네놈들마저 모조리 죽이면 그자가 나올 테니까."

"조카인 저마저 죽이겠단 말입니까?"

"흐흐! 분명히 말하지만 나는 너 같은 조카 놈을 둔 적이 없다."

"원 백부."

천위강이 절규하듯 외쳤다. 하지만 원개세는 들은 척도 하지 않고 살기를 피워 올렸다.

"흐흐! 애송이 놈이 하늘 높은 줄 모르고 소리를 지르는구나.”

“제가 막겠습니다, 원 백부. 당신의 이유 없는 살행을 제가 막겠습니다.”

“어차피 나도 네놈을 살려둘 생각이 없었다. 오히려 잘됐구나. 네 녀석을 죽이면 구주천가에 큰 타격을 입힐 수 있을 테니.”

원개세가 누런 이를 드러냈다. 그는 진심으로 천위강을 죽일 기세였다. 그에 천위강이 공력을 끌어올렸다. 어쩌다 원개세가 이렇게 된 것인지는 알 수 없었지만, 그렇다고 원개세가 계속 이유 없는 살육을 자행하도록 내버려둘 수는 없었다.

천위강이 창룡기(蒼龍氣)를 끌어올렸다.

창룡기는 매우 특별한 무공이었다. 천우경이 오직 천위강을 위해 만들어낸 극고의 기공이었다. 구주천가에 존재하는 수백 가지 무공의 장점만을 뽑아내 만들어낸 무공.

창룡기는 도나 검 등의 무기에 응용할 수도 있었고, 맨손의 박투술에도 응용할 수 있는 지고한 무공이었다. 창룡기가 극에 달하면 하늘을 비상하는 용 형상의 강기가 형성된다. 천위강의 별호인 구주창룡도 그런 모습 때문에 얻은 것이었다.

천위강의 몸 주위에서 푸른빛의 기운이 일렁였다. 그 모습이 꼭 창룡이 꼬리를 물고 회전을 하는 것 같았다.

그 모습을 본 원개세의 입꼬리가 뒤틀렸다.

“어린놈이 제법이구나.”

“당신의 마성을 제가 잠재우겠습니다.”

“건방진!”

원개세가 살기를 토해내며 손을 휘둘렀다. 그러자 그의 몸을 감싸고 있던 쇠사슬이 무서운 경기를 토해내며 천위강에게 날아갔다. 천위강도 지지 않고 원개세를 향해 몸을 날렸다.

따다다당!

천위강의 창룡기가 원개세의 쇠사슬을 튕겨냈다. 천위강이 손을 휘두르자 용의 형상을 한 강기가 만들어졌다. 아가리를 벌린 용은 원개세를 금방이라도 집어삼킬 듯 날아왔다.

“제법 하는구나. 하지만……”

콰앙!

원개세가 몸을 비틀자 등 쪽에 있던 쇠사슬이 쭉 뻗어 나와 용 형상의 강기를 파괴했다.

콰콰쾅!

두 사람이 격돌하며 연신 굉음이 터져 나왔다.

세상 전체를 파괴할 듯 미쳐 날뛰는 원개세, 하지만 그에 맞서 싸우는 천위강도 보통이 아니었다.

확실히 젊은 무인들 중에서 천위강은 군계일학의 인재였다. 그는 신주십대고수 중 한 명인 원개세를 맞아 당당히 자신의 진신절학을 펼쳤다.

창룡기는 그의 의지에 의해 검이 되고, 방패가 되어 원개세를 공격했다. 비록 오만한 성품이나, 그만한 실력이 뒷받침되고 있었던 것이다.

쿠콰콰!

그나마 간신히 형상을 유지하고 있던 건물들이 산산이 부서져나갔다. 시신이 강기의 돌풍에 사방으로 튕겨나가고, 살아있는 자들은 그들이 뿌려대는 강기의 사정권에서 급히 물러났다.

천위강은 훌륭했다. 원개세를 상대로 결코 밀리지 않았다. 하지만 자세히 보면 원개세가 그를 농락하고 있는 것일 뿐, 결코 대등하지 않은 싸움이란 것을 알 수 있었다.

원개세는 마치 어린아이를 희롱하는 어른처럼 천위강을 몰아붙이고 있었다. 그 때문에 천위강의 몸 곳곳에 새로운 생채기가 생겨나고 있었다.

천위강이 밀리자 서도형이 외쳤다.

"모두 대공자를 도와 혈마인을 물리칩시다."

"와아아!"

그의 선동에 혈기왕성한 젊은 무인들이 천위강에게 합세해 원개세를 공격했다. 그러자 원개세의 살기가 더욱 짙어졌다.

"건방진……."

젊은 무인들의 합세가 오히려 그의 살기를 증폭시키고 말았다.

"모두 죽어라. 크하하!"

그가 광기를 발산하며 쇠사슬을 휘둘렀다.

퍼버버벅!

"크악!"

"아아악!"

쇠사슬에 휩쓸린 젊은 무인들이 어육처럼 짓이겨져 나가며 처절한 비명성을 터트렸다. 그 수가 무려 십여 명이나 되었다.

위이잉!

원개세의 사슬이 다시 한 번 휘둘러졌다. 거대한 살기가 젊은 무인들을 덮쳤다.

"빌어먹을! 비키란 말이다."

상황이 이렇게 되자 다급해진 것은 천위강이었다.

차라리 혼자 싸우는 것이 나았다. 젊은 무인들은 도움이 아니라 짐이 될 뿐이었다. 하지만 젊은 무인들은 천위강의 말을 알아듣지 못하고 부나방처럼 원개세를 향해 달려들었다.

덧없는 죽음이 이어졌다.

"흐흐! 모조리 죽여 버리겠다."

원개세의 광기가 전장을 지배했다. 그의 광기 앞에서 젊은 무인들의 목숨은 바람 앞의 촛불처럼 위태로웠다. 결국 천위강이 무리를 해서 원개세의 공격을 감당할 수밖에 없었다.

콰앙!

"크윽!"

천위강이 거칠게 바닥을 나뒹굴었다. 그의 몸을 보호하던 창룡기는 흔적도 없이 사라지고 없었다. 그는 엄중한 내상을 입고 시커멓게 죽은 피를 한가득 토해냈다.

천위강의 눈이 절망으로 물들어갔다.

"죽어라! 더러운 천가의 핏줄."

원개세의 거대한 손이 천위강을 향해 떨어져 내렸다.

'끝인가?'

원개세의 공격 앞에서 천위강은 눈을 감고 말았다.

쾅!

*　　*　　*

천위강의 몸이 크게 들썩였다. 하지만 몸 어디서도 충격은 느껴지지 않았다. 그가 살머시 눈을 떴다. 그러자 거대한 등판이 보였다. 마치 산맥처럼 울퉁불퉁한 근육이 꿈틀거리는 거대한 등을 보는 순간 본능적으로 알 수 있었다. 자신의 앞을 대신 막아선 사내의 정체를.

"멸제?"

철군패였다.

위기의 순간 철군패가 원개세의 공격을 대신 막아낸 것이다. 철군패의 뒷모습을 바라보는 천위강의 눈가가 파르르 떨렸다. 그의 눈에 오만 가지 빛이 교차했다.

원개세의 얼굴은 더욱 흉측하게 일그러졌다. 그가 철군패를 향해 노성을 터트렸다.

"크으! 네놈은 누구냐?"

"철군패."

"철군패? 네놈이 북방의 새로운 패자라는 멸제란 말이냐?"

철군패가 말없이 고개를 끄덕였다. 그러자 원개세의 눈에 떠오른 살기가 더욱 짙어졌다.

"감히 멸제란 허명을 믿고 노부를 막아서다니. 죽고 싶어 환장했구나."

"누가 죽고 싶어 환장한 건지는 곧 알게 되겠지."

"놈!"

철군패의 말에 원개세가 살기를 폭사하며 달려들었다. 이미 살심이 극에 달한 원개세였다. 그의 강렬한 살기가 해일처럼 철군패를 향해 밀려왔다.

좌르륵!

고개를 세우고 날아드는 십여 개의 쇠사슬 다발.

철군패의 등이 한껏 뒤로 휘어지나 싶더니 무지막지한 일격을 쏟아냈다.

콰아앙!

벽력탄이 터지는 소리와 함께 날아오던 쇠사슬 다발이 산산조각 나 사방으로 비산했다.

"크윽!"

처음으로 원개세의 입에서 신음성이 흘러나왔다. 쇠사슬이 부서지는 충격으로 그의 호구가 찢어져 피가 흘러내리고 있었다. 중원에 다시 모습을 보인 후 처음으로 입은 상처였다.

원개세가 황당한 시선으로 철군패를 바라보았다. 그때 철군패는 이미 원개세를 향해 무서운 속도로 짓쳐오고 있었다.

쿵!

그가 발을 내딛을 때마다 둔중한 소리와 함께 대지가 비명을 질렀다. 극성의 만중보 때문이었다.

천하에서 가장 무겁고 둔중한 보법. 하지만 그 기세만큼은 산악이 무너져 덮쳐오는 것보다 맹렬했다.

화악!

철군패의 몸이 도달하기도 전에 엄청난 압력과 바람이 원개세의 피부를 아프게 했다.

"놈!"

그러나 원개세 역시 천고의 마인. 그는 결코 기죽지 않고 철군패를 향해 멀쩡히 남아있는 쇠사슬을 휘둘렀다. 철군패 역시 쇠사슬을 향해 주먹을 마주 내질렀다.

퍼버벙!

주먹과 쇠사슬이 부딪치는데 폭음이 연신 터져 나왔다. 또다시 사방으로 쇠사슬이 비산하고, 폭음이 고막을 찢을 정도로 날카롭게 울려퍼졌다.

쇠사슬 파편을 뚫고 철군패가 원개세 앞에 모습을 드러냈다. 원개세의 망막에 철군패의 얼굴이 가득 찼다. 철군패가 들고 있는 주먹이 유독 크게 확대되어 보였다.

쾅!

"크윽!"

답답한 신음성과 함께 원개세가 '쿵쿵' 소리를 내며 뒤로 십여 걸음이나 물러났다. 그나마 호신강기를 끌어올리지 않았다면 이번 일격에 중상을 입을 뻔했다.

온몸이 쩌릿쩌릿하게 울렸다. 주먹이 어찌나 묵직한지 마치 쇳덩이로 후려치는 것 같다. 또한 주먹에 담긴 공력은 얼마나 가공한지, 내부가 진탕이 되는 것 같았다.

'무슨 놈의 주먹질이⋯⋯.'

상황이 이렇게 되자 천하의 원개세조차 질린 표정을 지었다.

그 순간에도 철군패는 다시 원개세를 향해 주먹을 지르고 있었다. 질리도록 단순한 공격. 상대와 자신을 잇는 최단거리 선을 따라 지르는 주먹질은 바로 일격포였다.

콰앙!

다시금 원개세의 몸이 뒤로 밀려났다. 이번 일격에 지금껏 버텨주던 호신강기가 산산이 부서지고 말았다. 그제야 원개세는 깨달았다. 평범한 수법으로는 철군패를 어찌할 수 없단 사실을.

"놈! 결국 나의 밑천을 꺼내게 만드는구나."

원개세가 몸에 휘감고 있던 쇠사슬을 모조리 벗어 던졌다. 그러자 우락부락한 그의 상체가 그대로 드러났다.

후웅!

그가 공력을 끌어올리자 지독한 마기가 피어나 그의 몸을 휘감았다. 마치 검은 그림자처럼 넘실거리는 지독한 마기에 주위에 있던 젊은 무인들이 비틀거렸다.

천위강도 원개세의 몸에서 흘러나오는 마기를 느꼈다.

"이것은 마기? 원개세 백부는 마공을 익힌 적이 없는 것으로 알고 있는데."

그의 얼굴에 의문의 빛이 떠올랐다.

원개세가 혈마인이라는 별호를 얻었지만, 그것은 마공을 익혔기 때문이 아니었다. 그의 무공 자체가 패도적이었을 뿐, 마공이 아니라는 것은 이십 년 전에 다 알려진 사실이다. 단지 그의 성격이 폭급하고 다혈질이기에 결코 적을 용서하지 않아서 생긴 별명이었다.

이제까지 남은 기록 어디서도 원개세가 마공을 익혔다는 흔적은 없었다. 그런 그가 마기를 발출하니 모두가 황당한 표정을 짓는 것이 당연했다. 그러나 원개세는 외부의 시선에 아랑곳하지 않고 엄청난 마기를 발산하며 철군패를 향해 달려들었다.

쿠우우!

엄청난 마기가 철군패를 덮쳐왔다.

철군패의 입꼬리가 말려 올라갔다.

"역시……."

짐작했던 대로다.

그의 눈빛이 묵직하게 가라앉았다.

위잉!

그가 파멸력을 운용했다. 그의 몸속에서 가속을 시작한 기의 입자는 쪼개지고 또 쪼개지며, 더 이상 쪼개질 수 없을 때까지 미세하게 분열했다. 그런 후에 서로 부딪치고, 충돌하며 이 세상에 존재하지 않던 미지의 힘을 만들어내기 시작했다.

파멸력이었다.

파멸력이 운용되며 그의 근육이 더욱 부풀어 올랐다. 그렇지 않아도 밀도 높던 근육은 더욱 촘촘하게 얽히고 꼬이며 몸에 걸리는 부하를 견디기 시작했다.

그 상태로 그대로, 철군패는 파멸력이 담긴 일격포를 원개세를 향해 질렀다. 원개세 역시 지지 않고 거대한 마기의 덩어리를 철군패를 향해 던졌다.

"죽어랏! 애송이."

혈월강기(血月罡氣)라는 독문수법이었다. 마기를 응축해 상대의 지척에서 터트리는 극악한 수법이었다.

쿠와앙!

일격포와 혈월강기가 허공에서 격돌했다. 그 여파로 땅거죽이 일어나 뒤집혔을 정도였다.

"크윽!"

누군가의 답답한 신음성이 흘러나왔다.

신음성의 주인은 바로 원개세였다. 그가 고통으로 일그러진 표정으로 자신의 팔을 바라보고 있었다. 혈월강기를 발출한 손이었다. 혈월강기를 익히기 위해 무쇠보다 단단하게 단련한 그의 손이 기형적으로 꺾이고 뒤틀려 있었다. 관절사이로 하얀 뼈가 삐죽 삐져나와 있었고, 혈관이란 혈관이 온통 터져 선혈을 흘리고 있었다.

파르르!

손에 힘이 들어가지 않았다.

"크윽! 이럴 수가."

직접 부딪친 것도 아니었다. 그는 혈월강기를 이용해 원거리에서 공격했다. 그런데도 타격을 입었다. 혈월강기를 산산이 파괴한 철군패의 파멸력은 그의 팔을 타고 몸으로 침투하고 있었다. 파멸력이 침투하는 경로의 혈도가 모조리 파괴되고 있었다. 살아있는 그 어떤 것도 용납하지 않겠다는 듯이 오른손을 타고 전신에 퍼져나가려는 파멸력 앞에 그의 육신이 모래성처럼 붕괴될 위험에 처해 있었다.

"크윽! 젠장!"

결국 원개세가 이를 악물더니 자신의 팔을 다른 팔로 내리쳤다. 파멸력이 침투한 팔이 어깨에서 떨어져 파득거렸다. 방금 전까지 멀쩡하던 팔을 내려다보는 원개세의 얼굴이 처참하게 일그러져 있었다.

"아앗!"

"저 얼굴은?"

그 순간 곳곳에서 경호성이 터져 나왔다.

한 팔을 잃은 원개세의 얼굴이 전혀 다른 얼굴로 변해 있었다. 바뀐 얼굴은 조금 전의 그것과 거리가 멀었다.

그 모습을 보며 철군패가 중얼거렸다.

"역시 그랬군."

"뭐가 말이냐?"

아직 자신의 역용이 풀린 것을 모르는 남자가 살기어린 목소리로 물었다.

"역시 원개세가 아니었군."

"그걸 어떻게? 설마?

그제야 그가 한 가지 사실을 떠올리고 자신의 얼굴을 더듬었다. 그러자 변한 골격이 느껴졌다. 철군패의 파멸력에 당한 충격으로 그만 역용이 풀리고 만 것이다.

그가 자신의 얼굴을 만지며 물었다.

"크으! 처음부터 내가 원개세가 아닌 것을 안 것이냐?"

"원개세가 아닐 거라고 짐작은 했지."

"어떻게?"

"쇠사슬을 쓰는 솜씨가 서툴렀거든. 내가 아는 원개세는 그렇게 쇠사슬을 무식하게 쓰지 않았으니까."

"크윽!"

"이제 순순히 정체를 밝히시지? 남의 흉내나 내는 조잡한 늙은이."

철군패가 팔짱을 끼고 원개세로 변장했던 사내를 바라보았다. 그 모습이 사내에게는 더욱 굴욕적으로 느껴졌다. 그에 사내는 오기가 치밀어 오르는 것을 느꼈다.

"내 이름은 초문외다."

"초문외? 처음 듣는 이름이군."

"마해의 십대장로 초문외. 그게 바로 나다."

사내가 자신의 정체를 밝혔다. 이렇게 된 이상 정체를 숨길 이유가 없었다. 차라리 정체를 밝혀 혼란을 유도하는 것이 나았다.

초문외의 발언에 주위에 있던 모든 이들이 경악을 금치 못했다. 그중에서도 천위강의 놀람은 극에 달해 있었다.

"마해의 십대장로가 세상에 나왔단 말인가?"

그가 왜 원개세로 분해 살육을 자행했는지는 알 수 없었지만, 마해의 십대장로 중 한 명이라는 것만으로도 놀랄 이유는 충분했다.

철군패가 물었다.

"왜 마해의 십대장로가 혈마인 원개세 행세를 한 거지?"

"흐흐! 그야 당연하지 않느냐? 그래야만 원개세를 끌어낼 수 있을 테니까."

"그와 개인적인 원한이라도 있나?"

"그것까지 네놈에게 알려줄 필요는 없을 듯싶구나."

초문외가 눈을 희번덕거렸다.

철군패가 애송이라는 마음은 이미 버렸다. 직접 부딪쳐본 철군패의 강함은 상상을 초월했다. 비록 그가 십대장로의 말석을 차지하고 있다지만, 그래도 마해의 상위 서열 삼십 위 안에 들어가는 강자였는데, 철군패의 일격을 견디지 못했다.

더구나 철군패의 일격에 담긴 미지의 힘은 그와 같은 마공을 익힌 자들에게 상극이나 마찬가지였다. 파멸력은 결코 자신에게 거스르는 다른 기운을 용납하지 않으니까. 그중에서도 마기에 대한 반발력은 상상을 초월할 정도다. 천마를 멸하기 위해 탄생한 기운이니만큼, 마기를 적대하는 성향은 현존하는 그 어떤 기운보다도 강렬하다.

파멸력에 당한 순간 초문외는 깨달았다. 철군패가 갖고 있는 힘이야말로 마기를 기반으로 익히는 무공에 최악의 상성을 갖고 있다는 사실을. 그리고 철군패의 무공은 마기를 지닌 자를 파괴하기 위해 만들어진 것이 분명하다는 사실도.

'어디서 이런 놈이 나타났단 말인가? 어쩌면 이자야말로 본 해의 행사에 가장 큰 방해물이 될지도 모르겠구나.'

초문외는 철군패에게서 거대한 벽을 느꼈다. 단지 덩치만 거대한 것이 아니라, 그의 몸에서 뿜어져 나오는 거대한 존재감이 그렇게 느끼게 만든 것이다.

츠으으!

거친 숨을 토해내는 철군패의 모습이 마치 야생의 짐승 같았다. 짐승의 붉은 눈빛이 그를 노려보고 있었다. 그 압박감에서 벗어나기 위해, 초문외는 커다란 외침을 토해냈다.

"으아아아!"

가공할 공력이 담긴 그의 외침에 천위강을 비롯한 젊은 무인들이 비틀거렸다.

초문외가 다시 철군패를 향해 달려들었다. 그 모습이 자살하지 못해 안달이 난 사람 같았다. 보통 사람이었다면 기가 질릴 만큼 섬뜩한 모습이었다. 하지만 철군패는 보통 사람이 아니었다. 그가 다시 초문외를 향해 일격포를 날렸다.

그 순간 전혀 예상치 못했던 일이 벌어졌다. 철군패를 덮쳐오던 초문외가 갑자기 뛰어오르더니 허공에서 몸을 뒤틀어 엉뚱한 방향으로 날아갔다. 철군패와 맞서 싸우길 포기하고 도주를 택한 것이다.

그 누구도 예상하지 못한 일이었다. 설마 초문외 같은 거물이 적에게 등을 보이고 도주를 택하다니. 바꿔 말하면 철군패의 존재감이 그만큼 크다는 뜻이기도 했다.

후웅!

철군패의 일격포는 헛되이 허공을 갈랐고, 초문외는 순식간에 해왕상단의 벽을 뛰어넘어 사라졌다.

살아남은 젊은 무인들이 초문외를 격퇴한 철군패를 경외의 시선으로 바라보았다.

단지 그 이름만으로도 천하를 공포에 몰아넣는 불가해의 단체, 마해. 그 마해의 십대장로 중 한 명을 단번에 패퇴시킨 남자. 젊은 무인들 사이에서 철군패라는 이름 세 글자가 깊이 각인되는 순간이었다.

이제부터 그들은 절대 철군패라는 이름을 잊지 못할 것이다.

*　　*　　*

서도형이 빠르게 걸음을 옮겼다.

"으음! 이건 예상보다 더하지 않은가? 설마 마해의 십대장로 중 한 명이 별반 힘을 쓰지도 못하고 도주할 줄이야."

그의 얼굴은 더할 수 없이 딱딱하게 굳어 있었다. 모두가 철군패에게 환호하던 그 순간, 오직 그만 조용히 해왕상단을 빠져나왔다.

지금쯤이면 해왕상단에 있는 천위강이나 젊은 무인들이 자신에게 휘둘렸다는 사실을 알아차렸을 것이다. 그들이 진위여부를 따져오면 골치 아프게 될 것이 분명했다.

서도형의 발걸음이 형문으로 향하고 있었다. 해왕상단을 빠져나가는 그의 발걸음이 가벼웠다. 해왕상단에서 멀어질수록 그의 발걸음은 점차 빨라졌다. 세상에 알려진 서도형의 무력으로는 불가능한 속도의 경공술이었다.

서도형이 막상 형문에 도착해서 들어간 곳은 형문서가가 아니라 인근의 대장간이었다. 온갖 농기구와 싸구려 도검이 가득 쌓여있는 대장간으로 들어가자 윗옷을 벗어젖힌 장인이 놀란 표정으로 그를 맞이했다.

"사자님께서 어찌 여기에?"

"본련에 전할 소식이 있다. 어서 전서구를 띄울 준비를 하거라."

"알겠습니다. 그럼 서신은?"

“내가 직접 작성하겠다.”

“바로 준비하겠습니다.”

장인이 급히 지필묵을 내왔다. 그러자 서도형이 급히 서신을 작성하기 시작했다. 서도형은 작성한 서신을 장인에게 넘겨줬다. 그러자 장인이 미리 준비해두었던 전서구의 다리에 서신을 매달았다.

이제 전서구를 날려 보내기만 하면 됐다. 장인이 전서구를 날리기 위해 밖으로 나가려다 갑자기 소리쳤다.

“누구냐?”

장인의 외침에 서도형이 급히 뒤돌아봤다. 그 순간 장인이 근처에 있던 칼을 들고 누군가를 공격하는 모습이 보였다. 그러나 칼이 낯선 침입자에게 닿기도 전에 섬광이 번쩍이더니 장인이 피를 허공에 흩뿌리며 쓰러졌다.

“크억!”

장인은 쓰러지고 그가 들고 있던 전서구는 침입자에게 빼앗기고 말았다. 침입자는 전서구의 다리에 묶여져 있던 서신을 꺼냈다.

“네놈은?”

서도형이 상대의 얼굴을 알아봤다.

철군패의 뒤에 있어 주목하지 않았던 사내, 검운영이었다. 철군패의 존재감에 가려져있어 그다지 신경 쓰지 않던 사내가 어느새 자신의 뒤를 추적해온 것이다. 그가 이곳까지 따라오는 동안 서도형은 존재조차 눈치 채지 못했다.

서도형이 노려보건 말건 검운영은 서신을 펼쳐봤다. 서신을 읽어 내리는 그의 눈이 날카로워졌다.

"역시 당신이었군."

"네놈!"

"어째 처음부터 이상하다고 생각했었지."

검운영의 목소리가 차가웠다.

서신의 말미에는 분명 그렇게 적혀 있었다.

은구사자(銀具使者).

그 말은 곧 서도형이 은구사자라는 말과 다르지 않았다. 어째서 서도형이 은구사자가 되었는지는 모르지만, 그가 은구사자라는 사실만은 분명해보였다. 이제까지 이상해보였던 서도형의 행동이 그 모든 사실을 증명하고 있었다.

철군패와 천위강을 일부러 대립시킨 일, 천위강으로 하여금 초문외를 막게 한 뒤 젊은 무인들을 충동질하여 대량살상이 일어나게 유도한 일은 모두 반천련에 도움이 되는 일이었다.

마해와 구주천가를 이간질하여 전력을 약화시킨 것만으로도 의심의 여지는 충분했다.

서도형의 딱딱하게 굳은 얼굴을 바라보며 검운영이 말을 이었다.

"뜻밖이군. 설마 형문의 명문인 형문서가의 대공자가 반천련의 은구사자일 줄이야. 그런 사실을 형문서가에서도 알고 있는가?”

서도형의 얼굴에 진득한 살기가 피어올랐다.

“어떻게 안 것이냐?”

“처음부터 이상하다고 생각했었지. 그래서 처음부터 예의주시하고 있었다.”

“그런데도 내가 몰랐단 말인가?”

서도형과 같은 고수가 상대의 눈빛을 몰라보았단 사실이 시사하는 바는 결코 작지 않았다. 상대의 능력이 서도형에 못지않거나, 그만큼 자신을 숨기는데 익숙하단 뜻이었다. 어쩌면 두 가지 모두일지도 몰랐다.

서도형이 허리를 쭉 펴며 말했다.

“이 사실을 멸제도 알고 있는가?”

“형님은 처음부터 당신을 주목하고 있었지.”

사실 검운영이 서도형을 주목하고 은밀히 추적한 데는 철군패의 영향도 있었다. 철군패는 분명 서도형의 눈빛을 어디선가 본 적이 있다는 사실을 떠올렸다. 곰곰이 생각하던 그는 서도형의 눈빛이 중원에 넘어왔을 때 격돌했던 은구사자와 비슷하단 사실을 깨달았다. 그 직후 철군패는 검운영에게 서도형의 일거수일투족을 감시하라고 명령했다.

이제야 자신이 철군패의 손바닥 위에서 놀아났다는 사실을 깨달은 서도형은 진득한 살기를 피워 올렸다.

“쓸데없는 궁금증이 명을 단축시켰구나.”

"누가 명줄을 단축시켰는지는 두고 보면 알겠지."

검운영의 살기도 결코 서도형 못지않았다. 이제까지 철군패의 뒤에서 궂은일을 해왔기에 별로 표가 나지는 않았지만, 검운영은 북풍대의 부대주를 맡고 있는 극강의 무인이었다. 그의 기도는 결코 서도형, 아니, 은구사자에게 뒤지지 않았다.

서도형의 시선이 검운영의 손에 들린 서신으로 향했다. 어떻게 해서든 서신을 빼앗고 모든 증거를 인멸해야 했다. 자칫하면 그가 이제까지 형문서가에서 진행해온 모든 일이 물거품으로 돌아갈 수 있었다.

서도형이 품속으로 손을 넣었다. 잠시 후 모습을 드러낸 그의 손에는 은빛의 가면이 들려 있었다. 서도형이 은빛 가면을 쓰자 은구사자 본연의 모습으로 되돌아왔다.

"염라사자를 만나면 내가 보내서 왔다고 대답하거라."

"후후! 광오하군."

은구사자의 살기어린 음성에 검운영이 피식 웃었다.

평생토록 전장을 전전해온 검운영이었다. 삶과 죽음의 경계를 수없이 넘나든 그에게 이 정도의 살기는 결코 위협이 될 수 없었다.

그가 검을 꺼내들었다.

"그럼 시작해볼까?"

쩌어엉!

말이 채 끝나기도 전에 그들이 격돌했다.

제 8장

마해출세(魔海出世)

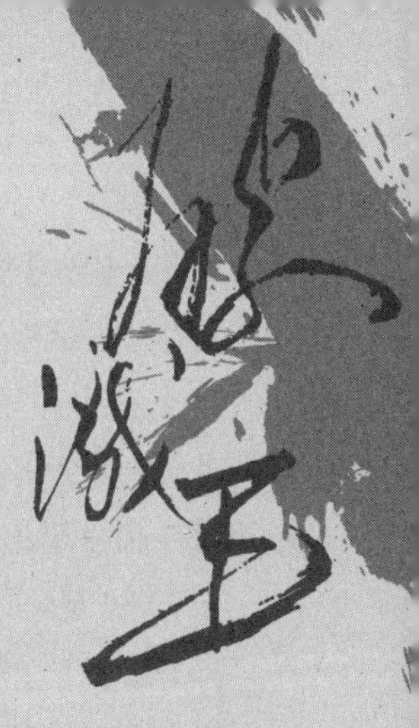

“크으으!”

초문외가 커다란 나뭇등걸에 등을 기댄 채 거친 숨을 토해냈다. 잘려나간 오른팔에서 느껴지는 통증보다 도주했단 굴욕감이 그의 마음을 더 아프게 했다.

“그에겐 항거할 수조차 없었다. 이 내가 대항할 마음조차 먹지 못하다니.”

죽음이 두려워 도주한 것은 아니었다. 단지 헛되이 죽기 싫었을 뿐이었다.

“그자를 반드시 죽이겠다고 맹세했다. 그때까진 결코 죽을 수 없다.”

철군패의 출현은 예상 밖의 일이었다.

만일 철군패가 나타나지 않았다면 모든 것이 그의 뜻대로 되었을 것이다. 덤으로 구주천가의 후계자의 목숨도 취할 수 있었을 것이다. 하지만 그의 의도는 모두 물거품으로 돌아갔고, 게다가 이제 팔을 하나 잃은 불쌍한 처지가 되고 말았다.

"크윽! 젠장!"

초문외가 잘려나간 부위를 지혈하며 연신 욕설을 내뱉었다. 방금 전까지 멀쩡했던 팔이 없다는 게 실감이 나지 않았다. 하지만 생생한 현실이었다. 잘려나간 부위에서 느껴지는 통증이 그 사실을 증명해주고 있었다.

그렇게 초문외가 거친 숨과 함께 고통을 억누르고 있을 때였다.

좌르륵!

갑자기 날카로운 파공음과 함께 무언가가 날아와 초문외와 나무를 한꺼번에 휘감았다.

"크윽!"

졸지에 나무에 묶이게 된 초문외가 거친 신음성을 터트렸다. 그가 자신과 나무를 동시에 칭칭 동여맨 물체를 바라봤다.

그것은 사슬이었다.

어른 엄지손가락 굵기에 은색으로 빛나고 있는 쇠사슬.

"이건?"

초문외의 눈동자가 흔들렸다.

그의 얼굴이 사색이 된 것도 바로 그 무렵이었다.

촤하학!

그 순간, 그와 나무를 휘감은 쇠사슬이 무서운 힘으로 조여왔다. 마치 먹이를 칭칭 감아 질식시키는 뱀처럼 무서운 힘과 기세로 그와 나무를 죄어오는 은빛 쇠사슬.

콰가각!

은빛 사슬의 강력한 힘에 거대한 나무가 비명을 지르며 파괴되기 시작했다. 이대로 가만있다간 초문외의 몸도 두 동강이가 날 판이었다.

"챠핫!"

초문외가 급히 공력을 끌어올리며 호신강기를 펼쳤다. 그러자 무서운 기세로 조여오던 은빛 사슬이 멈칫했다. 초문외는 그 틈을 놓치지 않고 나뭇등걸을 산산조각 내어 틈이 벌어진 사이에 몸을 날려 은빛 쇠사슬의 속박에서 벗어났다.

은빛 사슬에서 벗어난 초문외가 한숨을 돌리며 자신을 습격한 자가 누군지 살펴볼 때였다.

슈우욱!

나무를 파괴한 은빛 사슬이 궤도를 바꿔 그에게로 날아와 발목을 휘감았다.

"크윽!"

초문외가 인상을 쓰며 사슬을 풀어내려는 순간 그의 몸이 무서운 속도로 쑥 딸려 내려갔다.

쿠와아앙!

초문외의 몸이 바닥에 처박히며 굉음과 함께 누런 먼지가 피어올랐다. 그가 처박힌 자리에 깊은 구덩이가 패였다.

"도대체?"

겨우 정신을 차린 초문외가 고개를 내저으며 영문을 파악하려 했다. 하지만 그 순간 다시 다리에 감긴 쇠사슬이 그의 몸을 허공으로 띄웠다가 바닥에 처박았다.

쿠와앙!

"크헉!"

초문외가 피를 토해냈다. 그리고 다시 한 번 발목에서 느껴지는 강력한 힘. 이번에는 초문외도 쉽게 당할 생각이 없었다.

파캉!

그가 급히 혈월강기를 발출해 쇠사슬을 강타했다. 그 충격으로 발목을 조이고 있던 쇠사슬이 느슨해졌다. 그 사이에 초문외가 빠져나와 외쳤다.

"누구냐? 누구기에 비겁하게 암습을 하는 것이냐?"

"흐흐! 네놈이 나를 부르지 않았더냐?"

"뭣이?"

"내 행세를 하고 학살을 벌인 것은 나를 부르기 위함이 아니었더냐?"

고막을 파고드는 탁하면서도 거친 목소리. 그것은 초문외가 이제까지 역용을 하면서 흉내 낸 누군가의 목소리와 놀랍게 닮아 있었다.

"설마?"

초문외의 고개가 목소리가 들려온 방향으로 향했다.

그가 있는 곳에서 그리 멀리 떨어져있지 않은 커다란 바위 위에 거구의 남자가 서있었다. 파르라니 민 대머리가 인상적인 남자. 울퉁불퉁 솟아오른 근육이 위압적인 거구의 사내.

초문외의 눈이 크게 떠졌다.

"너는 혈마인 원개세?"

"그렇다. 내가 바로 원개세다. 산 채로 회를 쳐 먹어도 시원치 않을 빌어먹을 새끼야."

스스로를 원개세라고 밝힌 사내의 음성이 쩌렁쩌렁 울려 퍼졌다.

그는 원개세였다.

이십 년 전, 십전제와 더불어 마해의 난을 평정했던 희대의 무인. 지난 이십 년 동안 종적을 거의 노출시키지 않았던 그 사내가 다시 강호에 모습을 드러낸 것이다.

쿠우우!

그의 엄청난 살기에 주위의 대기가 요동쳤다. 원개세로 분했던 초문외조차도 결코 발산하지 못했던 엄청난 살기가 주위를 지배했다.

"흐흐! 나를 불러냈으니 그만한 대가를 치러야 할 것이다."

"으음!"

　　진짜 원개세가 살기를 피워 올리며 초문외에게 다가왔다. 그만큼 초문외의 얼굴빛이 침중해졌다.

　　"내가 너를 불러낸 진짜 이유를 알고 싶지 않으냐?"

　　"크흐흐! 이유 따윈 알고 싶지 않아. 중요한 건 네놈이 내 행세를 했다는 것이고, 그에 대한 대가를 반드시 치러야 한다는 것이지."

　　"네놈은 정말 마인이 분명하구나. 이십 년 전이나 지금이나 달라진 것이 하나도 없어. 네놈은 '천일산'이라는 이름을 아직 기억하고 있느냐?"

　　"그런 이름 따윈 생각나지 않아."

　　"이십 년 전 네놈이 무참히 죽인 본해의 십대장로 중 한 명이었다. 네놈의 수작 때문에 연인인 설상영을 인질로 잡혀 처참하게 죽임을 당했지. 나는 그 복수를 하기 위해 강호에 나왔다."

　　"흐흐! 이제야 기억나는군. 천가의 핏줄인 주제에 오히려 천가를 배반하고 마해의 편에 붙었던 더러운 후레자식을 말하는 거구나. 그런 자의 복수라니, 네놈도 별 볼일 없는 놈이로구나."

　　"그를 모욕하지 마라. 비록 그가 구주천가의 사생아라고 하지만, 나에겐 가장 소중한 친구였고, 동료였다. 나는 그의 죽음 앞에 맹세했다. 어떻게 해서든 복수를 하겠다고."

　　"그래서 내 이름에 먹칠을 했느냐? 스스로 무덤을 팠구나. 네놈의 뜻대로 내가 나왔다. 이제 어찌하려느냐?"

　　"죽이겠다. 반드시!"

"흐흐! 그것도 재밌겠구나. 그동안 무료했는데."

원개세의 얼굴위로 흉측한 미소가 떠올랐다.

그는 진심으로 잘되었다는 듯이 웃고 있었다. 초문외가 자신의 이름과 모습으로 살육을 벌였다는 사실 따윈 이미 머릿속에서 날아간 지 오래였다. 지금 이 순간, 목숨을 걸고 다시 한 번 싸울 수 있다는 사실이 그저 기꺼울 뿐이었다.

"흐흐! 마해의 개면 그냥 숨죽이고 있을 것이지, 죽을 자리를 찾아와 발악을 하는구나. 덤벼라, 마해의 더러운 종자야."

"원개세, 죽어도 반드시 너와 함께 죽을 것이다. 차하핫!"

"할 수 있으면 해보려무나."

쿠우우!

원개세의 마지막 말과 함께 은빛 사슬이 커다란 궤적을 그리며 초문외를 향해 날아갔다. 초문외 또한 혈월강기를 끌어올려 원개세에게 맞서갔다.

쿠콰쾅!

천번지복의 굉음과 함께 땅거죽이 뒤집어지고, 아름드리나무가 송두리째 뽑혀 사방으로 날아갔다. 은빛 사슬이 공기를 가르고, 땅을 갈랐다. 초문외가 은빛 사슬을 피해 이리 뛰고 저리 뛰며 살수를 연이어 펼쳐냈다.

초문외가 원개세를 흉내 내어 펼칠 때와는 비교도 할 수 없을 정도로 은빛 사슬의 궤적이 정묘하며 날카로웠다. 독아를 드러낸 독사처럼, 은빛 사슬은 초문외의 허점을 무섭게 파고들었다.

파카카캉!

허공에서 파열음이 연신 터져 나왔다.

"크하하!"

원개세의 광소가 허공을 가득 울렸다. 그는 진심으로 즐거워서 어쩔 줄 모르겠다는 표정으로 쇠사슬을 휘둘렀다. 그때마다 초문외의 몸이 폭풍을 만난 가랑잎처럼 위태롭게 휘청거렸다.

'크윽! 한쪽 팔만 온전했다면……'

몸이 온전해도 승부를 장담할 수 없는 상대였다. 그런 존재를 상대로 한쪽 팔만으로 싸운다는 것은 초문외에게 극히 불리했다.

후두둑!

은빛 쇠사슬이 그의 옆구리를 스쳐지나가면서 살점이 한 움큼 떨어져나갔다. 초문외의 얼굴이 고통으로 물들어갔다. 한쪽 팔이 없어 균형을 잡지 못해 일어난 일이었다.

원개세는 결코 빈틈을 놓치지 않았다.

좌르륵!

순식간에 십여 개의 쇠사슬이 더 뻗어 나와 초문외의 몸을 휘감았다. 초문외가 호신강기를 끌어올려 빠져나가려 했지만, 이번에는 전처럼 되지 않았다.

"크흐흐! 죽어랏!"

"크아악!"

원개세의 광소와 초문외의 비명이 동시에 울려 퍼졌다.

쇠사슬이 죄어오면서 살이 찢겨나가고, 근육다발이 올올이

끊겨버렸다. 엄청난 압력으로 혈관이 온통 터져나가며 초문외의 몸이 시꺼멓게 변해갔다.

초문외가 몸부림을 치며 벗어나려 했지만 소용없었다. 원개세가 오히려 쇠사슬에 더욱 막대한 공력을 주입시켰다.

콰드득!

피분수가 솟아오르면서 초문외의 뼈가 부서지는 소리가 울려퍼졌다. 그래도 원개세는 멈출 줄을 몰랐다. 그가 살기어린 눈을 번들거리며 더욱 힘을 주었다.

푸화학!

"으아악!"

처참한 비명소리와 함께 초문외의 몸이 쇠사슬에 의해 갈기갈기 찢겨나갔다. 순식간에 잘게 다진 고기처럼 해체된 초문외의 시신이 바닥에 후드득 떨어졌다.

그 어디에도 초문외라는 인간이 존재했단 흔적 따윈 존재하지 않았다. 그래도 원개세는 분이 풀리지 않는 듯 씩씩거렸다.

"크흐흐! 뭐가 이렇게 싱거운 것이냐? 역시 그 애송이에게 타격을 입어서 전력을 발휘하지 못한 것인가?"

오랜만에 피가 끓다 말았다. 차라리 아니 하느니만 못하게 됐다. 이 뜨거운 피를 식혀줄 상대가 필요했다.

원개세는 초문외와 싸웠던 상대를 떠올렸다.

자신만큼이나 거대하고, 자신만큼이나 패도적인 그자의 얼굴을 말이다.

"크하하!"

원개세가 광소를 터트리며 허공으로 몸을 뽑아 올렸다. 그가 향하는 방향에 해왕상단이 존재했다.

*   *   *

쿠웅!

은구사자의 몸이 십여 발자국이나 뒤로 밀렸다. 그가 밀려난 바닥에는 깊은 족적이 남았다. 이미 대장간은 초토화가 되어 있었다. 바닥에는 농기구와 검 따위의 쇠붙이들이 흩어져 있었고, 뜨거운 열기를 내뿜던 화로는 불이 꺼진 지 오래였다.

"흐으!"

은빛 가면 사이로 거친 숨이 흘러나왔다.

은구사자의 눈에 당혹한 빛이 떠올라 있었다.

'대단하구나. 일개 부대주 따위가 나와 동수를 이루다니.'

손바닥이 쩌릿한 것이, 마치 마비된 것 같았다. 그 모든 것이 검운영과 격돌한 결과였다.

검운영의 옷 곳곳에도 베인 흔적이 남아있었다. 하지만 대부분의 흔적이 옷에 국한된 것일 뿐 그의 육신에는 그 어떤 생채기도 남아있지 않았다.

칠백 년 전 초인인 광도 연성휘의 광도진결(光刀眞決)을 익힌 후 시간을 쪼개 참오해온 그였다. 그의 무공 성취는 중원으로 넘어오기 전보다 배 이상은 높아진 상태였다. 때문에 은구사자를 상대로도 전혀 밀리지 않는 무위를 보여주고 있었다.

은구사자와의 결전으로 검운영은 자신의 무공에 대한 자신감을 얻었다. 집단 간의 싸움이나 군대를 이끄는 전투에는 누구보다 익숙한 그였지만, 이렇게 일대일의 대결은 많이 해보지 못했기에 자신의 능력에 의문을 품었던 것이 사실이었다. 하지만 은구사자와의 대결을 통해, 그는 개인의 무력에 있어서도 자신이 결코 뒤떨어지지 않는다는 사실을 깨달았다.

쉬익!

그의 검이 날카로운 호를 그리며 은구사자의 목을 향해 날아갔다. 화려한 변초는 없었지만, 대신 날카롭고 빨랐다. 그리고 정확했다. 한 치의 흔들림도 없는 검운영의 공격에, 은구사자가 섭선을 휘둘러 전면을 보호했다.

쩌엉!

검운영의 검과 은구사자의 섭선에서 일어난 강기가 격돌하며 공기가 요동쳤다.

쉬쉭!

그 후로도 검운영의 검이 날카롭게 쏘아지며 은구사자를 압박했다. 비록 은구사자처럼 내내 강기를 일으키는 것은 아니었지만, 필요할 때마다 검첨에 공력을 집중하여 위력을 극대화시켰다.

더구나 은구사자는 왼팔이 온전한 상태가 아니었다. 예전에 화진천과 함께 철군패를 합공했다가 당한 상처가 아직 회복되지 못한 것이다. 그 때문에 은구사자는 평소였다면 호각으로 싸웠을 검운영에게 밀리고 있었다.

"서도형이 진짜 정체인가? 아니면 서도형을 죽이고 그 자리를 차지한 것인가?"

검운영이 물었다. 하지만 은구사자는 대답할 틈이 없었다. 온 신경을 집중해 검운영의 공세를 막는 데 급급했기 때문이다.

시간이 흐를수록 검운영의 검은 더욱 빨라지고, 더욱 정묘해졌다. 그리고 더욱 독랄해졌다.

지금 이 순간, 검운영은 크나큰 전환점을 맞이하고 있었다.

은구사자와의 대결을 통해서 자신의 수준을 한 단계 더 끌어올리고 있는 것이다. 자신과 겨루기에 전혀 손색이 없는 존재를 상대하면서 이제까지 머릿속에서 막연히 생각만 하고 있던 초식으로 공격하고, 상대의 공격을 막아내면서, 검운영은 발전에 발전을 거듭하고 있었다.

"이럴 수가!"

은구사자도 그런 사실을 깨닫고 기막힌 표정을 지었다.

간혹 전투 중에 자신의 수준을 끌어올린다는 자가 있다는 이야기를 듣긴 했지만, 하필 자신의 상대에게 그런 일이 벌어지다니.

기가 막히기도 했지만, 한편으로 전율이 일기도 했다.

'이자는 겨우 삼백 명 중 한 명에 불과하지 않은가? 그렇다면 북풍대라는 조직 전체가 이런 자들로 이뤄졌단 말인가? 설마 그렇지는 않겠지.'

상상만 해도 끔찍했다. 그가 상상할 수 있는 가장 최악의 악몽이 그려지는 듯했다.

스걱!

그렇게 잠시 불길한 상상에 빠져있을 때, 검운영의 검이 그의 어깨에 긴 자상을 남겼다. 불같은 통증에 은구사자가 크게 놀라며 뒤로 물러났다. 하지만 검운영은 그에게 여유를 남겨주지 않고, 따라 붙으며 검을 뻗었다.

검 끝에 어린 붉은 기운이 불길하게 느껴졌다.

은구사자의 눈이 크게 흔들렸다.

맞설 것인가? 물러설 것인가?

이미 자존심이 상할 대로 상한 은구사자였다. 여기서 물러나게 되면 더 이상 자존심을 회복할 수 없게 될지도 몰랐다.

"크윽!"

그가 입술을 질근 깨물었다.

그러나 갈등도 잠시, 이내 그가 모종의 결단을 내렸다.

갑자기 그가 공력을 가득 주입한 섭선을 검운영을 향해 내던졌다. 검운영의 코앞까지 날아온 섭선이 갑자기 부르르 떨리더니 폭발을 일으켰다.

콰앙!

심상치 않은 기색을 느낀 검운영이 뒤로 물러나 폭발을 겨우 피했다. 고개를 드니 산산조각 난 섭선의 파편이 사방에 박혀 있었다.

"으음!"

검운영이 서둘러 은구사자를 찾았지만, 이미 그는 사라지고 보이지 않았다.

"이런!"

그제야 검운영이 은구사자의 의도를 깨닫고 낭패한 표정을 지었다. 이미 은구사자를 추적하기엔 너무 늦었다.

"휴우! 어쩔 수 없군."

검운영이 탄식을 내뱉었다. 은구사자가 도망감으로써 자신이 심득을 얻는 것도 여기까지인 듯싶었다.

일단 서도형이 은구사자란 사실을 밝힌 것만으로도 만족스러운 상황이다. 다만 은구사자에게서 대답을 듣지 못했으니, 우선은 은구사자가 서도형 본인인지 확인해야 할 것이다. 형문서가에 죄를 묻는 것은 그 후의 일이다.

검운영이 초토화가 된 대장간을 벗어나려 할 때였다. 그는 엉망이 된 대장간의 좌판 밑에 삐죽 삐져나온 다리 한 쌍이 보였다. 좌판을 치우자 대장간의 가공할 열기에 바싹 말라버린 시신이 보였다. 시신의 얼굴을 확인하는 순간 검운영이 한숨을 내쉬었다.

"그도 피해자였군."

비록 비쩍 마르긴 했지만 시신의 얼굴은 분명 서도형의 것이었다. 은구사자가 서도형을 은밀하게 암살하고 시신을 감춘 후 이제까지 그의 행세를 했던 것이다. 이로써 형문서가에는 죄가 없다는 것이 증명됐다.

"하긴 일 년에 서너 차례밖에 외부에 모습을 보이지 않았으니
정체를 숨기는 것도 그리 어렵지 않았겠지."

거리에서 사람들이 몰려오는 소리가 들렸다. 검운영은 급히
대장간에서 모습을 감췄다.

*　　*　　*

철군패는 검운영이 내민 서신을 읽어 내렸다.

멸제 형문에 등장.
그의 무력은 예상을 상회하는 수준임. 마해의 십대장로 중 한
명인 초문외와의 결전으로 미뤄볼 때, 능히 신주십대고수의 상
위 서열을 차지할 수 있을 것으로 보임.
잘만 이용하면 그와 구주천가를 충돌하게 만들 수도 있을 것
같음. 그러기 위해서는 몇 가지 준비가 필요함.
십이사조 측에 협조를 구해서 일을 진행시켜볼 생각임.
앞으로 련주님의 행보를 위해선 멸제를 최대한 이용하는 것
이 좋을 듯함.

-형문에서 은구사자 올림-

"역시 그랬군."

서신을 모두 읽은 직후 철군패가 고개를 끄덕였다. 그가 서신
을 단월과 남정옥에게도 건네주었다. 그들 모두 서도형이 은구

사자란 이야기를 듣고 놀랐다. 그들도 의심을 하긴 했지만, 설마 은구사자가 변신을 했으리라고는 짐작조차 못한 것이다.

"진짜 서도형은 이미 이 세상 사람이 아니겠군."

"그렇습니다. 그는 우리가 형문에 도착하기 며칠 전에 살해를 당한 듯싶었습니다. 아마 지금쯤이면 형문서가에서도 대장간의 시신을 발견하고 조사에 들어갔을 겁니다."

"음!"

철군패가 고개를 끄덕였다.

이로서 모든 의혹이 해소됐다. 은구사자가 어떻게 서도형으로 변신하고, 왜 그렇게 철군패와 천위강 사이에 분란을 조장했는지 알 것 같았다.

반천련은 철군패와 구주천가를 충돌시킬 생각이었던 것이다.

"반천련이 왜 그렇게 구주천가를 증오하는지 알 수는 없지만, 매우 위험한 존재인 것만은 확실하군."

"그런 것 같습니다. 앞으로도 이들 때문에 골치 아픈 일이 벌어질 것이 분명합니다."

"앞으로 무영문의 전력을 동원해 이들의 정체를 밝히겠어. 이 이상 반천련이라는 단체에 휘둘리는 것은 사양하고 싶어."

검운영과 단월의 대답에 철군패 또한 동의했다.

겉으로 드러난 창보다 어둠 속에 숨어서 노리는 화살이 더욱 무서운 법이다. 반천련은 구주천가보다 더욱 껄끄러운 암전(暗箭)이었다.

"반천련주가 누구인지는 모르지만, 구주천가에 대단한 원한
이 있는 것만은 분명하군."

"칠백 년 동안 무림의 정상에 군림한 곳이 구주천가야. 수많
은 사람들의 피와 눈물 위에 그들만의 성을 쌓았지. 그만큼 많
은 원한을 맺었을 거야. 그중 한 명, 혹은 다수가 복수를 꿈꾼다
고 해도 이상한 일은 아니지."

한 세력이 무림을 지배하는 것이 얼마나 힘든 일인지 단월은
잘 알고 있었다. 더군다나 한 세력이 칠백 년 동안을 무림의 정
점에서 지배해왔다면 얼마나 많은 원한을 쌓아왔을지 쉬이 짐
작조차 가지 않았다.

철군패의 시선이 천위강에게 향했다.

천위강은 아직도 충격에서 벗어나지 못한 모습이었다. 그도 그
럴 것이, 그가 원개세라고 철석같이 믿었던 인물이 사실은 마해
의 십대장로 중 한 명이었던 데다, 그마저도 철군패에게 제대로
된 공세 한 번 펼치지 못하고 철저하게 농락을 당했기 때문이다.

지금 천위강의 가슴엔 분노와 부끄러움이 하나 되어 소용돌
이치고 있었다. 그의 곁에 젊은 무인들이 있었지만, 그 누구도
그를 위로하지 못했다.

철군패는 일행과 함께 걸음을 옮겼다.

어차피 이 이상 이곳에 용건은 없었다. 이곳을 수습하는 것은
저들의 몫이었다. 자신이 할 수 있는 일은 아니었다.

다행인지 불행인지, 천위강과 젊은 무인들은 철군패가 나가

는 것을 멍하니 바라볼 뿐, 제지하지 않았다. 그렇게 철군패와 일행은 해왕상단을 빠져나올 수 있었다.

"오늘의 시련이 그를 성장하게 할 것인지, 그도 아니면 주저 앉게 만들 것인지는 오직 그 자신에게 달려있다."

"그래도 명색이 구주천가의 후계자인데 이대로 주저앉겠습니까? 금방 훌훌 털고 일어나겠죠."

"그럼 다행이고."

검운영의 말에 철군패가 고개를 끄덕였다.

어차피 그가 천위강에게 해줄 수 있는 일은 아무것도 없었다.

시련을 겪은 자만이 강해지기 마련이고, 거센 시련일수록 헤쳐 나올 때의 성취감이 크기 마련이었다.

철군패와 단월, 검운영은 이제까지 숱한 시련을 헤쳐 나온 경험이 있었다. 그 때문에 한 번 꺾이더라도 받는 충격은 그리 크지 않았다. 하지만 천위강은 지금이 첫 시련이었다. 그만큼 그가 받는 충격도 클 것이다.

어쩌면 그가 무인으로서 겪어야 할 삶은 지금부터가 시작인지도 몰랐다.

'다음에 봤을 때는 더 강해졌으면 좋겠군.'

철군패는 진심으로 그렇게 생각했다.

이대로 그냥 꺾여버리기에는 천위강의 재능이나 자질이 너무 아까웠다. 비록 아직 성숙하지 못했지만, 그의 재능은 결코 모자란 것이 아니었다.

따각 소리를 내며 걸음을 옮기던 화왕이 어느 순간 갑자기 걸음을 멈춰섰다.

푸르르!

이어 뿜어져 나오는 뜨거운 콧김.

화왕의 이상한 반응에 철군패가 고개를 들자 전방에 엄청난 체구의 거한이 보였다.

울퉁불퉁 솟아난 근육이 마치 산맥과도 같은 거대한 사내의 덩치는 철군패에게 전혀 뒤지지 않았다. 그의 옷 사이로 은색의 사슬이 간간히 엿보이고 있었다.

철군패는 본능적으로 거한의 정체를 알아차렸다. 그것은 단월과 검운영 역시 마찬가지였다.

세상에 수많은 사람들이 존재했지만, 이렇듯 극명한 특징을 가진 남자는 오직 한 명뿐이었다.

"진짜의 등장인가?"

어떻게 된 영문인지는 모르지만, 가짜 초문외가 사라진 직후 진짜 혈마인이 나타난 것 같았다.

진짜 혈마인 원개세가 거친 숨을 토해내며 입을 열었다.

"네놈이 멸제란 애송이냐?"

"내가 애송이인 것은 모르겠지만, 멸제라는 호칭으로 불리는 것은 맞소."

"멸제라니? 터무니없는 별호를 쓰는구나. 이 세상에서 '제(帝)'라는 호칭을 쓸 자격을 가진 오직 한 명뿐이다. 네놈이 과연 그에 걸맞은 자격을 가지고 있는지 모르겠구나."

"불과 한 시진 전에도 그렇게 말한 자가 있었소. 그리고 그는
자신이 나보다 강하단 사실을 증명하지 못했소."

"흐흐! 감히 나로 변장했던 마해의 십대장로란 늙은이 말이
냐?"

"그렇소. 그에 대해 알고 있는 것을 보니, 당신은 그를 만난
모양이구려."

"그는 두 번 다시 나로 변장하지 못할 것이다."

"그렇게 말하는 것을 보니 그는 지금쯤 이 세상 사람이 아니
겠구려."

"그렇다. 감히 나로 변장한 죄는 오직 목숨으로만 용서받을
수 있을 뿐이다. 흐흐!"

원개세의 전신에서 살기가 피어올랐다. 초문외의 살기와는
비교할 수 없을 정도로 엄청난 살기였다. 그의 살기에 피부가
다 아파올 정도였다.

철군패의 눈빛이 묵직하게 가라앉았다.

"나의 앞을 막아선 것을 보니 그리 좋은 의도는 아닌 것 같
구려."

"과연 네가 멸제란 호칭을 쓸 자격이 있는지 보겠다."

"후회하게 될 텐데."

"뭣이?"

"한때 당신이 최고의 고수였다는 사실은 인정하지만, 지금은

세월이 많이 흘렀소. 당신의 뼈도 늙은 만큼 부실해졌을 텐데, 어찌 나를 감당하려고 그러오?"

"크하하하! 제법이구나. 이 원개세를 상대로 격장지계를 쓰다니. 허우대는 곰 같이 생겨가지고 제법 머리를 쓸 줄 아는구나. 하지만 나에겐 소용없다. 나는 너보다 더 여우같은 자와 같이 지낸 적이 있다."

"십전제를 말하는 것이군."

"흐흐!"

쿵!

원개세가 철군패를 향해 다가왔다. 철군패가 화왕 위에서 내렸다. 상대는 화왕을 타고 싸울 수 있는 존재가 아니었다.

상대는 신주십대고수의 최상위 서열에 존재하는 괴물. 어쩌면 그는 광륜(光圇), 혹은 월륜(月圇)의 경지를 뛰어넘은 존재일지도 몰랐다. 그렇게 본다면 원개세는 이제까지 철군패가 싸워온 상대들 중에 최강의 존재였다.

철군패는 상대를 압도하는 원개세의 거대한 덩치에 결코 밀리지 않았다. 아니, 오히려 그의 덩치가 원개세보다 더욱 커 보였다. 그에 원개세의 입꼬리가 뒤틀렸다.

"애송이, 제법 크구나."

"당신보다는 뼈가 굵을 거요."

"흐흐! 애송이, 입심만큼 무력도 대단할지 두고 보겠다."

콰하학!

갑자기 원개세의 몸에서 십여 다발에 이르는 쇠사슬이 발출됐다. 그가 입은 옷 어디에 저렇게 많은 쇠사슬이 숨겨져 있는지 모르지만, 그 위력만큼은 상상을 초월했다.

쇠사슬 하나하나가 살아있는 생명체처럼 꿈틀거리면서 철군패를 향해 날아왔다. 불과 얼마 전 초문외가 펼치던 수법과 비슷했지만, 그 위력이나 운용만큼은 천양지차였다.

쉬아악!

공기가 갈라지는 소리가 소름끼치도록 날카롭게 울려 퍼졌다. 십여 줄기의 쇠사슬은 각기 다른 방향에서 철군패의 몸을 파고들었다. 그러나 쇠사슬이 격중하기 직전 철군패의 몸이 갑자기 흐릿해지면서 격렬하게 진동했다.

천공패(天空牌).

파형권 궁극의 방어기공이 발동된 것이다.

까가가가강!

십여 줄기의 쇠사슬 다발이 천공패를 뚫지 못하고 궤적이 어긋났다. 하지만 원개세는 당황하지 않았다.

"흐흐! 제법이구나."

그가 음소를 터트리며 공력을 끌어올렸다. 그러자 튕겨나가 힘없이 떨어지던 쇠사슬들이 고개를 곧추세운 독사처럼 다시 탄력을 얻어 철군패를 공격해왔다.

암파천왕공(暗破天王功) 십두광룡(十頭狂龍)의 수법이었다.

콰가각!

열 개의 머리를 가진 미친 용처럼 열 다발의 쇠사슬이 다시금 철군패의 사혈을 노리고 쏘아져왔다. 쇠사슬은 맹렬히 회전을 하고 있어 그 위력이 조금 전과 천양지차였다.

"좋다."

철군패가 큰 목소리를 내며 쇠사슬 사이로 몸을 날렸다.

파카카캉!

철군패의 거대한 동체와 쇠사슬이 부딪치면서 연신 쇳소리가 울려 퍼졌다. 그러나 원개세의 쇠사슬은 철군패의 천공패에 부딪쳐 별다른 충격을 주지 못했다.

"흐흐! 제법 몸뚱이가 단단한 놈이구나."

말은 그렇게 했지만, 원개세의 얼굴에는 감탄의 빛이 떠올라 있었다. 자신의 쇠사슬을 맨몸으로 감당한 자는 철군패가 처음이었기 때문이다.

철군패의 공격은 이제부터 시작이었다. 철군패의 등이 활처럼 휘어지는가 싶더니 커다란 주먹이 엄청난 풍압과 함께 원개세의 동체를 향해 쏘아졌다.

우웅!

철군패의 커다란 주먹이 원개세의 몸에 격중하기 직전, 쇠사슬이 꼬이고 뭉쳐 방패처럼 전면을 막았다.

콰앙!

철군패의 일격포와 원개세의 쇠사슬이 격돌하며 파열음이 울려 퍼졌다.

"흐흐!"

원개세가 특유의 웃음을 흘리며 모습을 보였다. 쇠사슬 사이로 보이는 그의 모습은 전혀 타격을 받지 않은 것 같았다.

비록 강호에 모습을 보이지 않은지 오래됐다고 하지만, 그렇다고 해서 무공까지 손을 놓고 있었던 것은 아니었다. 지난 이십 년 동안, 그는 자신의 성명절기인 암파천왕공을 더욱 갈고닦아 완전무결한 경지에까지 이르렀다.

뜻이 일면 공력이 따르고, 외기와 내기의 구별이 없어 무한대에 가까운 공력을 끌어 쓸 수 있는 원개세는 가히 괴물이라 할 만했다. 더구나 그는 끝없는 투쟁심으로 무장하고 있었다.

쿠쿠쿠!

원개세가 움직일 때마다 공기가 비명을 지르며 요동치고 있었다. 바닥을 통해 느껴지는 엄청난 진동에 단월 등은 중심을 잡지 못할 정도였다.

"완전히 차원이 다르구나."

두 사람의 엄청난 격전에 검운영이 중얼거렸다.

철군패와 초문외의 격돌도 엄청났지만, 철군패와 원개세의 격돌은 그들의 상상과 인식의 한계를 뛰어넘었다.

좌르르!

원개세의 몸에 휘감긴 쇠사슬에는 한계가 없는 듯했다. 십여 장이 넘게 길어졌다가도 십여 다발이 넘게 분열이 되기도 하면서 철군패를 공격했다. 마치 쇠사슬과 원개세가 하나의 의식을 공유한 듯했다. 쇠사슬의 모체가 원개세고, 원개세의 수족이 곧 쇠사슬인 것처럼 보였다.

쇠사슬 고리 하나하나에는 원개세의 가공할 공력이 담겨 있어 스치는 모든 것을 가차 없이 파괴했다. 만일 철군패가 천하에서 가장 단단한 육신을 가지고 있지 않았다면, 지금쯤 초문외처럼 흔적조차 남기지 못하고 고기조각으로 변했을지도 몰랐다.

콰앙!

철군패와 쇠사슬이 부딪치며 다시금 굉음이 울려 퍼졌다. 고리가 부서져 사방으로 파편이 흩날렸다. 하지만 초문외의 경우처럼 한꺼번에 많은 쇠사슬이 파괴되는 경우는 없었다.

철군패는 원개세가 초문외와 차원이 다른 고수라는 사실을 정확히 인지했다.

혈마인이라는 별호가 아깝지 않은 괴물.

불굴의 투쟁심으로 무장한 인간병기가 바로 원개세였다.

그가 바로 철군패의 상대였다.

꾸욱!

철군패의 주먹에 힘이 들어갔다.

이제 그도 진심으로 해볼 마음이 생겼다.

위기감에 피부가 저릿저릿해오고, 심장이 거세게 뛰었다. 그리고 입가가 말려 올라갔다.

그것은 분명 웃음이었다.

철군패의 웃음을 확인한 원개세가 마찬가지로 웃음을 지었다.

"흐흐! 생사를 가르는 승부의 순간에 웃을 수 있는 것을 보니, 네놈도 우리와 같은 부류구나."

"우리?"

"그래, 우리."

"십전제를 말하는 것이오?"

"궁금하면 직접 알아보려무나. 세상에는 알려진 것보다 알려지지 않은 사실이 더욱 많은 법이니까."

"그러지."

쿵!

대답이 끝나기도 전에 철군패가 한없이 육중한 걸음을 내딛었다. 극성의 만중보였다.

만중보를 펼치자 엄청난 압력이 원개세를 압박해왔다.

쿠콰콰콰!

원개세의 몸이 푸들푸들 떨렸다. 피부로 느껴지는 엄청난 압박감에도 불구하고 그의 얼굴에 희열의 빛이 떠올랐다.

"그래, 이거다. 바로 이 느낌. 이제야 내가 살아있다는 사실이 실감나는구나. 나는 오래 전부터 이러한 순간을 기다리고 있었다. 크하하!"

원개세가 앙천광소를 터트렸다. 왠지 그 웃음소리가 아프게 느껴졌다.

콰아앙!

두 사람이 격돌했다.

"크하하!"

원개세의 웃음소리가 오래오래 울려 퍼졌다.

*   *   *

천문산(天門山)에는 이름 그대로 하늘로 통하는 문이 존재했다. 산의 양쪽을 관통하는 거대한 동혈은 맞은 편 하늘이 그대로 보일 정도로 광대했다. 그래서 이름도 천문(天門)이었다.

하늘과 직접 연결되는 곳이라 믿었기에 대대로 천문산에서는 하늘을 향한 제(祭)가 치러질 정도였다. 수많은 사람들이 천문산의 영험함을 믿고 매일같이 찾아왔다.

천문산 자락에는 등천문(登天門)이라는 문파가 존재한다. 등천문은 도가(道家)의 일맥을 이은 문파로, 이백 명의 도사들이 불철주야 수련을 하고 있었다.

그들은 천문산에서 도를 깨달으면 천문을 통과해 하늘로 올라갈 수 있다고 믿고 있었다. 등천문의 무인들은 단지 무공을 익히는 것뿐만이 아니라 도가의 주술과 선술도 병행해 익혔다. 각자의 능력과 타고난 체질에 따라 무공을 익히는 무인, 방술을 익히는 도사 등으로 구별됐다.

등천문주 담진후는 일곱 살 어린 나이에 등천문에 들어와 평생을 도사로 산 인물이었다. 그는 특이하게도 방술과 무공을 한꺼번에 익힌 인물로, 등천문이 탄생시킨 가장 위대한 문주였다.

담진후의 나이 올해로 여든다섯, 그동안 쌓은 공부가 적지 않아 천기를 읽을 수 있는 경지에 이르렀던 평가를 받고 있었다.

하늘을 바라보는 담진후의 안색이 어두웠다.

"어허! 하늘이 어찌 이리도 어두울꼬. 불길한 기운이 온통 천하를 뒤덮고 있지 않은가?"

그가 바라본 하늘은 온통 어둠뿐이었다. 한 점의 빛도 보이지 않는 하늘은 그의 가슴을 무겁게 만들기 충분했다.

등천문이 이곳 천문산에 자리를 잡은 이후 이렇게 천기가 어두웠던 적은 단 한 번도 없었다.

"이곳 천문산은 만승지지(萬勝之地)의 터. 그중에서도 이곳 등천문이 자리한 곳은 천문산의 요혈 중 요혈."

일반 사람들은 잘 모르지만, 산에도 영기가 있다. 세상에 알려진 명산이라면 특히 영기가 짙고 선명하다. 그중에서도 이곳 천문산은 중원의 중추와도 같은 곳이었다.

이 거대한 땅에도 생명은 있다. 비록 인간처럼 역동적인 것은 아니지만, 산마다 생명이 연결되어 있고, 그 흐름은 인간의 혈관과 다르지 않다. 하지만 그런 사실을 알고 느낄 수 있는 사람은 극소수에 불과했다.

담진후는 몇 안 되는 소수에 속하는 사람이었다. 그는 천기를 읽을 줄 알았고, 대지의 기운을 느낄 수 있는 능력을 가지고 있었다. 그런 그가 며칠 전부터 천기에서 불길한 기운을 느끼고 있었다.

"바깥바람이라도 쐐야겠구나."

담진후가 등천문 밖으로 빠져나왔다.

그는 평소 머리가 복잡할 때면 등천문 뒤로 나있는 오솔길을 통해 산을 오르곤 했다. 인적이 없는 산길을 오를 때면 마음이 한결 가벼워지곤 했다. 그렇게 오른 언덕에서 천문을 바라보면 세상의 모든 시름이 사라지곤 했다.

담진후가 언덕에서 천문을 바라봤다.

"보면 볼수록 자연의 조화란 신기하지 않은가? 어떻게 산 정상에 저런 관문이 만들어질 수 있는 것인지, 아무리 봐도 신기하구나."

거대한 산 정상을 관통하는 거대한 관문, 그 때문에 반대편의 하늘이 보이고 있었다. 뚫린 관문 사이로 보이는 건너편 하늘 역시 온통 어둠으로 가득 차 있었다. 그 흔한 별조차 보이지 않는 칠흑 같은 어둠. 달빛조차 숨을 죽이고 있는 진정한 어둠이었다.

"어쩌면 진짜 도를 깨달으면 천문을 통과해 하늘로 등선할 수 있을지도 모르지. 허나 나에게 과연 그런 기회가 올 것인지."

무공과 방술에서 일가를 이뤘다는 평가를 받는 담진후였다. 하지만 그런 담진후조차 스스로 등선할 수 있다고는 생각하지 않았다. 자신의 공부가 그 정도로 깊고 넓지 못하다는 사실을 잘 아는 까닭이었다.

"그나저나 하늘이 너무 어둡구나. 한 치 앞도 보이지 않을 정도니. 천하에 암운이 닥쳐오고 있음인가?"

산에 올랐어도 무거운 가슴이 쉬이 풀리지 않았다. 마치 가슴 위에 만근 바위를 얹어놓은 기분이었다.

그때였다. 천문 너머로 보이는 하늘이 갑자기 요동치는 것이 보였다. 실제로는 하늘을 가득 뒤덮고 있는 먹구름이 흔들리는 것이었지만, 담진후의 눈에는 천기가 진탕되는 것으로 보였다.

먹장구름이 넘실거리며 그 사이로 붉디붉은 달이 빼꼼히 모습을 보였다. 마치 피로 물들인 것처럼 붉은 달이었다.

"저건?"

붉은 달을 보는 순간 담진후의 눈동자가 흔들렸다.

삼백 년 전에 등천문을 세운 조사는 한 가지 예언을 했다. 조사의 예언은 대대로 문주에게만 전해졌다. 전대 문주에게서 현 문주로 전해진 예언은 차마 입에 담기 힘들 정도로 불길한 것이었다.

이제까지 역대 문주들은 조사의 예언을 일부러 무시하려 했다. 그 정도로 조사의 예언은 두려운 것이었다.

"설마 정말 세상의 종말이 시작된 것이란 말인가?"

피처럼 붉은 달이 천문 너머로 비치면, 그날이 바로 세상의 종말이 시작되는 날이 될 것이다. 그리고 그 시작은 등천문이 될 것이다.

등천문의 삼백 년 역사에서 피처럼 붉은 달이 뜬 적은 한 번

도 없었다. 그런데 오늘 담진후는 피처럼 붉은 달을 천문 너머
로 보게 됐다.

바르르!

마치 오한이 든 것처럼 그의 온몸이 떨렸다.

그 순간, 그의 눈에 화광(火光)이 충천하는 모습이 보였다. 온
세상을 태울 듯 일어나는 불길의 중심에 등천문이 존재했다.

"이럴 수가!"

언덕 아래로 보이는 등천문이 불타고 있었다. 화광은 등천문
의 조사전에서 치솟아 오른 것이 분명했다.

"무슨 일이 벌어지고 있는 것인가?"

담진후가 급히 등천문을 향해 몸을 날렸다. 산을 내려가는 그
의 발걸음이 점점 빨라져, 종국에는 눈에 보이지 않을 정도가
되었다.

"으아악!"

"적의 습격이다."

등천문에 도착하자 제자들의 비명소리가 들렸다.

정문이 부서지고, 그 사이로 수많은 적들이 난입했다. 난입한
적들은 닥치는 대로 등천문의 제자들을 도륙하고 있었다. 구름
사이로 드러난 혈월(血月)처럼 붉은 옷을 입은 무인들이 무서운
기세로 등천문을 점거해가고 있었다.

그들은 말없이 등천문의 제자들을 학살했다. 어떤 이유도 없
었고, 말하는 이도 없었다. 그저 묵묵히 죽일 뿐이었다.

　죽음의 해일이 등천문을 덮쳐오고 있었다. 이 커다란 재앙 앞
에서 등천문의 무인들은 너무나 무력했다. 습격자들은 너무나
강했고, 또한 무자비했다. 그들의 손속에 사정이란 존재하지 않
았다. 그들은 마치 농부가 추수를 하는 것처럼 그렇게 등천문의
제자들의 목숨을 거두었다.

　“멈춰랏!”

　담진후가 크게 소리 지르며 전장에 난입했다.

　쉭쉭!

　허공을 가득 수놓는 담진후의 검영(劍影). 그러나 습격자들은
추호도 당황하지 않고 뒤로 물러나 피해를 줄였다. 그들은 자신
보다 강해 보이는 담진후를 피해 등천문의 다른 약자들을 공격
했다.

　자신보다 강한 자는 피하고, 오직 약자만을 공격하는 습격자
들.

　“이익!”

　담진후의 수염이 파르르 떨렸다. 아무리 검을 휘두르면 뭐하
는가? 적들이 미리 낌새를 눈치 채고 피하는데. 그는 한 명의
제자라도 더 구하기 위해 이리 뛰고 저리 뛰었지만, 그럴수록
피해만 기하급수적으로 늘어날 뿐이었다.

　“멈춰라, 멈추지 못하겠느냐?”

　담진후의 허무한 외침만이 등천문에 울려 퍼졌다.

　“아악!”

“사, 살려줘.”

담진후의 귀에 제자들의 비명소리가 가득 울려 퍼졌다.

“도대체 너희들은 누구냐? 누군데 등천문에서 이런 살육을 저지르는 것이냐?”

담진후가 절규했다.

그는 제자들의 죽음 앞에서 아무것도 할 수 없는 자신을 저주했다.

그때 누군가 담진후의 앞으로 나섰다.

“등천문주 담진후. 맞는가?”

“누군가?”

담진후가 힘없이 고개를 들어 전면을 바라보았다.

그곳에 날렵한 체형의 중년 사내가 있었다. 한 점의 군살도 없는 균형 잘 잡힌 몸에 소름끼치도록 차가운 광망을 뿜어내는 날카로운 눈을 가지고 있는 사내. 그가 뱀처럼 무색투명한 시선으로 담진후를 바라보고 있었다.

사내가 무표정한 얼굴로 말을 이었다.

“본인은 검치산이라고 한다. 마해의 십대장로 중 한 명이지.”

“마……해? 마해란 말인가?”

담진후의 눈이 크게 떠졌다. 경악으로 인해 그의 몸은 온통 푸들푸들 떨리고 있었다.

마해가 세상에 나왔다는 이야기를 들었다. 하지만 마해가 구주천가와 아무런 연관도 없는 데다 멀리 떨어져 있기까지 한 등천문을 습격할 줄은 미처 생각하지 못했다.

"도대체 마해가 왜 등천문을?"

"등천문의 죄라면 이곳에 있는 것이겠지."

"그게 무슨 말이오?"

"이미 알고 있을 텐데. 등천문이 천문산에서 어떤 위치에 있는지."

검치산의 차가운 말에 담진후의 표정이 딱딱하게 굳었다.

"천문산은 천하만산(天下萬山)의 종주와도 같은 곳. 무슨 속셈이오? 천문산에서 무슨 짓을 꾸미려는 것이오?"

"그것까지 말해줄 필요는 없을 터. 너는 그냥 이곳에서 죽기만 하면 된다."

"그리 쉽게 당하지는 않을 것이오. 설령 등천문의 모든 무인들이 죽음을 당하고 멸문한다 할지라도, 나는 반드시 당신과 지옥길을 동행할 것이오."

"할 수 있다면 얼마든지."

검치산이 뒷짐을 풀지 않고 그렇게 말했다. 그의 오만한 모습에, 담진후가 더 이상 참지 못하고 공력을 끌어올려 검치산을 공격했다.

"챠핫! 선검무영(仙劍無影)."

쉬쉬쉭!

담진후의 검이 수십 개의 검기를 발출했다. 사마(邪魔)의 기운을 제압하는 선도의 기운이 담긴 검공이었다. 수십 년 동안 천문산에서 수련을 한 담진후의 모든 것이 이 일격에 담겨 있었다.

검치산은 자신을 향해 날아오는 수많은 검기를 보면서도 미동조차 하지 않았다. 마치 자신의 목숨을 포기한 것 같은 모습이었다. 하지만 그는 결코 자신의 목숨을 포기한 것이 아니었다.

문득 검치산의 입가를 따라 번져가는 시리도록 차가운 미소.

번쩍!

이어 한 줄기 섬광이 나타났다 사라졌다. 너무 빨라서 환상과도 같았다.

순간 모든 것이 멈췄다.

마치 시간이 멈춘 것처럼 담진후의 동작이 허공에서 딱 멈췄다. 검치산을 향해 내뻗던 그의 검은 더 이상 전진하지 못하고, 벽에 막힌 것처럼 움직일 줄 몰랐다.

쨍그랑!

곧 담진후의 손에 들려있던 검이 바닥으로 떨어지고, 그의 이마에 희미한 상흔이 나타났다. 너무나 예리하게 갈라져 피조차 흘러나오지 않는 상처.

담진후의 모든 사고가 끊겼다. 그는 고통도, 자신이 검치산에게 당했다는 사실조차 알아차리지 못하고 그대로 절명했다.

그 누구도 검치산이 어떻게 검을 썼는지 알아차리지 못했다. 심지어는 그가 움직이는 모습을 본 사람도 없었다. 분명 그는 처음 자세 그대로 뒷짐을 쥐고 있었는데, 어디서 검을 뽑아 어떻게 휘둘렀는지, 불가사의한 일이었다.

일검단해(一劍斷海) 검치산.

마해의 십대장로 중 유일하게 평생 동안 검공에 매진한 검의 명인이었다. 그는 특이하게도 정통의 검공을 수련했다. 먹고 자는 시간외에는 오로지 검과 함께 하여 검에 미친 사내란 평가를 받는 이가 바로 검치산이었다.

털썩!

석상처럼 멈춰있던 담진후의 시신이 모래성처럼 무너져 내렸다.

검치산이 담진후의 시신을 뒤로하고 걸음을 옮겼다. 이미 장내는 모든 것이 정리되고 있었다. 끝까지 반항을 하던 등천문의 무인들도 하나둘 핏물 위에 쓰러지고, 저항하는 사람은 몇 남지 않았다.

마해는 생존자를 용납하지 않았다. 그들은 항복을 하는 자들마저 무참히 죽였다. 여든 살 노인에서 일곱 살 어린아이까지 무차별적으로 학살을 당했다.

수하가 다가와 검치산에게 보고했다.

"모두 정리했습니다. 생존자는 전무(全無)합니다."

"수고했다. 시신은 모두 한곳에 모아서 불태우고, 산 밑으로 신호를 보내거라."

"알겠습니다."

검치산의 지시대로 등천문의 이백 명 문도들의 시신이 한자리에 모여 불태워졌다. 시신이 타는 매캐한 냄새가 천문산을 가득 채웠다.

　십 리 밖에서도 보일 만큼 화광이 충천해 하늘을 온통 붉게 물들였다. 그렇게 등천문의 삼백 년 역사가 끝이 났다.

　수많은 사람이 죽었건만, 검치산이나 마해 무인들의 표정엔 일점의 변화도 없었다. 장내를 정리한 그들이 곧 산 아래로 신호를 보냈다.

　잠시 시간이 흐른 후, 낯선 이들이 천문산을 올라오기 시작했다. 등에 커다란 짐을 멘 인부들부터 유생 차림의 사내들까지 다양하게 등천문에 들어왔다.

　사내들의 선두에는 청수한 학자풍의 백색 유삼을 입고 있는 노인이 있었다. 겉으로 보기엔 영락없는 학자처럼 보였지만, 기실 노인은 무척이나 무서운 존재였다. 그 증거로, 가차 없이 등천문의 무인들을 학살하던 마해의 무인들이 노인에게 극도로 공경한 자세를 취했다.

　"사주(寺主)님을 뵙습니다."

　"장내를 정리해두었습니다."

　노인이 장내를 둘러보며 만족스런 미소를 지었다.

　문득 그의 시선이 한쪽에 있는 검치산과 마주쳤다. 노인과 시선이 마주친 검치산이 고개를 끄덕이며 말했다.

　"어서 오시오, 사도 사주."

　"역시 검 장로시군요. 단시간 안에 깨끗이 장내를 정리하셨습니다."

"그분의 뜻이 그러니까 따를 뿐이오."

"그러실 줄 알았습니다."

학자풍의 노인이 흡족한 미소를 지었다.

겉으로 보기엔 평범한 학자처럼 보였지만, 그가 얼마나 위험한 인물인지 검치산은 잘 알고 있었다. 자신처럼 극고의 무공을 익히지는 않았지만, 그의 조그만 머릿속에는 천하를 집어삼킬 계략이 무궁무진하게 존재했다.

낙일사주(落日寺主) 사도광천.

그것이 노인의 이름이었다.

이십 년 전의 구주천가 침공에 가장 결정적인 역할을 했던 희대의 책사는 아직도 멀쩡한 모습으로 살아있었다. 비록 혈마인 원개세에게 죽음 직전까지 몰렸지만, 자신의 목숨을 버려가며 보호한 수하들 덕분에 그는 아직도 건재할 수 있었다.

소운천이 살아온 직후, 그는 낙일사주의 자리에서 물러났었다. 구주천가 침공 작전의 실패에 대한 책임을 진 것이다. 그러나 좌천은 오래가지 않았다. 천마 소운천은 몇 년의 시간이 흐른 후 그를 은밀히 불러들였다.

소운천은 놀라운 구상을 하고 있었다.

독대하면서 소운천의 생각을 알게 된 사도광천은 경악을 금치 못했다. 그는 스스로를 천하를 이야기할 수 있는 책사라고 자부했지만, 소운천의 구상은 그가 감히 따라갈 수 없는 것이었다.

소운천의 이야기를 들은 직후부터 그의 고민은 시작됐다. 소

운천의 구상은 감히 그가 상상하기조차 두려운 엄청난 것이었
다. 하지만 그런 소운천의 구상을 현실화시키는 것은 그의 몫이
었다.

'그분께서는 이 세상의 멸망을 바라고 있다. 그렇지 않고서
는 감히 그런 생각을 하지 못할 것이다. 두렵구나. 차라리 전대
혈해주(血海主)님처럼 단순히 구주천가를 세상에서 지우고 강호
를 정복하는 것이었으면 이런 고민조차 하지 않았을 텐데.'

소운천을 떠올리자 절로 두려워하는 표정이 되었다. 그러나
그의 고민은 그리 오래가지 않았다. 비록 두렵긴 했지만 소운천
의 명을 감히 거역할 수는 없었다.

마해의 시작이자 끝에 존재하는 불멸의 존재.

감히 하늘의 뜻에 대항하는 거대한 마(魔)인 소운천의 명을
거역할 수 있는 존재는 마해에 없었다.

사도광천이 중얼거렸다.

"이제부터 시작이다. 천하는 이제부터 지옥을 경험하게 될
것이다."

검치산은 말없이 사도광천을 바라봤다.

그는 사도광천이 느끼는 두려움의 실체를 알고 있었다. 왜 그
렇지 않을까? 자신 역시 그와 같은 감정을 느끼고 있었다. 단지
숨기고 겉으로 표내지 않을 뿐이었다.

'그분께서 진정으로 원하는 것이 과연 세상의 멸망일까? 그
렇다면 정말 두려운 일이 벌어질 것이다.'

검치산의 얼굴이 절로 어두워졌다.

검치산은 자신이 소운천의 명령을 절대로 거역할 수 없다는 사실을 잘 알고 있었다. 마해의 모든 존재들은 소운천의 자식들과도 같았다.

칠백 년 전 그의 원념이 탄생시킨 피조물이 바로 당금의 마해였다. 때문에 마해의 인물들은 절대 소운천의 명을 거역할 수 없었다.

부모의 말을 거역하는 자식은 존재하지 않기에.

그 순간, 사도광천의 명령이 떨어졌다.

"시작하라."

"존명!"

수하들이 대답과 함께 움직이기 시작했다.

인부들이 지고 온 짐이 하나둘씩 실체를 드러냈다. 사도광천의 지시 아래 사람들이 움직이기 시작했다.

마해가 움직이기 시작했다. 그 불길한 바람이 천하를 뒤덮기 시작했다.

그 시각, 천하 곳곳에서 천문산의 혈사와 비슷한 일들이 벌어지고 있었다.

〈7권에서 계속〉

Dark Blaze

다크 블레이즈

김현우 판타지 장편소설

FANTASYSTORY & ADVENTURE

『레드 데스티니』, 『골든 메이지』의 작가!
김현우 판타지 장편소설

십 년 전쟁의 승리에 파묻힌 충격적 비화.
제국이 아버지의 죽음을 감췄다!

알파드 공의 죽음과 엘리멘탈 프로젝트의 실체.
뒤틀린 진실을 알기 위해 아르미드 남매가 복수의 칼을 들었다!

dream books
드림북스

김철곤 글 · 김성규 그림
판타지 장편소설 FANTASY STORY
SWALLOW KNIGHTS TALE II
『드래곤 레이디』, 『SKT』의 작가 김철곤.
초인기 FPS게임 'A.V.A'의 아트디렉터 김성규.
최고의 두 스타일리스트가
혼신을 담아 그려간 판타지 대작!
전작을 뛰어넘는 웃음, 예측을 불허하는 반전!
뒤틀린 세계와 싸우는 그들의
마지막 이야기가 시작된다!
dream books
드림북스